唯一選擇
六盲星
夏青 繪
下

目錄
CONTENTS

第十二章　一起拍了合照

第二天，周梵梵從導師那回來後，先去了趟寢室。

徐曉芊今天也在寢室，開學以來她除了上課外，沒怎麼待在學校了，找了個兼職，每天要幫國中生補課。

「妳不是說今天要去補習嗎，怎麼在寢室呢？」周梵梵隨口問了句。

徐曉芊道：「那孩子感冒了，他家裡讓他休息一天。」

「喔……」

徐曉芊問道：「晚上要去一起吃飯嗎？」

周梵梵抱歉道：「晚上不行，我等等要去找一下關元白，我要去買個禮物給我媽媽。」

徐曉芊意味深長地看著她：「是嘛，為什麼要找他一起呀？你們演戲演得有點上癮喲。」

周梵梵：「別多想！是他認識一個設計師，正好我需要去看看有什麼合適的首飾給我媽媽，他也要買給他奶奶。」

「這樣……」徐曉芊道：「那妳最近和關元白關係很好吧？」

周梵梵感覺他們最近聯絡是挺多的，但是說很好……應該也不算很好吧。

「還行……怎麼了？」

「沒怎麼。」徐曉芊狀似不經意地提了句，說：「我記得妳說過上次在酒吧遇到的那個叫宋黎的，是關元白朋友。」

「嗯，對吧。」周梵梵突然警惕，「等下，妳怎麼提起他了，他後來該不會有聯絡妳吧？」

「呃……算、算吧。」

周梵梵立刻走到她身邊：「聯絡妳幹嘛呀？我跟妳講，雖然宋黎是關元白的朋友，但是我聽說他是個花心大蘿蔔。」

徐曉芊清了清嗓子道：「我都沒說什麼呢，他是不是花心大蘿蔔，關我什麼事……」

周梵梵：「反正他在感情這件事上不可靠，要是下次他再聯絡妳，妳不能理他啊。」

徐曉芊笑道：「好，知道了知道了。」

徐曉芊雖然這麼說，但周梵梵還是有點小擔心。

和關元白碰上面後，忍不住問了句宋黎現在有沒有女朋友。

關元白和宋黎認識多年，但是在男女感情這塊上，他的作風一直讓他看不上，他換女朋友的速度太快，他根本不知道他什麼時候有女朋友，什麼時候沒有女朋友。

「不太清楚，怎麼了？」

周梵梵不滿道：「你下次要是遇到他，你幫我跟他說一聲，徐曉芊不可以動，曉芊對感情很認真，不是那種會玩玩的人，他要是敢招惹她、傷害她，我跟他沒完。」

關元白還是第一次看到周梵梵身上豎起刺的樣子。

有點鋒利，但不多，配上她那張臉，凶巴巴的樣子也顯得軟綿綿的。

關元白多看了她一眼，覺得可愛，但聽起來也是認真的：「宋黎跟妳那個朋友還有聯絡？」

「聽曉芊的口吻，是這樣的。」

關元白點頭：「好，我知道了，我回頭打個電話問問。」

「嗯！」

關元白看到她放下心的樣子，笑了下：「妳對妳那朋友倒是很有義氣。」

「當然了，對自己認為很重要的人，必須有點義氣。」

半個小時後，關元白帶著她來到了朋友的私人工作室。

工作室挺大的，在小洋樓裡，每層樓都有兩個服務人員。

關元白進來後，工作室主理人，也就是他的那個朋友親自迎了出來，是個三十五、六的男士，留著長髮，穿著風格偏復古，很有味道。

「這位就是你那個小女朋友吧。」男士笑著說。

時至今日，周梵梵還是有點不適應關元白女朋友這個頭銜。

不過關元白倒是很淡定，介紹說：「對，她是我女朋友，周梵梵。梵梵，他叫邱原。」

「邱先生好。」

「妳好，帶你們參觀參觀吧？」

「好啊，謝謝。」

邱原帶他們走了一圈，簡單地介紹了一些品項。

周梵梵看得眼花撩亂，也不知道買什麼好，便說了一下自己的預算還有方庭平時一些穿搭喜好，讓邱原推薦推薦。

邱原讓兩人在沙發上坐下，很快讓人送了一些樣式過來。

「這邊是胸針，這邊有項鍊、手鏈和戒指，按照妳剛才說的呢，我選的都是比較有女人味，但是設計上又不乏一些潮流感，在日常穿搭上，會是一個點睛之筆。」邱原說。

周梵梵一下子被眼前亮晶晶的飾品迷住了：「都好好看啊。」

邱原笑道：「妳可以在這裡面好好挑挑，想想妳媽媽會比較喜歡哪一款。」

周梵梵看了一圈，一眼就看中了一條項鍊，是很低調的款式，吊墜是個小圓盤，中央鑲嵌著一顆粉鑽。

「這個好漂亮好精緻。」

邱原說：「這個項鍊上是一顆1.13克拉的粉鑽，下面是它的ＧＩＡ證書，argyle粉鑽能滿一克拉是非常罕見的，確實很漂亮。」

「是啊……」周梵梵忍不住多看了幾眼。

關元白看她好像很喜歡，便道：「妳想買這條？」

「好看是好看，不過是我自己的喜好。這個有點太粉嫩了，我媽媽應該不會喜歡，她喜歡綠色或者藍色。」

邱原道：「藍和綠確實會更加優雅知性，那妳可以看看這兩條手鏈……」

邱原又和周梵梵介紹手鏈了，關元白多看了那條粉鑽項鍊一眼，沒有搭話。
現在是周梵梵買禮物給她媽媽，所以他並沒有發表什麼意見。
最後，周梵梵選擇購買一條鑲綠鑽的手鏈。
關元白則買了一顆翡翠戒，他今日並不是真的來買禮物給奶奶的，但既然用了這藉口，自然也隨機選了一個。
從小洋樓出來後，周梵梵馬不停蹄，直接和關元白一起去了南爵。
她去面見餐廳經理，跟他說自己大概想要怎麼樣的生日場景。
因為就在後天，時間緊急，周梵梵這兩天幾乎都待在了南爵。除了陪方庭和小恆之外，得空她就偷偷地跑上樓，跟餐廳工作人員交涉。
從餐飲、擺設、樂隊、無人機甚至到蛋糕，她都一一參與。
上一次跟方庭一起過生日，還是在五六年前了。
那時她正好放假，特意飛到了美國。
這麼多年來聚少離多，她很珍惜跟方庭在一起的每一天，也希望方庭覺得跟自己在一起的時候很開心。
所以難得一次生日在一起，她自然想要很用心。
很快，方庭生日那天到了。
周梵梵已經都準備好了，還提早了三個小時到餐廳後廚，跟甜點師現學做蛋糕。
方庭目前還一無所知，大概以為今天的生日晚餐就是一個普通的生日小聚餐。

「妳還親自做蛋糕？」剛把蛋糕做好出來，就看到關元白從外面進來。

周梵梵臉上、頭髮上還沾了一點奶油，她一點都沒發覺，笑嘻嘻地問他：「你怎麼來了？」

「下午在這裡開會，順便看看妳弄成什麼樣了。」

「就現在這樣啊，好看嗎？那些氣球還是我親自打的呢。」

關元白環視了一周，餐廳裡生日的氣氛已經很濃烈了，看得出來她很用心。

「嗯，還不錯。」

「這個蛋糕更不錯，下次可以做一個給你嚐嚐。」

關元白眉梢微微一挑，只見周梵梵補充道：「不過得抵消一頓晚餐。」

關元白笑了下：「妳這帳還挺會算。」

周梵梵：「必須的啊，關先生，你想吃甜點的時候跟我說一聲——」

正說著呢，手機突然響了。

周梵梵跟他說了聲「稍等」就接了起來：「喂，媽媽。」

『梵梵，在學校呢？』

周梵梵還想瞞著她，便道：「嗯，在呢，不過我等一下就去找你們了，一起去樓上餐廳吃飯。」

『那個，梵梵啊……』方庭有些抱歉地說道，『今天這頓晚餐我吃不了了，對不起啊梵梵，因為妳叔叔那邊突然有急事，我現在和小恆正趕去機場的路上。』

「什麼……」

『抱歉抱歉，媽媽也沒想到這麼突然，現在也是都確定了才跟妳說。』

關元白本來在旁邊閒閒地等著，卻沒想到眼睜睜地看著周梵梵從一臉笑意到面無表情。

他也不知道對面的人說了什麼，只是聽周梵梵很輕地說：「不是說好在這裡一週的嗎，為什麼提前走……真的不能吃完這頓再走？好吧，我知道了……嗯，明白。媽媽生日快樂。」

她掛斷了電話，低眸看了眼蛋糕，神色突然有點迷茫。

關元白聽出了一點內容，問道：「妳媽媽走了？」

周梵梵好似才想起他還在這，抬頭朝他笑了下，聳聳肩道：「是啊，突然又回美國了。」

關元白沉默了，他知道這兩天她一直在忙活，就是為了給方庭一場驚喜的生日宴。

但竟然這麼不湊巧，主角走了。

關元白抿了下唇，安慰道：「下次還有機會。」

「唔……是吧，不過這些東西都要浪費了。」周梵梵輕呼了一口氣，「蛋糕也沒人吃了，她為什麼這麼著急呢……算了，我去跟廚師說一下，今天菜不用做了。」

周梵梵看起來只是有點遺憾，好像並沒有太難過。

關元白暗暗鬆了一口氣，「我讓經理進去說一聲吧。」

「不用了，我自己去。」

周梵梵轉身就往廚房的方向走了，關元白沒攔住，站在原地看著她的背影。

看著看著，發現她在轉角處停了下來，站在那裡一動不動了。

關元白叫了她一聲，她卻沒有回應，頭也沒轉。

關元白擰眉，走上前去，「周梵梵。」

她還是沒有回頭。

關元白伸手輕搭了下她的肩膀，把她轉回來了一些，本想問她怎麼了，但在看到她正臉的那一刻，突然沒了聲。

她的眼睛紅彤彤的，緊抿著唇，眼眶蓄滿了淚水。

關元白愣住，「妳……」

「好想把她抓回來。」她沙啞著聲，藏著濃濃的哭腔。

關元白心口一抽，才知道方才她就是在掩飾而已。

她是難過的，而且出乎他意料的難過。

關元白頓覺心疼，微微俯身，低聲道：「想讓她回來？那我們去機場找她，好不好？」

「找不回來的……」周梵梵抬眸看著他，像一根繃著的線突然斷裂，語無倫次，「為什麼這樣，為什麼總是這樣，我不喜歡這樣！關元白，我好想把她抓回來……」

關元白也見過女孩子哭。

學生時代，那時的女同學跟他表白，他那年紀說話沒什麼分寸，比現在狠得多，拒絕一點都不留餘地。女孩子在他面前哭得梨花帶雨，他有點抱歉，但更多的是煩躁。

再來，便是妹妹關知意，小時候作業寫不完或者因為什麼事被他罵兩句，哭起來的聲音比什麼都大。他哄不來也懶得哄，要麼塞給他爸，要麼就把戚程衍喊過來解決。

他還從沒遇到過一個人，在他面前哭的時候，他會像現在這樣緊張。好像只要能把她哄好，做什麼都行。

餐廳裡工作人員都看了過來，不知道發生什麼事，但看自家老闆在哄人，都沒有上前打擾。

「別哭了，如果妳現在想去機場把人找回來，我現在帶妳去。如果妳不想也沒關係，今天的東西沒有浪費，菜也可以繼續做，就當……吃一頓好吃的，我陪妳。」

周梵梵緊緊地握著拳頭，是失望也是極致的失落。

因為太珍視，所以每每失去，每每沒被選擇，她就能輕易崩潰。

一直以來，她都沒說過也沒承認過，她很想方庭，也很想她能陪在她身邊。

可方庭不能，她有小恆了，也有新的家。

其實，她也很喜歡這個弟弟，那個孩子很可愛。可與此同時，她也不受控制地嫉妒著，每次看到方庭的動態出現小恆，看著她陪著他到處玩的時候，她都很嫉妒。

方庭很少回國，這次回來她很高興，很珍惜在她身邊的每一分鐘。當然，也很想讓她知道，她很在乎她、很想她。

其實她自己清楚，這次是自己為了給驚喜沒有把所有準備告訴方庭，明知道不能怪她，可她還是難過。

擠滿了怨念的氣球在這一刻爆炸，她控制不住委屈。

可即便如此，聽到關元白說可以去機場找她，她還是搖頭了。

讓她任性地打電話給方庭讓她回來，讓她別管美國那些急事，她做不到。

她在她媽媽面前，扮演的從來都是乖巧的、陽光的小孩。

關元白後來也意識到她只是想發洩，沒有再勸說什麼，只是把手很輕地搭在了她背後，安撫似地拍著。

他的思緒也有點亂，但混亂中，突然意識到之前在南爵兒童區時，周梵梵的不對勁是什麼了。

她當時的眼神，應該是豔羨。

她在羨慕小恆那個孩子。

周梵梵並沒有讓自己崩潰太久，她哭了短暫幾分鐘後就清醒過來了，抬眸看到關元白，突然覺得有點難堪。

「抱歉……」

她止住了眼淚，聲音很啞也很壓抑。

關元白溫聲道：「沒什麼抱歉的，很正常。」

周梵梵不知道要說什麼，心裡空落落的。

關元白道：「差不多也到吃飯時間了，妳這個蛋糕看起來不錯，我吃兩口？」

周梵梵看了眼自己認真做出來的蛋糕，悶悶點了下頭：「那你吃吧……送你。」

說完，她轉身就想走。

關元白擰眉，伸手把人拉住了：「妳剛才不是也要吃這個蛋糕嗎，我一個人吃不完，一起吃了再走吧。」

周梵梵猶豫了下，關元白沒有等她拒絕，她這個狀態，走出去也不知道會發生什麼，於是直接拉著她在靠窗的餐桌邊坐下了，這個位子，是餐廳最好的一個位子。

關元白說：「往窗外看，坐在這可以看到這個城市最好看的夜景，她沒有吃成今天這頓飯，是她最大的損失。」

周梵梵低低嗯了聲，又道：「她也不是故意不來，如果她知道我今天很認真地幫她弄了生日宴，她肯定會先留下來吃這頓飯，對不對……」

關元白目光專注地看著她，緩緩道：「當然，沒有人會故意辜負妳。」

周梵梵抬眸，心下安定了幾分。

關元白對她笑了笑，說：「別難過了，吃蛋糕吧，很好吃，絕不會浪費。」

「嗯……」

兩個人就這樣安靜地吃了下蛋糕，不多時，廚房的菜也上來了，兩人份，周梵梵深吸了口氣，想著不該浪費她精心挑選的餐食，埋頭吃了起來。

全程，她和關元白也沒什麼交流，可大概是知道有個人在陪著她吧，她的心漸漸平復了下來，沒有最開始那種崩潰感了。

這頓飯吃完後，蛋糕還有大半塊。

也是，她做的蛋糕大小大概是四人份，兩個人一下子也吃不完。

不過周梵梵已經很感謝關元白了，也不知道他今天晚上有沒有什麼會議或者應酬，突然在這吃飯，不知道有沒有打擾到他。

「關先生，謝謝你今天跟我一起吃這頓飯啊。」

「不用，反正也都是要吃飯的。」

周梵梵道：「嗯……那我吃完了。剛才我奶奶傳訊息給我，我先回去了，你呢？」

關元白：「我送妳吧。」

周梵梵搖搖頭：「不用了，已經打擾你很長時間了，你去忙你自己的吧。我沒事，我車就在樓下……而且，我現在想自己回家。」

關元白看她已經冷靜下來了，心裡的擔心少了些。

現在她可能是想要有個自己的空間吧。

關元白沒有再勉強什麼，說：「到家傳訊息給我。」

「嗯。」

周梵梵先離開了。

關元白在她走後也放下了刀叉，沒有再吃東西。坐了一下後，餐廳經理上前來。

「關總，這些東西可以撤掉了是嗎？」

「撤了吧。」

「好。」

關元白看了眼餐桌，突然道：「等一下。」

經理停頓住了腳步。

關元白說：「把這半塊蛋糕重新包裝一下，我等等帶走。」

經理愣了愣，又很快道：「好的，您稍等。」

關元白驅車回到了星禾灣，到門口時，正好遇到了散步回來的關知意夫婦。

「哥！回來啦。」關知意最近都在帝都工作，所以晚上都能回家，和戚程衍在一起。

關元白點點頭。

關知意眼尖，問道：「你帶了什麼？蛋糕嗎？」

蛋糕盒子是透明的，走近看才發現，是吃了一半的蛋糕。

關知意有些詫異地看了關元白一眼：「吃了一半的？你打包回來了？」

「嗯。」

「那一定是很好吃的蛋糕，哪買的呀？」

關元白沒有說得太直白，直接道：「飯店帶的。」

關知意聽他這麼說，自然就以為是飯店甜品師做的，而他哥精益求精，想帶回來好好品嘗一下，為飯店新品做準備。

「我來嘗嘗，剛好吃完飯，想吃一點甜點。」

然而，關元白拒絕得很快：「不行。」

關知意愣住：「啊？」

關元白輕咳了聲：「……妳下次自己去飯店嘗吧。」

「……？」

說著，跟護著什麼寶貝似的，帶著那半塊蛋糕回了屋。

關知意好一陣子才反應過來，納悶地看了眼身邊的戚程衍：「為什麼不行？這麼寶貝？」

戚程衍想了想，笑了笑：「大概，比較特別吧。」

戚程衍跟關元白認識了這麼多年，最近這段時間，關元白反常的事情算是最多的了，而反常的原因，不外乎周家那小女生。

今天晚上，大概也跟她有關係。

果然，這天晚上三更半夜，關元白突然打了電話給他。

戚程衍還沒睡，枕邊那位說口渴想喝水，他便下樓倒，就是這個時候，接到了關元白的電話。

『大晚上的怎麼了，不睡覺嗎？』

關元白：「問個事。」

戚程衍一開始聽他的語氣嚴肅，還以為是什麼要緊事，便也認真起來：『什麼事？』

「小五平時如果遇到什麼事情難過，你會怎麼做？」

戚程衍結結實實地愣住了，好一陣子後才道：『你問這個？』

關元白：「很難答嗎？」

『倒不是難答，你問這個……不會是要去哄誰吧？』

關元白不滿道：「問你問題，你怎麼反問這麼多。我看你哄小五是一套一套的，總不至於跟我說不出個一二三吧。」

戚程衍還是第一次見識到這樣的關元白，鐵樹開花這種事，格外新鮮，『這種事因人而異，你可以帶她去做她喜歡的事，可以先想想周小姐喜歡做什麼吧。』

「她喜歡做什麼……」關元白頓了頓，又道：「我說是周梵梵了嗎？」

戚程衍玩味道：『不是？那我不說了，掛了。』

關元白深吸了一口氣，說：「行行行，是她是她，你就直接點，跟我說你平時怎麼做就行。」

戚程衍就知道是這樣，得逞地笑了下，才認真思索：『我做什麼不重要，因人而異，看對方喜好。我想，如果是對周小姐的話，你不如陪她去追星？』

關元白：「？」

戚程衍說：『給你個建議吧，這個月十六號小五有個商演，是十幾位演員歌手集合的演出，場內觀眾票官方發售，位子任搶。如果你覺得沒問題的話，我讓她經紀人跟舉辦方要兩張票，到時候你帶她去看現場。』

「……」

『元白？』

關元白咬牙道：「這就是你想的辦法？」

『對，我說了要投其所好。』戚程衍幽幽地道，『你喜歡的人喜歡的是你妹妹，你不是最清楚了嗎？』

「……」

方庭到了美國後，打了國際電話給周梵梵，再次跟她說了抱歉。

周梵梵停頓了下，說沒關係，又說自己買了禮物給她，過幾天讓別人帶過去給她。

方庭沒有察覺到她的情緒，很高興地跟她說謝謝。

兩人短暫地聊了下後，電話便掛了。

周梵梵已經冷靜了，面對方庭，所有的情緒也已經藏得嚴實。

其實並不是她不想表露，而是她覺得表露了也沒什麼用，她是她在很遠的媽媽，也是她很愛的媽媽。她媽媽其實沒有做錯什麼，所以她無法讓自己去責怪她，更無法像小孩子一樣，要賴地說要她來陪。

只是雖然冷靜下來了，情緒還是有受到影響。

而且那天在餐廳，在關元白面前，實在是崩潰過頭了，她後知後覺的感到丟人。

於是後來幾天，她一直蔫蔫的。

『後天就是春歌晚會了，嗚嗚嗚嗚好難過啊，票根本搶不到，而且這晚會還不是轉播的那種！只能靠現場粉絲錄了……』

群裡叮咚響了聲，是七七傳了句哀號。

周梵梵正坐在自習室裡，看到這則訊息，傳了個小表情算是回應。

七七：『梵梵妳也沒搶到吧！哎！明星雲集，幾波粉絲一起搶，搶得到算中獎。』

周梵梵低頭回覆：『沒搶到。』

六六：『好想去啊！可惡！！！』

徐曉芊：『場外會不會有黃牛晃蕩……』

七七：『有肯定有，但是絕對貴得要命，而且就算便宜也不可以買！意意說過的，不要給黃牛機會！』

徐曉芊：『也是……欸，節目單剛出來了，意意會唱〈昭陽〉。』

七七：『靠！真的嗎！！』

關知意自電視劇的宣傳期過後就沒有再唱過〈昭陽〉這首歌了，但這首歌對於粉絲們來說有特別的意義，畢竟這是讓關知意紅起來的那個角色的角色歌。

她們之前做夢都想再聽關知意唱一次現場，現在有了，她們竟然沒有搶到票！！

周梵梵聽到徐曉芊這麼說的時候也趕緊去社群上翻了下新鮮出爐的節目單，還真是〈昭陽〉。

頓時，本來就不好的心情更往下跌了。

周梵梵長嘆了一口氣：『希望去到現場的人能好好錄一段吧……』

群裡的人連連稱是，繼續哀號。

周梵梵沒有再回覆群組訊息了，準備放下手機，繼續看書。

就在這時，手機又震了一下，這次不是群裡的訊息。

關元白的頭貼跳了上來。

周梵梵頓了頓，點進去。

關元白：『後天小五有個商演，她那正好有兩張票，妳要嗎？』

安靜的自習室內，隱隱只有翻書的紙張聲。

周梵梵看著這句話，愣了一下，突然有種，柳暗花明又一村的感覺……

群裡的人還在說這次晚會的事，擔心這次粉絲錄的品質會不太好。

周梵梵看到這裡時，已經開始心動了。

『可以嗎？』

關元白：『反正我只需要一張，另外一張放著也是浪費，妳想要就給妳吧。』

周梵梵當然不想這張票就這麼浪費了，她拿到的話可以幫所有粉絲錄製優質的影片。於是她沒有再猶豫，回覆關元白：『我想要！』

後又傳了句：『謝謝你，也幫我謝謝小五！』

關元白：『嗯。』

周梵梵心裡隱隱開始興奮，不過也有一絲好奇：『你說你只需要一張，你也要去聽歌嗎？』

關元白：『正好有個很喜歡的歌手也在。』

周梵梵：『這樣，你喜歡誰？』

關元白：『張洛。』

周梵梵知道這個歌手，十多年前很紅的老前輩了。

周梵梵：『喔！我知道他，他唱歌很好聽，原來你喜歡他。』

關元白：『嗯。』

周梵梵：『你喜歡他什麼歌？』

說到偶像的事，周梵梵的心思輕易被占據了，一下子忘記了前幾天在關元白面前大哭、很丟人這件事。

她興致勃勃地跟關元白聊了下那個歌手的歌，雖然他紅的時候她還在上小學呢，但不妨礙有幾首歌她到現在也挺喜歡的。

聊到最後，關元白說到時候一起去，周梵梵也沒有異議，跟他約了時間。

兩天很快過去，春歌晚會到了。

當天晚上，關元白開車來了周梵梵家，兩人一起去往現場。

兩人有好幾天沒見了，她媽媽生日宴那件事後，關元白大概也知道她心情不好，都沒有說「一百頓飯」的事，周梵梵也心安理得，一直沒有去過他家。

不過現在見面倒也不尷尬，因為坐進車裡，發現關元白車裡在放歌，是那天他們聊的老歌手張洛的一首很冷門的歌。

周梵梵以前也坐過他的車，但那時他車裡的音樂不是這種情歌，不過……也可能當時正好

遍。

沒有放到吧。

於是周梵梵剛上車就打開了話匣子，說這首歌她也挺喜歡的，就是好冷門。

但其實，關元白根本不知道哪首冷門哪首不冷門，之前一股腦兒地下載下來了，全聽了一遍。

「吃過飯了嗎？」聊了幾句後，關元白問她。

周梵梵點點頭：「吃了一點點，太激動了，吃不下飯。」

關元白笑了下：「那到了那邊帶點東西進去吧。」

「也沒事，我不餓。」

關元白啟動了車，不久後，兩人就到了今天演出的場館外。

距離開場還有半個小時，場館外已經站滿了人，可以看出有些是粉絲群，她們帶了發著光的頭飾，臉上或者手上也或多或少有點自家正主的標誌在。

這次來得急，周梵梵都沒有準備什麼應援物，不過她知道這種場合知意的粉絲肯定會在現場發放應援物的，她看了一圈，很快看到了發放點。

剛想過去拿點什麼，突然意識到旁邊的關元白。

「怎麼？」關元白見她突然看著自己，疑惑道。

周梵梵說：「張洛有沒有什麼應援物啊，你需要去看看有沒有他的粉絲群在發放嗎？」

關元白眉頭輕皺了下，依稀聽懂了一些，說：「……不知道，我不需要。」

周梵梵想，張洛這種老牌歌手，粉絲年齡層偏大，可能沒有像新生代的明星一樣有粉絲現場應援。

「好吧，那我去拿一下意意的哈。」

周梵梵說著就往那個方向走去，走了幾步發現關元白也跟著她一起，她立刻把人攔住了：「你別去！」

關元白：「……」

周梵梵：「你的臉只要是意意稍微資深一點的粉絲都認得。」

「所以？」

周梵梵：「所以……為避免不必要的轟動，你在這等我。你放心，我馬上回來！」

周梵梵說完立刻跑走了，關元白攔都攔不住。

十分鐘後，周梵梵拿著滿滿當當的東西回來了，燈牌、頭飾、貼紙，還有兩把印著關知意頭貼的小扇子。

「幫我拿一下。」周梵梵把東西都塞在了關元白手裡，又從包裡掏出了一個小鏡子，「我貼一下哈。」

她撕了貼紙，把關知意圓圓的卡通頭貼貼在了臉上，貼紙有點多，她貼了兩張後還剩一些，看了眼關元白，嘿嘿一笑：「還有呢。」

關元白莫名：「什麼？」

「我剛才用門票取了兩份應援物，反正你都不用幫張洛應援，不然幫意意吧。」

關元白：「……」

周梵梵道：「這個貼臉上，怎麼樣？」

這東西，是瘋了吧。

關元白當下第一個念頭當然是這麼傻的事他肯定不會去做！可垂眸間看到周梵梵興奮期待的眼神，突然又想到了那天她在他面前哭得那麼傷心的樣子……

他希望她一直像現在這樣。

所以，也許他是真的瘋了吧，關元白在心裡鄙夷著自己，人卻微微傾身過去，彎下了腰。

「……隨便。」

周梵梵眼睛一亮，立刻撕下一張貼紙，往他臉上貼。

貼紙尺寸不大，但不好好貼的話容易有小皺褶，周梵梵專注地按住了一邊，另一隻手的指腹在貼紙上順了一遍，也相當於在他臉上順了一遍。

好軟……

周梵梵抿了抿唇，目光忍不住游離出了貼紙範圍外，看他的肌膚。

她很少有離他這麼近的時候，這麼打量，發現關元白的皮膚真是好啊，沒有一點瑕疵，很白、很細膩。

周梵梵驚豔男人的皮膚也能這麼好，下意識又伸手蹭了下。蹭完才意識到自己做了什麼，震驚地縮回手，去看關元白。

這才發現關元白也在看著她，眉骨下的眼睛泛著一層淡淡的光，安靜的、深邃的，也專注。

周梵梵心裡莫名咯噔了一聲，突然有點慌張。

「你、你皮膚很好。」周梵梵說完後很想咬自己舌頭，尷尬地笑了一下，「……我是說，我貼好了。」

關元白緩緩站直了，看著她有點紅的臉，說：「貼貼紙還是吃豆腐？」

周梵梵倏地抬眸：「沒有！」

等看到他似笑非笑的眼神，周梵梵知道他是在跟自己開玩笑，有些窘迫，小聲道：「沒有吃豆腐……」

關元白輕笑了下，心情很好：「時間差不多了，進去吧。」

周梵梵見他不追問下去了，鬆了口氣：「好的。」

觀眾們現在也開始陸續入場了。

周梵梵和關元白的位子在A區六排十二、十三座，入座後，表演也很快開始了。

張洛出場順序是前幾位，他出來時，周梵梵立刻拉了拉關元白，「來了。」

不過關元白還是淡定，也沒幾分興奮的樣子，周梵梵想著，可能這就是他們這輩人追星的樣子吧！

愛都在心中！

關知意的表演順序靠在後面，因為聽完前面這一波人也要一段時間，周梵梵便低頭調試了下機器。

「吃點。」

旁邊突然遞過來幾塊糖。

周梵梵愣了下，「你怎麼有糖？」

「剛才妳去拿那些應援物，我去買了水，順便買了點吃的。」

因為一開始他還幫她提了攝影設備，所以周梵梵都沒發現他手上多了一袋小零食。

正好她晚上吃得不多，等了這麼久有點餓了，「我肚子剛才都叫了。」

「聽見了。」

周梵梵詫異地看著他，只見關元白淡定道：「開玩笑的，吃吧。」

她就說嘛，現場這麼吵，怎麼可能聽見她肚子叫！

周梵梵拆開糖紙，往嘴巴裡塞了兩顆奶糖。

約莫又過了半個小時後，總算等到關知意了！

下個就是她，周梵梵把攝影機架好，預備給其他粉絲們拍一段超高清版的飯拍[1]。

做好這些準備後，她把燈牌亮了起來。

她們粉絲間有這種默契，別的明星在臺上時她們的燈牌會先不亮，等自己的愛豆出來再高調亮起。

不過因為她等等還要專注於拍東西，沒有手再去拿燈牌，便拜託關元白幫忙拿一下。

關元白對著亮閃閃的「意」字，嫌棄之心已經快溢出宇宙。

---

1 飯拍，指粉絲自己拍攝偶像或團體的照片或影片。

但是在周梵梵接連拜託下，還是把那牌拿在了手裡。

「……」

這時，旁邊不遠處的位子也亮了同樣的燈光，大家的座位都是四散的，所以亮起來的時候下意識都會環顧一下，看看有沒有自己的同擔。

好巧不巧，關元白和周梵梵前面竟然也有兩個女生在這個時候亮起了關知意的燈牌，兩人正搗鼓著，發現後排有一樣的光，便回頭看了眼。

看到燈牌時發現是自家人，高興地想打個招呼，結果再抬眸，看見拿燈牌的是個帥哥。

女生想打招呼的心頓時卡住了。

我靠，好帥，同擔裡竟然還有大帥哥！！！

女生按捺著激動轉回了頭，跟旁邊的同伴示意了下後排：「帥哥，我們的人。」

另一名女生立刻回頭看了眼，本是揣著看帥哥的心，結果看到那帥哥的臉後，猛地瞪大了眼睛，一下子縮了回來。

「怎麼樣！帥吧！」

「我靠……妳不認識啊！也是也是，妳剛入坑。」

「啊？」

女生心驚肉跳，激動得不行：「關元白啊！意意的哥哥！親哥哥！」

另一名女生呆了，她是新人，依稀聽過這個名字，不過不知道本人長什麼樣。方才她真的只是覺得人家很帥而已。

但這是什麼運氣啊，第一次看愛豆的內場，就偶遇人家親哥！！

「他們感情好好！他經常來支持妹妹的演出嗎？」

資深些的女粉停頓了下：「沒聽說過，他以前從來不會在現場的……」

「那我們今天運氣也太好了！！！他拿燈牌，臉上還貼意意的卡通頭了！好可愛！」

資深粉女生眨巴了下眼睛，更覺得奇怪了，忍不住又回頭看了眼……

臺上，燈光逐漸變亮，升降臺運動，一個穿著金色吊帶禮服的女人緩緩出現。

聚光燈聚在一處，〈昭陽〉前奏響起，她從升降臺上走了下來。

「啊啊啊啊——」

觀眾席上此起彼伏響起了尖叫聲，隨著關知意開口唱第一句歌詞，尖叫聲又很默契地靜了下來。

周梵梵強忍住了激動的心情，一部相機固定攝影，另一部拿在手裡拍攝靜圖。

關元白坐在位子上，腿上還放著發光的燈牌。

旁邊女人咔嚓咔嚓瘋狂拍攝，而他就這樣靜靜地看著她。

有這麼喜歡嗎……

關元白輕笑了下，實際上他不能理解。別說臺上那人是他一手拉拔大的妹妹，即便是個陌生演員或者歌手，他也不能理解，因為他沒追過星。

雖不能理解，但他還是能感覺到周梵梵的快樂，她這種快樂也感染到了自己，讓他不自覺地跟著心情愉悅。

四分鐘後，一曲終了，關知意走回升降臺，朝大家揮揮手，降下去了。

周梵梵還因著〈昭陽〉這首歌而澎湃著，坐回來後調看鏡頭時手還在微微顫動。

「好好聽啊對不對！」周梵梵忍不住跟關元白說，以往跟她來的都是同擔，她們習慣了在關知意表演後熱聊。

「還行。」關元白說。

「什麼還行呀？是很好聽！」

關元白勾了勾唇，有些縱容：「哦，很好聽。」

「那就對了。」周梵梵有種強行安利且成功了的炫耀感，又高興地去看自己方才拍的照片了。

關知意出場本來就比較晚，十多分鐘後，節目全部表演完畢。

粉絲們紛紛退場，因為人實在是太多，周梵梵和關元白便在旁邊等了下，等人都散得差不多了，才慢慢往外走。

兩人走到場外時，外面零零散散也沒有多少人了，旁邊商店還開著，周梵梵走過去，要了兩杯罐裝的熱咖啡。

「沒有現磨，勉強一下？」她把咖啡遞到關元白手裡。

關元白接過，說了聲謝謝。

周梵梵說：「應該是我謝謝你，要不是有你這張票，今天可聽不到現場，也拍不到影片了！」

場館沿江而立，兩人便一邊喝咖啡一邊順著江邊的人行道往前走著。晚風習習，吹拂在臉上，也許是手裡有杯暖暖的咖啡，竟也不覺得冷。

「開心了？」關元白問。

周梵梵愣了下，轉頭看他。

關元白說：「心情是不是好了點？」

周梵梵：「……我心情，怎麼不好了？」

關元白道：「之前妳媽媽的事。」

周梵梵想起那天在餐廳哭得慘烈的模樣，臉色頓時有點不自然：「我、我其實也沒事……」

「妳不用逞強，開心不開心，其實妳可以都說出來，對朋友也好，對妳媽媽也好。」關元白停頓下，說：「對我也行。妳不開心可以告訴別人，宣洩一下也沒什麼，不用覺得丟臉。」

周梵梵垂眸，沒說話。

關元白看著眼前垂著的腦袋，伸手欲安撫，但還是忍了下來，也突然有些後悔又提這事。

「我媽媽在我六歲的時候就跟我爸離婚了，她去了國外，許多年後，她和一個外國人結婚生子，有了小恆。」

就在關元白想要說點什麼補救時，周梵梵抬眸看他，開了口，「我一直很想她，也一直很在乎她，那天……我只是突然覺得她總是離我而去，不論是什麼事都會成為她離開我的原因，所以我才突然有些崩潰想哭。」

關元白說：「我明白。但我相信，她並不是完全不在乎妳。」

「是，她也是在乎我的，只是她的在乎總是離我很遠，我摸不到也碰不著。」周梵梵輕嘆了口氣，說：「我不像小恆，小恆可以一直待在她身邊，她去哪也都會帶著他。」

她說著說著對他笑了下，有點不好意思的模樣：「是不是挺好笑的，我竟然還跟一個小朋友爭寵。」

「沒什麼好笑的，妳不就還是個小朋友嗎。」關元白俯身看她，總算是忍不住在她頭頂拍了下，「周梵梵，妳希望的可以碰得到、摸得著的在乎，會有人給妳的。」

手心的咖啡暖意不停四散，而他的眼睛專注地看著自己，像今天的夜空，幽深、安寧、望不到底，將她完全地包裹著。

那一刻，周梵梵的心臟好像跟手心一樣熱了起來，脹脹的、沉甸甸的，在他的視線裡一點一點地回溫、跳動。

那是一種很新鮮、她從未體驗過的感覺。

「走吧，再待下去，要冷傻了吧。」他看著她微微呆愣的表情，又在她頭上拍了下，這次順手多了，「發什麼呆？」

周梵梵回過神，她也不知道突然發什麼愣，只是覺得因為關元白的幾句話，自己突然有些釋懷。

一瞬間對他有種莫名的安全感和信任感。

「沒什麼……你說的也對。碰得到摸得著的在乎其實有人給我的，奶奶不就一直在我身邊嗎。」周梵梵露出一個笑容，「這種東西太珍貴，一個就夠了，也不一定要很多。」

關元白頓了頓，又看了她一眼，說：「妳還可以有。」

「嗯？」

關元白輕笑了下，「沒什麼……走吧。」

兩人走了一下就到了停車場，走到這裡，周梵梵突然想起今天還有事沒做。

「對了，我還沒拍照。」

關元白看她：「什麼？」

這個角度還能看到不遠處的場館，周梵梵從他手裡把燈牌拿了過來：「我是說今天忘記拍照了，你能不能幫我拍？」

關元白：「怎麼拍？」

「很簡單，背景就是這個場館，把我拿燈牌的樣子拍進去就行，留個紀念。」

關元白明白了：「知道了。」

「唔……我站遠點，你幫我拍高一些啊。」

關元白遲疑了下，「拍高一些？」

他說完後「上下掃描她」的眼神，完全就是在問，妳就這個身高怎麼拍高一些？

一看就知道這人拍照一定會拍出「直男拍攝」的效果！

「我教你我教你！」周梵梵連忙把手機遞到他面前，「你看啊，人的腳要接近這條線，手機稍微傾斜，我以那個柱子為例……」

周梵梵講完之後，拿著燈牌就跑到前面去了，「可以拍啦！」

關元白點了下頭，按照她剛才說的，幫她拍了一張。

「你可以多拍幾張。」

關元白哦了聲，找了角度又按了幾張。

拍完後，周梵梵跑了回來，「我看看！」

關元白遞給她，周梵梵往上滑動了幾張，驚喜道：「孺子可教啊，拍得很好！」

關元白眉梢微微一挑：「這有很難嗎？」

「也算難吧，曉芊以前那男朋友，就是她分手的那個。曉芊跟他在一起的時候吐槽死他的拍攝手藝了，拍得很難看。」周梵梵道：「不過你放心，你現在拍成這樣，你以後的女朋友絕對滿意。」

關元白頓了一下，說：「那妳滿意嗎？」

「滿意呀！我很滿意！」

關元白淡淡道：「嗯，現在的女朋友滿意就行。」

周梵梵愣了下，緩緩抬眸看他。

關元白看了回去：「幹什麼，妳不是我女朋友嗎？」

「啊，好像……是哈。」

「那不就行了。」

周梵梵的心微微顫了下，也不是沒聽過女朋友這個詞，長輩那裡，她就是他女朋友。可從他嘴巴裡說出來，就是覺得有些不一樣。

「要不要合影？」關元白突然問。

「我們？」

關元白清了清嗓子，點頭：「第一次一起聽演唱會，合個影吧。我想到時候給奶奶她們看看，好交代。」

周梵梵頓覺有道理，慌忙舉起手機：「那、那來吧。你不說，我還沒想到合影，今天出來的時候奶奶還問我今天跟你去幹嘛……」

「拍吧。」

「嗯。」周梵梵調了調角度說：「你站矮一點。」

關元白看到了鏡頭裡的自己和她，他從沒有用這種自拍的角度拍過照，有一點不適應，但還是聽她的，蹲下了一點。

周梵梵眼看角度差不多了，按了下拍照鍵。

「好了。」

「等等。」

關元白看到定格的照片，突然意識到什麼，伸手把臉上的貼紙撕了，也順道把周梵梵臉上的撕開。

周梵梵：「嘶……」

事。

周梵梵還是覺得剛才那張好看，不過關元白堅持，她也就順著他了，反正也就是幾秒鐘的事。

像什麼……像粉絲呀。

關元白蹲在剛才的位置，抬了下她的手肘：「貼成這樣像什麼，重新拍。」

周梵梵摸了摸臉頰：「剛才那張挺好看的。」

「重新拍。」

合完影後，兩人便上車了，關元白送她回家。

周梵梵速度也很快，一進家門就往房間跑，一屁股坐在電腦前面開始修圖。

她做這些事已經很順手了，修完後，把關知意的美照和影片一起傳上了社群軟體。

在今晚大家拍的影片裡，周梵梵拍的最完整也最清晰，很快，她的影片就上了熱門。

留言區裡的意粉們嗷嗷哭，都在興奮關知意又重新唱了這首歌，簡直爺青回[2]。

周梵梵跟著大家一起高興，高興之餘也編輯了個貼文，準備發一下今晚的晚會。

周邊、關知意的照片、自己和燈牌的合影，周梵梵挑挑揀揀選了八張，還差一張。

她選來選去，視線盯在自己和關元白的合影上。其實以前她去這種活動都會發一張自己和一起去的夥伴的合影，但是這次的夥伴是……關元白。

她的好友裡有太多粉絲圈的朋友了，雖然上次已經被大家知道她跟關元白「有一腿」，但

2 爺青回，網路用語。爺的青春回來了縮寫。用來表示當看到以前流行過的東西，從而承載著自己對以前的記憶的東西再次出現、發生或流行時的興奮心情。

她還是不好意思在眾人面前秀。

算了……還是不要選這張。

叮。

就在這時，手機震動，有人傳來了訊息。

關元白：『合照傳給我。』

周梵梵回來後一直在修關知意的圖，也忘記把他們今晚的合照傳給他了，此時趕緊傳了張給他。

周梵梵：『給奶奶看嗎？』

關元白：『嗯，給長輩們都看看。』

周梵梵想的是，他口中所謂的「給長輩們都看看」就是在某天拿出來給家裡人當面欣賞欣賞，但沒想到的是，他的「都看看」，範圍比她想像中廣得多。

幾分鐘後，她在個人頁面刷到了一則新動態。

關元白發的。

周梵梵看到時，蹭地一下睜大了眼睛。

他竟然……直接發了他們的合照？！

他說給長輩看看，就是這種看法啊！

周梵梵趕緊點開那張圖，放大看了眼。

圖片上，她拿著意字燈牌和周邊小扇子，他站在她右側，其實他們中間是有距離的，但是用這個角度看，有點像她靠著他。

方才還不覺得有什麼，現在被這樣公開出來，周梵梵突然覺得異常臉熱……

『靠！妳和關元白一起去晚會！！』

突然，群組響動，七七在群裡傳了這一句話。

周梵梵看到的那刻有點愣：『啊……妳怎麼知道，妳也有關元白的好友嗎？』

上一秒看到關元白發動態，下一秒群裡朋友就這樣問了，周梵梵當下就聯想到這。

七七也愣了：『哈？什麼好友，我怎麼會有他好友？是有人拍到你們一起去聽歌了！！！媽的，妳是怎麼讓兒子在臉上貼貼紙的！我服！！！』

六六：『媽呀，你們什麼情況！！（圖片.jpg）（圖片.jpg）。』

曉芊：『妳說關元白給了妳票！妳沒說他跟妳一起去吧！！！你們！什麼情況！！』

七七：『這張圖我真的，磕死！』

六六傳了兩張圖上來，竟然是他們在內場座位的時候。

看這個角度，應該是前排往後拍的。

第一張，是兩人在說話的樣子，大概那時候太吵了，他們頭靠得有點近。

第二張，演唱已經開始了，周梵梵正拿著相機認真拍照。

而她旁邊的位子，拿著燈牌的關元白卻沒有在看表演，他微微側著頭，視線卻落在了她的臉上……

第十三章　妳要不要跟我試試

周梵梵看過很多樣子的關元白，但是像圖片上那種神色的關元白，她好像沒有見過。因為他的目光實在過於溫柔，帶著清淺的笑意，幾分縱容幾分歡喜，好像是在看什麼極其喜歡的人。

如果圖片上的是一對明星，周梵梵看到這種照片鐵定要和七七一樣，磕生磕死，按頭蓋章這男的喜歡這女的。

可並不是，圖上的人是她和關元白啊。

所以，這一定只是正好抓拍到一個表情罷了……

關元白怎麼可能用這種眼神看著她，他又不喜歡她！

『禁止亂磕CP啊。』

周梵梵在群裡傳了這句話，轉到了社群那邊。六六她們竟然能發出這種照片，那就一定是有人拍到他們，又傳去網上了。

果然，登上社群後，周梵梵隨便在首頁上那麼一刷，就看到了自己和關元白的照片，還有底下留言的群眾們。

首發的博主是個女生，也是個意粉。

她在自己的頁面po了照片，並說今天運氣超好，竟然正好坐在了關元白和周梵梵的前面，而且還目睹了兩人為關知意應援的場面，特別特別甜。

周梵梵不知道他們今晚到底怎麼「甜」了，明明她一直在認真地拍攝啊！跟關元白都沒說幾句話吧……

她往下拉了拉留言區，看到網友們的留言後，一邊一言難盡，一邊又覺得很不好意思。

『眾所周知，關元白自意意出道後從來沒有這麼光明正大地為妹妹應援。』

『兒子平時還是很高冷的呢。』

『果然還是女友的力量大啊，竟然還被貼了臉，已經能想像到關元白被要求拿燈牌時的無語表情。』

『論女友是自己親妹妹的死忠粉是什麼體驗……』

『哈哈哈哈哈笑瘋了，怎麼感覺這照片流出來是關元白的社死現場？』

『社死嗎，我只覺得好甜！！』

甜什麼甜啊……

他又不是陪著她去看的，他也是為了去看自己喜歡的歌手啊！

然而，大概也沒有人會信。

周梵梵長嘆了一口氣，默默地又點開別人偷拍的照片，還放大看了眼……行吧，還真像那麼回事。

另外一邊，發了文的關元白也不管自己攪了多大陣仗，去浴室洗澡了。

他今天心情格外不錯，因為周梵梵，也因為兩人的那張合照。

洗完回來後，他靠在床邊處理了下平板上的工作內容，就準備睡覺了。

手機方才一直都是靜音的，他也沒看。此時睡覺前看了一眼，才發現螢幕上顯示著很多人傳訊息給他。

其實，關元白也早料想到會有這種場景。

畢竟他發文的時候少之又少，這次突然發了，還是「秀恩愛」的類型，他身邊的那群人躁動也很正常。

關元白沒回覆這些訊息，而是點回了自己的個人頁面，不久前發的內容，點讚和留言都已經過百了。

長輩、合作夥伴、員工……當然還有友人們，今天他的個人頁面熱鬧非凡。

戚程衍：『還發出來？挺能炫耀。』

江隨洲：『拍得還不錯。』

關兮：『看到這篇貼文的那一刻以為出bug了。』

關知意：『嫂子好甜！』

宋黎：『？』

崔明珠：『梵梵真漂亮，你要對她好（玫瑰）。』

嚴成淮：『怎麼不發你臉上貼小五的照片？』

關兮回覆嚴成淮：『什麼貼小五？』

宋黎回覆關兮：『我傳給妳！剛有人傳給我了！』

關元白看到這留言，眼睛微微一瞇。

那張照片他和周梵梵都沒有發出來，他們從哪知道他有臉上貼貼紙的照片？

關元白回到了聊天頁面，點進和宋黎的對話，在宋黎一溜的文字上面，還真傳來了兩張圖。

方才他看到這麼多訊息連點都沒有點進來，所以也不知道宋黎之前還傳了照片給他。

照片上，竟是他和周梵梵坐在場館位子裡的樣子。

一張是兩人相望說話，一張是她在拍照，而他在看著她。

看這角度，應該是別人偷拍的。

關元白點開了他看她的那張照片，又放大了些。

看了幾秒後，他突然輕笑了下。

有些意外，也有些無奈。

原來，在他自己都不知道的某些時刻，他的愛意這般明顯，也這般無處可藏。

「意意的野生後媽們」一群還在嘰哇亂叫，七七也不知道從哪個人那裡保存過來一張長圖，圖上是關於周梵梵和關元白的故事，短篇，全書虛構，但寫得超甜。

周梵梵看得頭皮發麻，群裡另外三個人則直呼厲害。

後來她實在看不下去了，乾脆把群組設置了靜音，不理會了。

都是什麼呀……她就一個普通粉絲，竟然讓同擔們為她反覆寫文。

行吧，主要也是因為關元白，作為關知意的哥哥，他在她們這群粉絲心中也確實很有分量。

也不知道，他現在知不知道網上流傳了他們今晚的照片……

周梵梵窩進被窩，猶豫了片刻，還是決定打電話給關元白，如果他不知道的話，告訴他一聲比較好。

『睡了沒？』周梵梵在打電話前，先傳了則訊息給他。

關元白：『還沒。』

周梵梵見此，放心地打了電話給他，電話很快就接通了。

『喂。』

聽筒裡傳出了關元白的聲音，有點低，沉沉的，帶了輕微的沙質感。

周梵梵愣了下：「你是半途醒了嗎？」

關元白又從床上坐起來，靠在枕頭上，拿起床頭櫃上的水喝了一口：『不是，是準備睡了，沒睡著。』

「喔……」

『怎麼了？』

「其實也沒什麼大事。」周梵梵窩在被子裡說：「你知道我們今天在場館內的時候被人拍了照片嗎？」
關元白聽著她的聲音軟綿綿的，有點低，好像在一個小空間裡悶著說話，他停頓了下，說：『妳在床上？』
周梵梵沒聽他答，反而是問她這個，有些奇怪，但還是老實道：「嗯，我也準備睡覺了，但是想了想還是問你一句。」
關元白似乎能想像到她此刻的模樣，嘴角上揚：『妳家隔音效果是不好嗎？』
「啊？沒有啊。」
關元白溫聲道：『那妳怎麼躲被子裡跟我說話？』
「你怎麼知道？」
『聽出來了，不嫌悶嗎。』
周梵梵從被窩裡冒出一個頭，新鮮空氣湧來，她吸了吸鼻子：「唔……也還好。」
許是被她影響了，關元白也躺了回去，枕著枕頭，有些懶倦。
『妳剛才說的照片，我看到了。』
「你去社群上看的嗎？」
『不是，宋黎傳給我的。』
「噢……那，你沒關係吧？」
關元白沉吟了下，說：『沒什麼關係，也不過是被宋黎他們嘲笑一頓而已。』
「啊？為什麼嘲笑你？」

關元白輕笑了聲，緩緩道：『妳說呢？』

夜深了，溫暖的被窩，寂靜的環境，一切都襯得手機裡傳來的聲音越發好聽。

周梵梵突然想，他是不是也在被窩裡了，因為她也聽出一點悶悶的感覺，他現在說話的語調不太像白日。

遠遠的有點飄渺，但又感覺很近，好像……就貼在她的耳側。

『周梵梵？』

「嗯？」

『怎麼不說話了？』

聲音好像成了一根線，繞在耳朵上，有點麻。

周梵梵回過神，立刻轉了個方向，拿起手機貼著另一隻耳朵：「沒……我是在想，是不是因為我把意意的貼紙貼在你臉上，所以他們覺得很好笑啊？」

『這事本身不好笑，是我做，所以比較好笑。』關元白道，『算了，也別管他們，他們就是說說而已。』

周梵梵聽他沒不高興的樣子，也放心了：「好吧，你沒覺得不合適就好，畢竟你那張照片，已經在粉絲圈裡瘋傳了。」

『妳呢？』

「我什麼？」

關元白問她：『那是我跟妳的合照，被傳來傳去，妳沒什麼關係？』

「就，也還好吧，上次不是也這樣嗎……不過看大家胡編亂造，有時候還是覺得有點不好意思。」

關元白問：『他們這次又編造什麼了？』

周梵梵想起那些小文章，頓時覺得被窩的溫度有點過高了，她坐了起來，掀開了被子：「粉圈嘛，喜歡編一點小故事，大家看著玩的。」

『哦，那給我看看。』

周梵梵才不會傳那種東西給他看，純屬無稽之談！

「我、我找不到了！」周梵梵吸了吸鼻子，悶聲道：「那有什麼好看的……」

關元白靜了片刻，問：『妳是在害羞？』

「……不是，我真找不到了。」

關元白笑了下，不為難她了，淺聲道：『好吧，那這次就算了。』

什麼這次就算了，也不會有下一次了好嗎……

周梵梵：「沒事的話，那我掛了啊。」

『嗯。』

靜默了片刻，兩人突然發現對方都沒有掛掉。

周梵梵遲疑地發出一個疑問的調調。

關元白這才溫聲道：『妳先掛吧，晚安。』

「噢……晚安。」

她掛了電話，手機螢幕恢復了螢幕保護畫面。

周梵梵盯著手機看了一下，心裡突然有很柔很暖的情緒緩緩流過。

那種情緒很怪異，溫和，但其實又很刺激，心臟像被揉搓拿捏了一下，她更沒有睡意了。

周梵梵的心情因這場演唱會徹底多雲轉晴，連帶著在學校寫作業都愉悅了些。

週五那天，作業總算是都弄好了，在停車場準備回家時，接到了關元白的電話，他問她晚上有沒有什麼事，宋黎他們約一起玩，也想叫她一起去。

作為他的「女朋友」，出席朋友所在的場合，也是應該的，周梵梵答應了。

因為關元白還在南衡總公司處理一些工作上的事，所以周梵梵直接把車開了過去，停在南衡的停車場，等關元白結束後，坐他的車一起去宋黎他們那裡。

宋黎約的地點在一家私人會所，吃喝玩樂齊全，訂了最大的那個包廂。

周梵梵和關元白到的時候，裡面已經有很多人了。

關元白大概都是認識的，進去後大家看了過來，都和他打了招呼，而後視線便落在她身上。

周梵梵知道今天自己「身分」特殊，大家看過來，她也微笑著回應過去。

不過，她真正認識的人並不多，目光所到之處，只有戚程衍，宋黎是她叫得出名字的，其他人好像在關家之前的酒會上見過，但也就是見過，名字都不知道。

今天場上也還有一些女孩子，周梵梵看到戚程衍在場時，當下反應就是去找關知意，不過沒看到關知意的身影。

「小五進組了，不在這。」關元白看她那眼神就知道她在想什麼了，提醒了句。

周梵梵摸了摸鼻子：「……我也沒說這個呀。」

關元白都懶得拆穿她，帶著她往裡面走，最後在一個長餐桌邊坐下來。

這個包廂很大，長桌這塊區域是餐飲區，美食美酒，還有很多精緻的小點心。往裡些有個很長的沙發，現在沒有人在唱歌，大螢幕上正放著一部電影，聲音拉得很輕。再往裡，還有各種娛樂遊戲裝置，牌桌、麻將桌都有……

「哎呀，梵梵的元白來了呀。」宋黎倒了杯酒給關元白，叫的稱呼格外膩歪。

周梵梵：「……」

關元白一個眼神瞥了過去：「你可以正常點。」

「正常不了，這真正常不了。你被人收了，在場的誰正常的了。」宋黎又幫周梵梵倒，「梵梵啊，真是謝謝妳了，十分感謝，有妳，是關元白的福。」

剛倒滿，杯子就被關元白拿走了，「換杯果汁。」

宋黎睨了他一眼，「行行行，果汁。」

宋黎又換了果汁過來，周梵梵接過，說了聲謝謝。

關元白知道周梵梵今晚飯也沒吃就被他帶過來了，便把一些主食拿過來放在她前面：「妳先吃點東西，不用理他。」

周梵梵點點頭。

關元白問道：「還想吃什麼，我再點個餐。」

周梵梵看了一圈，小聲說：「差不多了，我先吃。」

關元白：「好，等等想吃別的了跟我說。」

「嗯。」

關元白今日格外照顧人，這種場景很新鮮，導致旁邊一群朋友看得也是津津有味。

宋黎坐到了戚程衍旁邊，說：「稀不稀奇，有一天我們也能看到他對妹妹以外的女性這麼貼心，噢不對，他對小五絕對沒這麼貼心。」

戚程衍認同地點點頭：「可能這就是重色輕……輕所有吧。」

兩人說話的聲音並不低，旁邊人聽到，都是一陣笑。

周梵梵很不好意思，低著頭吃東西，耳廓發紅。

關元白會照顧她，應該也是因為她是他帶過來的吧……

一塊小點心又被關元白拿過來，放在了她左手邊，周梵梵看了他一眼，他卻好像沒聽到大家的揶揄聲，目光專注地落在她身上：「吃吧，愣著做什麼。」

「喔……謝謝。」

周梵梵吃著飯，關元白則去和戚程衍他們聊天了，聊一些投資上的事，她聽不大懂。

吃得七八分飽後，她閒著沒事，便走到沙發那邊，挑了部電影看。

關元白方才還在說正經事，餘光中看到周梵梵走開，目光便隨了過去。看到她遠遠端坐在沙發那邊看電影，跟友人說話慢慢就顯得不太上心。

戚程衍跟他說幾句後察覺出來了，玩味道：「就這麼黏？她走開了，跟我們說話都說不了了？」

關元白淡淡道：「我不是在聽嗎。」

「聽什麼了，哪句聽進去了。」

「聽不進去的，正事今天就別說了，程衍你放棄吧。」宋黎說。

戚程衍笑著搖了搖頭：「行……不說了。」

宋黎：「走走，我們去玩一下吧，關兮和江隨洲等等也要到了，我要在他們到之前玩一下牌，省得關兮來了，又給我玩賴的。」

周梵梵看電影正看得津津有味，這部正好是之前口碑挺好，但是她沒有去電影院看的電影。

看了一下，旁邊位子突然往下陷了陷，是關元白坐了過來。

「會無聊嗎？」他問。

周梵梵塞了口洋芋片：「不無聊。」

關元白說：「宋黎拉我去裡面玩，妳要不要過來？」

「裡面……玩牌嗎？還是麻將？我都不太會。」周梵梵心思還在電影上，說：「你們玩吧，我等等看完再過去。」

關元白也不勉強：「那好，少吃點零食。」

「喔。」

關元白起身進去了，周梵梵也沒有把他的話聽進去，雖然吃飽飯了，但還是抱著那包洋芋片沒有放手。

今天來的人挺多，這裡還坐了幾個女生跟她一起看電影，因為不熟，周梵梵也沒跟她們多說什麼，只是在一開始時，人家問她怎麼拿下關元白的，她隨便回答了幾句。

當然，也沒有答到重點上，本來她也沒拿下嘛。

總之敷衍過後，人家也不來問她了。

電影播放了一半，突然，她看到一個熟悉的身影從前面路過。

「咦，嚴先生！」

嚴成淮今天遲來了些，聽到聲音側眸，看到了周梵梵：「妳也到了，元白呢？」

「他們在裡面。」

嚴成淮走了過來：「妳怎麼沒進去？」

周梵梵道：「這部電影挺好看的，我先看完，而且我不太會玩那些。」

「這樣。」

周梵梵看到他就想起了上次的事，說：「對了，你上次說的那兩個ＩＰ，最後有沒有投啊？」

嚴成淮點點頭，笑道：「聽了妳的意見，投了那部宅鬥劇，已經開拍了。」

「真是因為我的意見啊？！」

嚴成淮說：「妳說的都在重點上，後來工作人員分析的也跟妳差不多。周小姐，這方面妳真的挺厲害啊。」

周梵梵沒想到自己因為追星的一些研究，還能搞到正事上，有些不好意思：「也、也沒有啦。」

「下次妳要是有看好什麼想投的，也可以跟我分享分享。」

周梵梵愣了下：「我嗎，其實我沒有做過這方面的投資。」

嚴成淮反應過來：「也是，我記得妳還在讀書，家裡人應該也沒有讓妳去折騰這些生意上的事。」

「是沒有，不過經你這麼一說，我還是有點興趣的！」周梵梵問道：「你最近有沒有涉及其他IP啊？」

「有，公司分部已經準備投影視圈這塊，最近還買了兩部……」

關元白向來不太沉迷玩這些牌類遊戲，再加上今天心思又沒在這上面，玩了幾局下來，被宋黎他們坑了不少。

又一場結束後，關兮和江隨洲正好來了。

四人中的一人讓位給關兮，關兮一坐下便問道：「開始很久了嗎，剛才誰贏了？」

宋黎道：「妳哥輸得最多，已經喝了不少了。」

關兮看了眼關元白：「梵梵在這，他是沒心思玩吧。」

宋黎：「呀！妳怎麼知道。」

關兮：「這還不好猜，我剛看到她和嚴成淮在外面，還打了個招呼。」

宋黎往外望了望：「成淮到了啊，我都不知道，他沒進來。」

關兮道：「在外面跟梵梵聊天呢。」

宋黎：「聊什麼呀，來玩啊，元白沒心思，那就讓梵梵進來，進來他就有心思了。」

眾人一陣笑。

關元白勾了勾唇，起身：「我出去找她吧。」

「行行行，知道你早就想出去了，快把人帶進來吧。」

關元白出來時，周梵梵正在說嚴成淮最近買的那部小說，眉飛色舞，很高興的模樣。

還是嚴成淮先發現了關元白：「嗯？你們結束了？」

「沒，還要玩。」關元白問：「你來了怎麼不進來？」

嚴成淮道：「這不遇到梵梵了，正好聊了下劇本投資的事。」

「嗯。」

關元白說著在周梵梵旁邊坐下，說：「關兮他們來了。」

周梵梵：「我看到了。」

「還有，剛才我輸了挺多把。」

他坐到身邊，周梵梵便聞到了一絲酒味，她說：「輸了要喝酒嗎？」

關元白點頭：「嗯，喝不動了，妳進去幫我玩兩把？」

周梵梵說：「啊……可我都沒玩過啊，會不會輸得更厲害？」

關元白拉住她的手腕，把人帶了起來：「新手運氣好。」

周梵梵跟著關元白走了，但沒忘回頭跟嚴成淮打個招呼：「晚點再說啊。」

嚴成淮笑了笑：「行。」

關元白沒有鬆開周梵梵的手腕，走了幾步後道：「妳也想做影視投資？」

周梵梵：「之前沒想過，但是跟你朋友聊了後發現我還挺感興趣的，而且這方面我有點了解。」

「那妳要是有什麼投資上的想法，可以跟我聊。」

「嗯？」

關元白道：「我也可以跟妳說這些東西。」

周梵梵愣了下，轉頭看他，但他已經沒有下一句了，拉著她往裡走。

沒容周梵梵多想，宋黎就出現在了眼前：「梵梵，快坐快坐。」

「好……」

周梵梵在空著的那個位子坐下，關元白則讓人拿了張椅子過來，坐在她旁邊。

宋黎看他們的座位，問道：「怎麼了，梵梵替你啊？」

「不行嗎。」關元白拿了一張牌，隨意地道：「我跟她，誰打還不是一樣。」

他就坐在她旁邊，離她很近，她自然聽得清晰。

周梵梵明知他和她就是在眾人面前演一對情侶而已，可他此時說了這麼一句，她卻有些臉紅。

太真實了……好像她真是他女朋友似的。

「啊……肉麻死了，果然人一談戀愛就肉麻。」宋黎有點受不了，「還好小五今天不在，不然你們都一對一對的玩，我直接掀桌走人。」

關兮白了他一眼：「江隨洲就是坐我旁邊而已，你放心，他等等不會開口，我跟你公平遊戲。」

周梵梵看向了關兮旁邊那個俊朗的男人，她知道他，他是關兮的未婚夫。

聽到關兮這麼說，他抬了下手機，意思是自己還有點事，確實不插手。

宋黎一聽就高興了：「那元白，你也是啊，不許聯合起來玩。」

關元白道：「她沒玩過，你這不是更不公平。」

「知道規則就好了，我再跟她說一遍，反正你不許插手。」

關元白輕笑了下：「行吧，隨便。」

周梵梵有點緊張了，湊過去小聲道：「怎麼能隨便啊，我真不會。」

關元白安撫地看了她一眼：「沒事，看運氣。」

然而事實證明，也不是所有新手的運氣就一定很好。

周梵梵就是那個倒楣蛋，玩了三把，三把都輸得慘烈。

宋黎最近還沒贏得這麼徹底過，眉開眼笑，別提多高興了。

「願賭服輸啊，梵梵，妳也不能例外哦。」

周梵梵有些苦惱，她的牌類遊戲怎麼這麼菜啊。

「行，那我現在要怎麼樣？」

宋黎說：「我們呢，比較隨機。有時候玩的是錢，有時候玩的是承諾，還有的時候，輸了要做個大冒險。妳是新人，不為難妳，簡單一點的大冒險好了。我想想啊……」

宋黎摸了摸下巴，突然指了指關元白，「親他一口好了。」

關元白微微一頓。

周梵梵瞠目，立刻紅著臉搖頭：「我、我給錢！我給錢不行嗎！」

宋黎：「不行噢，我們今晚正好沒玩錢。你看，之前元白也輸了很多把，喝了很多酒呢。」

「那我喝酒……」

宋黎搖搖頭：「也不行，剛才我們說好了，贏的人幫輸的人想懲罰。」

周梵梵：「有嗎！我怎麼沒聽到。」

「哎呀，妳進來晚了，正好沒聽到。」宋黎瞇了瞇眼睛，「咦，怎麼回事，這個大冒險不是很簡單嗎，你們這麼害羞啊？都在一起了，親一口都不好意思，你們不會是……」

「當然不是！」周梵梵立刻反駁。

她對這問題應激，腦子裡第一個念頭，宋黎想問的是「不會是假的吧」。

然而宋黎其實想問的是，不會是還沒親過吧。

周梵梵在快速回答後也意識到了，臉色更是熱得要爆炸。

「不是啊，那你們第一次接吻在什麼時候？」宋黎的八卦心燃燒得厲害。

而旁邊幾人看好戲也看得很開心，紛紛望著她和關元白。

周梵梵才不下坑，說：「……沒有說還要回答問題吧。」

宋黎見挖坑失敗，攤攤手：「好吧好吧，不回答就不回答，那親還是要親的，給妳打個折，親個臉就行。」

眾人好整以暇，笑意盈盈，還真都在等著。

周梵梵桌下的手扯了扯關元白，後者一隻手撐在桌上，側著身，只對著她。

他此刻竟然很淡定，甚至帶了點笑意，那模樣，竟然好像也在等她……親他。

周梵梵有點愣了，他是真的在等她親嗎？

雖然只是親臉，但，合適嗎？！

周梵梵緊張的喉嚨都要冒煙了。

「跟妳開玩笑的。」就在周梵梵不知所措時，關元白抬手輕碰了下她的後腦勺，然後對宋黎說：「我喝酒，你別逗她了。」

宋黎確實就是故意逗周梵梵，不只他，一桌子人都在逗她。

偏偏宋黎還要裝模作樣嘆氣：「不能破壞規則呀你。」

關元白：「我喝雙倍，可以了吧。」

戚程衍這下才點了點頭：「可以，挺划算。」

關兮支著腦袋：「划算是划算，不過我怎麼覺得哥你的言語中有些失望呢。」

周梵梵差點被這句話嗆著，瞄了眼關元白，他也正好看向她，停頓了片刻，輕笑了聲：

「沒失望，本來這種事，也不會在這做給你們看。」

關元白最後因為周梵梵輸了三把，又喝了六杯。

這下她有點不敢玩了，怕等等又輸了，宋黎又想出什麼招來等他們。

「我還是不玩了吧，我手氣真不好……」

關元白一時沒聽清，往她身側靠了靠，「嗯？妳說什麼？」

他靠得近了些，明明還有點距離，但周梵梵卻感覺他的呼吸似乎就在耳側。

她輕縮了下，側了眸，望進他眼裡。

只覺他此刻眼中的情緒像一團火，溫熱的火，不灼人，只是在緩緩烘烤著什麼。

她飛快轉開眼，心臟一陣奇怪地震動。

她隱約覺得……他的眼神，有點不太對，但具體哪裡不對又說不上來。

是因為喝多了嗎？

「怎麼不說了？」

周梵梵：「沒……我就是覺得我玩的話會一直輸。」

關元白輕笑了下：「沒事，輸了我喝就是了。」

「對啊，他酒量好著呢。」關兮笑說：「梵梵，不用擔心他。」

周梵梵在眾人的起鬨下，只好又玩了幾把。

大概是熟練了些，不會一直輸了，有一把甚至還贏了個翻倍，宋黎和戚程衍都因此輸了好多籌碼，如果要換算成酒的話，一把五杯沒跑了。

「嘖，怎麼這局就我們下套啊，關兮怎麼沒事，梵梵，妳只給關兮一個人放水吧？」宋黎不滿道。

周梵梵贏了這一把有點來勁了：「我才沒放水，是你們這把太菜了。」

「……」

關元白忍不住笑了下，那眼神，大有自豪的意思。

宋黎看得酸溜溜的，又把矛頭對準關兮那邊：「那，不會是有人偷偷看我牌吧？」

關兮一眼瞪了過去：「說誰呢你，我家寶貝是這麼沒素養的人嗎。」

一旁坐著的江隨洲勾了勾唇，拿過旁邊的水喝了一口：「願賭服輸，話這麼多。」

「就是！」關兮說著往江隨洲身上靠了靠，江隨洲會意，餵了她一口水。

兩人默契得很，話都沒說就知道對方想做什麼。

周梵梵有些好奇地打量了兩人一眼，但其他人似乎對兩人這麼膩歪的行為免疫了，毫無波瀾。

後續，周梵梵又打了兩把，才起身把位子讓給其他人玩。

關元白也跟著起來了，兩人一起坐到了外面的沙發上。

這時電影已經沒有再放，有人拿著麥克風在唱歌，還有人在這邊玩骰子遊戲。

「你喝多了嗎？」周梵梵有點擔憂地看著關元白，畢竟他喝的都是因為她輸了。

今晚的酒有些烈，關元白老實道：「有點。」

周梵梵狐疑道：「只是有點嗎……」

關元白靠在沙發上，看著她的側臉很淡地笑了：「妳覺得我完全醉了？」

「看起來不太妙。」

關元白按了按眉心：「還清醒，放心吧。」

周梵梵並不怎麼放心，因為方才從裡面走出來的時候他就有點走不穩的感覺，想來，還是上頭了吧。

不過這時大家都還沒離開，周梵梵便沒有問關元白要不要先回去。

坐了十多分鐘後，關兮和江隨洲從裡面出來了。

看樣子，是關兮贏了，興致勃勃地跟江隨洲說著什麼，江隨洲神色淡淡地，但顯然有在認真聽。

「我可是幫你贏了宋黎一個項目了！你怎麼感謝我啊。」

走得近了，兩人說話內容也聽清了。

江隨洲攬著她的肩，說：「妳想我怎麼感謝妳。」

關兮：「那我可得好好想想了，一般東西可打動不了我。」

「只要東西嗎？我以為妳要我的什麼承諾。」

關兮嫌棄地看了他一眼：「誰要聽你畫大餅，我要的肯定都是實質性，你能立刻弄出來給我的東西。」

江隨洲眼裡帶了點笑意：「行，要什麼都行。不過，我什麼時候給妳畫過大餅？」

「那還不是我聰明，每次都給你攔回去了。」

關兮一臉傲嬌地說完，轉頭見周梵梵正看著他們，就朝她揮了下手，「梵梵，我們要先走了，下次見啊。」

周梵梵點頭：「好，下次見。」

關兮看了眼她旁邊的關元白，美目輕挑：「我哥他平時酒量雖然挺好，但今天這酒度數確實高了，而且還有很大的後勁哦。梵梵，要麻煩妳把人送回家了。」

周梵梵連忙應下，「我會的，放心。」

關兮：「行，我們走了啊，拜拜。」

「拜拜。」

「看這麼認真？」

周梵梵正目送他們的背影離去，旁邊靠著的人坐直了些，懶洋洋地問她。

周梵梵回頭：「你沒事吧？」

「沒……」

周梵梵說：「不是看得認真，是好奇。我記得他們在一起很久了吧，但感覺感情還是很不錯。」

「是很久了。」

「那他們結婚了嗎？」

關元白道：「也快了吧。」

「喔……那挺好的。」周梵梵有些不好意思地說：「之前因為小五，我有關注關兮，我在網上看到過他們的一些小八卦，感覺還挺有意思的。」

「什麼有意思？」

「他們談戀愛挺有意思的。」

關元白緩緩道：「難得，妳也會覺得談戀愛有意思。」

周梵梵嘿嘿一笑：「有時候看別人談戀愛，還是蠻有意思的。」

一曲終了，正在唱歌的那個女孩子又去點了首歌。

周梵梵不認識她，只是覺得她唱歌蠻好聽的，方才連聽了三首，還挺享受。不過看關元白現在的情況，還是不要再享受了。

「我送你回去吧。」周梵梵說。

關元白：「還真送我？」

「你喝多了，我肯定得送你。」周梵梵道：「要不要進去跟他們講一聲再走？」

關元白：「沒事，等等傳訊息講一聲就好。」

「嗯。」

周梵梵起身，上下打量了他一眼，伸出手：「我扶你？」

關元白確實有些暈眩，但還沒到站不起來的地步。不過看著周梵梵伸過來的手，他停頓了下，沒有拒絕。

「謝了。」

「不用客氣……唔！」周梵梵話音剛落，肩膀就被關元白一橫，他只是一隻手臂搭過來，她卻覺得千斤重！整個人被壓實了。

關元白半靠著她，在她看不到的角度噙著笑意：「走吧。」

「嗯……」

他幾乎往她身上倒了。

周梵梵被他這麼攬著，也像完全靠在了他懷裡。他的衣服蹭在她耳朵上、臉上，還帶著肌膚的溫度。

她的臉又開始燒了，這個姿勢讓她很不自在……

可是她說好送他回家的，不可能直接把人丟了，只能硬著頭皮，把他往停車的位置帶。

十多分鐘後，好不容易把人帶到了車裡。

後續一路，周梵梵都在擔心關元白會想吐或者不舒服，但他挺安靜的，她偶爾轉頭看他一眼，他也只是懶懶地靠著，眼神有一些醉意罷了。

還好，酒品挺好的。

周梵梵鬆了口氣，半個小時後，將車子開到了關元白家。

「我們到了，下來吧。」周梵梵繞到了副駕駛這邊。

「再扶我一下。」一時間沒開口，關元白的聲音有點啞了。

周梵梵會意，連忙伸手把人扶了出來，於是他又跟剛才一樣，直接往她身上靠了。

周梵梵這次有準備，強撐著一口氣，把人帶到屋裡，放在沙發上。

「你等我一下，我倒杯水給你。」

關元白：「嗯。」

周梵梵去餐廳桌上倒了杯水，拿過來遞給他，他伸手接過，握住玻璃杯時，不小心按住了她的手指。

溫熱的指腹彷彿帶了靜電，周梵梵微微一顫，抽出了手。

關元白卻似乎沒察覺，仰頭喝水，喉結起伏，脖頸線條流暢。

周梵梵撇開了視線，訕訕道：「還要嗎……」

關元白放下了杯子，搖頭。

周梵梵：「還好後面沒有繼續玩，不然我再輸幾局，你要直接醉倒了。」

「沒事，就是有點頭暈而已。」

「那你早點休息吧。」

「嗯。不過要妳扶我去下房間，可以嗎？」

去房間要上樓，周梵梵也擔心他會摔倒，連忙點頭答應了：「可以啊。」

她輕車熟路，拿過他的手臂搭在自己的肩膀上，「走吧。」

「好。」

兩人一起往樓上去，走樓梯時，周梵梵怕他沒站穩往後仰，便把左手擱在了他腰後。

後來見他真的有些站不穩，咬咬牙，直接摟住了他的腰。

他的外套還在車上，此刻只穿著一件白襯衫，衣擺沒入褲腰處，勾勒著勁瘦的腰。

周梵梵原本也沒多想，但手摟上去的那刻，手感真實，溫熱的、硬邦邦的，她還是忍不住偷偷瞄了眼。

「摸哪呢？」

她發誓她就是偷看了一眼而已，竟然被關元白抓到了，她慌亂抬眸，和他帶著醉意、似笑非笑的眼神對上了。

周梵梵頓時羞恥得不行：「我、我沒有摸哪啊！我沒有！」

「沒怪妳，妳慌什麼？」關元白低頭，瞇了瞇眼睛，打量她的耳朵，「還臉紅。」

周梵梵一下子把摟在他腰上的手鬆開了：「我沒有慌，沒臉紅！走了，快點上去。」

周梵梵漲紅著臉硬是把他往上拽。

關元白輕笑了下，腦子更暈眩了。也不知道是今晚酒的緣故，還是懷裡人的緣故，總覺得晃晃蕩蕩的，很不真實。

周梵梵還沒來過樓上，不知道他房間在哪，上來後只能站在原地：「哪間……」

「往前，就右邊這間。」

「好。」

周梵梵帶著他往前走，開了房門。

臥室感應燈應聲亮了，周梵梵沒好意思打量他的房間，看到不遠處一張大床後，便把人往那帶。

「躺、躺好。」

走到床邊，把人放下。

可關元白就像失重般地往下倒，周梵梵的手還在他身上，被輕輕一帶，立刻也往床上傾斜。

「啊——」

悶悶的一聲響，關元白完全仰躺在了床上，

而周梵梵在千鈞一髮之際伸手撐在了他身側，沒有摔在他身上。

她鬆了口氣：「差點……」

呢喃間爬了起來，然而剛坐起來，手腕就被拽住了。

側眸看去，是關元白拉住了她的手腕，他呼吸間帶著一絲酒氣，靜靜地看著她。

房間主燈都沒開，只有旁邊昏黃適睡的光芒影影綽綽，可他望著她的眼神，卻是觸目驚心的亮。

也不知道為什麼，周梵梵突然有點心慌起來，她嚥了嚥喉嚨，低聲問：「是……哪裡不舒服嗎？」

「沒有。」

「那你……」

關元白：「妳要走了嗎？」

周梵梵頓了頓：「嗯，我現在準備回家。」

「很晚了。」關元白說：「妳可以住這。」

周梵梵手指一蜷：「啊？」

關元白淺聲說：「我是說，隔壁可以睡，累了的話，先在這休息。」

周梵梵抿了抿唇：「我沒事的，開車回去也不算遠……」

然而，她這麼說完後，關元白還是沒有鬆手。

周梵梵垂眸看了眼他握著的地方，又看了看他的眼睛：「你幹嘛呀。」

關元白眼皮沉甸甸的，腦子意外的混亂。

關兮說得沒錯，這酒有後勁，尤其是現在，看著周梵梵在身邊，酒精好像發揮到了極致。

他突然很不想讓她走。

「不想鬆怎麼辦。」他嘆了口氣，有種不管不顧的頹唐。

周梵梵完全愣住了：「什麼……」

關元白從床上緩緩坐起來，讓他的視線和她的齊平。

原本想溫水煮青蛙的，可好難熬，突然不太想慢慢煮了，想添一把火，直接燒開。

他覺得自己的那些喜歡藏不住了，更不想藏。

「周梵梵，妳今天不是說……看別人談戀愛挺有意思嗎？」

周梵梵已經愣了，都不知道他是什麼意思，怔怔地看著他。

關元白溫聲道：「其實，我覺得自己去談戀愛，應該也不會無聊……妳要不要跟我試試？」

房間突然陷入了謎一般的寂靜。

周梵梵看著關元白的臉，眉梢微動了下，然後便靜止了。

她有些迷茫，好像是聽不清，又好像是聽不懂他在說什麼。

關元白微微側了頭，酒精的發散讓他越發眩暈，但看到她怔愣的眼神，他的理智有些回來了。

他輕抿了下唇，無奈地笑了下：「算了，還是給妳時間考慮吧。」

這一句話好像把周梵梵驚醒了，她瞳孔微微放大，這才反應過來他剛才都說了什麼。

慌張地從床邊站起來，踉蹌了下險些摔倒。

關元白伸手虛扶了她一下，見她沒摔倒鬆了口氣：「小心點。」

「我、我要先走了！」

「好吧。」關元白手撐在床沿，聲音還是沙啞，「把我的車開走就行。」

「噢！」

周梵梵的聲音格外大，絲毫掩飾不了其中的震驚和慌張。

砰一聲響，她甩上了房門出去了。

關元白看著緊閉的房門，好一陣子後，輕嘆了口氣，往後倒在了床上。

嚇到她了。

算了……現在也只能走一步看一步了。

周梵梵從關元白家裡出來的時候，手上拿著他的車鑰匙。

走出門，涼風吹來，她猛地一顫，腦子裡混亂思緒一點點歸位。

他剛才說什麼……

考慮？考慮什麼東西……

哦對，上一句話是，要不要跟他試試，談戀愛。

他瘋了嗎……

周梵梵在這時臉色才驟然變紅，幾乎是同手同腳走到了車旁。

瘋了瘋了，一定是瘋了。

他今晚喝了很多酒，肯定是喝醉了腦子不清醒，所以才突然想問她這個問題。

畢竟酒精的作用下，有時候人會做出超乎平時行為的一些事。所以關元白喝多了突然想談個戀愛，也不是不可能。

明天一早醒來，他肯定會社死，直接後悔到捶床的那種！

周梵梵雖這麼想著，可還是心跳如鼓，深吸了好幾口氣，也沒能把這股差點把她帶走的悸動緩過去。

她站在原地，抬眸往樓上看了眼，這個角度，正好可以看到關元白隱隱亮著燈的房間。

也不知道為什麼，她突然又想起了和宋黎他們一起玩牌時，其實她那時就覺得有點不對勁。

他……那個時候是不是就已經醉了？

這一夜，周梵梵沒有睡好。

一閉上眼睛，就能看看到關元白朝她靠過來，一雙美眸深邃幽深，輕輕地問她，要不要跟他試一試。

周梵梵要被折磨瘋了。

好不容易睡著天都已經快亮了，第二天下午有課，馮姨看她一直沒有起床，直接上樓來敲門。

周梵梵痛苦地從被窩裡出來，讓馮姨進來。

「哎喲我的小祖宗，昨天是通宵了嗎，到現在還不醒？」馮姨端了杯熱水給她，「快坐起來，不能再睡了。」

周梵梵揉了揉眼睛：「幾點了……」

馮姨：「十二點了，妳下午還要上課呢，現在不起來可要遲到了。」

周梵梵聽到上課，人清醒了一些。

「啊，對對，我馬上起。」

「還好老夫人今天去公司了不在家，不然妳可得挨罵。」馮姨一邊說著一邊往外走去，「我去幫妳準備一點吃的，妳馬上下來，吃完就去學校。」

「要來不及了，幫我弄個三明治帶走就行。」

「哎，好。」

周梵梵趕緊從床上下來了，換衣服時，看到了桌上還放著車鑰匙，關元白的。

周梵梵的手又頓住了，心莫名慌張了起來，覺得昨晚有點像做夢。

她沒敢再多想，換好衣服洗漱完之後，帶上三明治直接走了。

她開的是關元白那輛車，想著晚點離開學校的時候直接把這輛車開到他公司，再把自己停在那的車開走，這樣……也不用去他家。

雖然知道關元白昨晚一定不清醒，但她現在有點不敢見他。

第十四章　爲什麼不當眞

今天徐曉芊也在學校上課，上完課後因為兩人都有作業要寫，便約著一起去了圖書館。

「妳昨晚沒睡好嗎？」周梵梵看徐曉芊隱隱透著黑眼圈的臉，問了句。

徐曉芊臉色微微一變：「有、有嗎。」

「有啊，黑眼圈挺重。」

「可能……最近太忙了。」徐曉芊說罷看了她一眼，「妳還說我，妳自己也沒睡好吧，黑眼圈比我還嚴重好不好。」

周梵梵：「是沒睡好……」

「是不是又剪影片了，妳以後剪影片不要老挑大半夜了。」

昨晚那事，畢竟是關元白丟臉的事，她還是不要到處傳比較好。

周梵梵這麼想著，便沒有解釋：「……知道了。」

進圖書館後，兩人找了個位子，今天人不太多，這邊還空了一塊沒人坐。

周梵梵放下電腦後，問了一句：「對了，最近楊城沒有再來纏著妳吧？」

徐曉芊：「我沒理他。」

周梵梵：「他還有找妳啊……」

「我也不知道為什麼，以前沒覺得他對我有多愛，現在分手了，他反而是這樣癡情的模樣。」徐曉芊嘲諷地笑了下，「可能這就是男人吧，得不到的永遠是最好的。」

周梵梵輕嘆了口氣：「那……妳還好吧？」

徐曉芊給了她一個放心的眼神：「挺好的，妳放心吧，我跟他已經不可能了，不會像以前一樣又原諒他，跟他復合。」

周梵梵點點頭，「總之，妳覺得開心就好，不要太為難自己。」

「嗯……」

兩人短暫地聊了一下，便去弄自己的作業了。

約莫過了一個小時，周梵梵的手機震動了下，顯示有訊息。

她伸了個懶腰，拿起來看了眼。

關元白：『在哪？』

她驚了下，手機差點脫手。

腦子裡，好不容易消停的那句話又冒出來：「要不要跟我試試？」

「……」

周梵梵緩了一下，輕呼了一口氣。

不回覆也不行，畢竟那樣會讓關元白更加尷尬。

於是，她謹慎地打了幾個字：『在學校。』

關元白：『上課？』

周梵梵：『不是，在圖書館寫作業。』

關元白：『什麼時候結束？我過去找妳。』

「！！！」

周梵梵立刻：『沒呢，作業有點複雜！我應該還要挺久的！有什麼事嗎？』

手機安靜了一下，兩三分鐘後，才見關元白回覆：『我的車還在妳那。』

周梵梵：『嗯嗯對的！沒關係我晚點幫你送去公司，正好我的車也在你公司停著。』

關元白沒有再回覆了，周梵梵鬆了口氣。

他方才也沒提到昨晚……也是，昨晚那事他最尷尬，應該恨不得拉著她一起去消除記憶吧，怎麼可能還自己提起來。

所以啊……她也要放寬心，不要緊張，更不要多想！

周梵梵原地冷靜了一下後，重新打開了電腦，心平氣和地繼續寫東西。

又一個半小時過去，外面的天也暗了下來。

坐對面的徐曉芊給了她一個眼神，問她好了沒有，周梵梵點點頭，收拾了東西，和徐曉芊一起離開圖書館。

「晚上去吃什麼？」周梵梵問。

徐曉芊：「吃三號學生餐廳的炒飯，怎麼樣？」

「可以啊，好久沒吃了。」

三號學生餐廳的牛肉炒飯是他們學校一絕，周梵梵打起了精神，「我要吃一大碗，再買一杯飲料吧。」

「行啊——」徐曉芊應著，都已經想好要喝什麼了，突然，往圖書館階梯下看的眼神凝住了，「啊，看來今天是喝不成了。」

周梵梵不明所以：「為什麼？」

徐曉芊扯了下她的衣服，示意她往下看。

周梵梵疑惑地望了下去，只見圖書館階梯下方站了一個男人，身著黑色大衣，長得很高，夜幕下，像雪色裡的霧凇，挺拔又乾淨。

周梵梵陡然定住了腳步，有那麼一瞬竟然想溜。

但已經來不及了，階梯上的人望了過來，他看到她們了。

他神色無恙，好像並沒有因為昨晚的事難以面對她。

「關先生好。」徐曉芊拉著周梵梵走了下去，先打了個招呼。

關元白點點頭：「妳好。」

徐曉芊看看兩人，說：「你們應該有事說吧，那我就先走了，你們聊。」

「曉芊！」周梵梵扯住人，「還要一起吃飯呢！」

徐曉芊擺擺手：「下次吃吧，我突然覺得有點累了，我回寢室叫個外送。」

「……」

徐曉芊：「那我先走了，拜拜～」

徐曉芊此時也是莫名有眼力見，溜得飛快。

周梵梵只好強行鎮定看向關元白：「那個……你怎麼過來啦，我不是說，車我會送過去給你嗎？」

關元白抿了下唇，說：「正好路過妳這，就順便過來了。」

「喔。」

關元白看了她一眼，斟酌了下，說：「還沒吃飯，正好先一起去吃個飯？」

「也……行。」

周梵梵沒少跟關元白吃飯，這時候也並沒什麼理由拒絕。

當然，也沒必要拒絕，除非她自己心裡有鬼！

於是，為了證明自己心裡沒鬼，帶他去學校餐廳的路上，周梵梵全程都是「淡定」的。

「你確定要在我們學校學生餐廳吃哦？」

關元白說：「反正都在妳學校了，就在這吃吧，有什麼好吃的推薦嗎？」

「我跟曉芊剛才準備去吃牛肉炒飯，在我們學校挺有名……」

關元白點頭：「那我們就去吃這個。」

「好吧。」

周梵梵帶著關元白來到了他們學校的學生餐廳，這個時間，學生餐廳人還挺多的。

兩人一起走到了買炒飯的窗口，站在後面排著隊。

關元白長得高，在隊伍裡簡直像隻白鶴，完全立於「雞群」之上，旁邊來買飯菜的學生頻頻回頭，可看到他站在一個女生身後，只跟她說話的樣子，又打消了上前來的念頭。

排了十分鐘後，輪到他們了，關元白付完錢直接端起兩份去找位子。

「我還想去買杯飲料……你要嗎？」落座後，周梵梵說道。

關元白：「我喝礦泉水就行。」

「那我幫你買一瓶水。」

「好，謝謝。」

周梵梵又起身去買飲料了，但是因為飲料還要等，所以就先回來，邊吃邊等。

「你的水。」

關元白：「嗯。」

兩人拿起筷子，開始各自吃自己面前的食物。

沒人說話。

一直沒人說！！

周梵梵知道這是詭異的，因為之前一起吃飯時，他們是會說話的，有時候說菜品，有時候說家裡……總之總有話說，不會像現在一樣，各自安安靜靜地吃飯。

周梵梵覺得自己快噎死了！

「我去拿飲料……」

「昨天我說的話……」

兩人同時開了口。

周梵梵愣了下，隨即笑開：「昨天？你說昨天啊，昨天沒事啊，放心啦，我不會當真的！」

她打著哈哈，一臉「沒關係沒事你不要尷尬」的表情。

然而，臉都快笑僵了，也沒有看到關元白有一丁點尷尬。

「為什麼不當真？」關元白突然問她。

周梵梵不笑了。

關元白放下筷子，桌面上的手輕輕握著，說：「妳可以當真。」

「啊？」

周梵梵又呆住了。

這跟她的預想不一樣……

他昨晚不是喝醉了嗎？現在該清醒了啊，為什麼……沒有清醒？

「昨晚，我是喝多了些。」關元白自知有點唐突，但既然已經說了，那就說吧。

他抬眸看著她，眼神專注：「我喝多了，但是，沒有到不知道自己在說什麼的地步。」

周梵梵立刻說：「是不是你奶奶催太緊了，你乾脆想真的談戀愛？」

關元白頓了頓，微微失笑：「妳是這麼想的？」

「不然呢……」

關元白有點無奈的樣子，「為什麼就不能是，我喜歡妳，我真的想跟妳談個戀愛呢？」

周梵梵活到現在，被表白過挺多次。

面對這種情況，她向來遊刃有餘，有時裝傻充愣，有時乾脆直白，次次都能拒絕得體面。

但此時此刻，面對關元白的幾句話，她卻不知道該做什麼反應。

也許……是因為她曾經想過當這個「嫂子」。

也或許，他們之間有些合作關係，兩人或多或少都熟悉了。又或者……她最近對他真的有一些莫名其妙的情緒。

總之，他們之間的關係千絲萬縷，讓她這個「拒絕」的話說不出口。

只能呆呆地看著他，被清醒的關元白震撼得死死的。

「但妳不用擔心什麼。」關元白補充道：「我昨天說過了，給妳時間考慮。妳……不用那麼快給我答案，我不著急。」

周梵梵：「可是……」

「號碼牌給我吧。」

「嗯？」

關元白說：「我幫妳拿飲料。」

周梵梵腦子裡一團亂，僵硬地伸出了手。

關元白拿過她手心的紙，往飲料的窗口走去。

他起身時略微匆忙，好像怕聽到什麼不想聽的話一般。

只是，周梵梵並沒有注意到。

後續一頓飯吃下來，周梵梵都不知道嘴裡是什麼味道，最後一大半沒吃完。

從學生餐廳出來後，兩人安靜地往停車場的方向走去。

「那個，車就在這了。」到了地方後，周梵梵總算開口說話了。

關元白道：「嗯，上車吧。」

周梵梵啊了聲，說：「你、你人都過來了，車直接開走就好，不用管我。」

關元白看著她有些慌亂，輕笑了下：「妳的車不是停南衡了嗎，不要去拿？」

「那我搭計程車去就行……」

關元白：「妳是在怕我？」

「怎麼會！」

關元白饒有興趣道：「也不是沒坐過我的車，妳是因為我之前說了那些話，所以現在不敢上嗎？」

「沒有沒有。」

「那就上車。」關元白打開了副駕駛座的門，示意她進去，「我送妳過去。」

周梵梵此時硬著頭皮也要上了。

大概是怕路上太安靜導致尷尬，關元白放了歌。

是張洛的，情歌低沉，帶著一點復古的味道，很好聽。

周梵梵聽著這歌，偷偷瞄了關元白一眼。上次他突然說要去聽演唱會，因為喜歡張洛……

可現在仔細想想，當時和他聊的時候，好像還是她說的比較多。

他真的喜歡張洛嗎？

還是，他那天是為了跟她一起去看那場群星演唱會？

這個念頭剛從腦子裡冒出來，周梵梵就一陣臉熱。

她其實不太明白……他為什麼喜歡她，他什麼時候開始喜歡她的？

「妳想說什麼？」關元白似乎感覺到了她的視線，看著前方開口問道。

周梵梵今天已經夠愣了，哪敢問這些勁爆的問題，嘟囔道：「沒想說什麼……」

關元白沒有追問，其實，他覺得自己大概能猜出她想說些什麼。

可能，她想問他什麼時候或者為什麼喜歡她。可這個問題，他自己甚至無法做出明確的回答。

只是覺得突然在某一個時刻很在意她。

也可能，她會拿出一些說辭拒絕他。因為從她之前的言論中，不難感覺到她對談戀愛這件事並沒有什麼興趣。

他不想聽或者說不想這麼快就聽到她拒絕，所以他沒有追問。

也算不敢吧。

到了南衡，周梵梵拿到了自己的車，驅車回家。

進小院後，正好看到奶奶拿著灑水壺在澆花。她平時忙，難得有閒情逸致。

「梵梵，回來了。」

周梵梵心不在焉地嗯了聲。

「元白呢？」

周梵梵像被點了什麼穴道，一下子站住了：「啊？」

趙德珍道：「好些日子沒見到元白了，有空的話可以喊他來家裡吃飯。」

「嗯……我下次跟他說。」

「行。」趙德珍放下灑水壺，拉過周梵梵，往客廳裡走，「你們最近怎麼樣呀，沒吵架吧？」

周梵梵：「我跟他哪裡吵得了架……」

「也是，元白大妳幾歲，性子又好，肯定讓著妳。」

周梵梵笑了下：「奶奶，關元白在妳眼中就是什麼都好？」

「當然了，難道妳不覺得他很好嗎？」

周梵梵一噎：「反正我沒妳這麼迷妹！」

「還迷妹……沒有的話，妳臉紅什麼。」

周梵梵頓時跳腳：「我哪裡臉紅了！」

趙德珍扯了扯她的臉蛋：「還不承認呢妳！」

「哎呀，疼！」

趙德珍看著周梵梵緋紅的臉頰，反而很欣慰，沒什麼比看到寶貝孫女有一個值得託付的人在身邊更開心的了。

「前兩天正好還和他奶奶打電話呢，元白他奶奶一直在跟我誇妳，很喜歡妳。還說希望你們能早日訂個婚什麼的。」趙德珍說完試探地問道：「梵梵，有沒有想法？」

周梵梵眼睛都瞪圓了：「我們才在一起多久！什麼訂婚啊，當然沒想法！」

「那要是適合的話，早訂晚訂不都一樣嘛，是不是？」

「才不是！奶奶妳們別瞎來，我們自己看著辦。」

「哎呀，也不是瞎來，我就是問問嘛……」

「那我回答妳，還、不、行！」

周梵梵拉開趙德珍的手，往樓上房間跑了。

把房間門甩上後，她一屁股坐在了電腦前面。

訂婚……

奶奶她們的速度果然都是坐火箭的！

還有關元白……

他是真的喜歡她啊。

那她自己呢，對他也是一樣的意思嗎？

很多時候，周梵梵想不明白一個問題，就會有逃避的心理。

這次也是，她糾結於要怎麼回覆關元白。

正巧的是，導師那幾天突然發了任務下來，她藉此機會一頭埋到書裡，給自己一點緩衝的時間。

關元白應該也想給她一點時間想想，所以這幾天也沒有來打擾。

「沉迷知識海洋」的第三天，周梵梵終於差不多把任務做完了。

晚上九點多，她從圖書館出來。

因為已經有些晚了，又有點累，所以便想著今天不回家，直接回寢室睡覺。

昏昏欲睡地走到寢室樓下，突然看到兩個熟悉的身影，她那點睡意一下子就空了。

難以置信地走近，看清人後，震驚得不行：「宋黎？！」

在寢室樓下牽著手的兩人一下子鬆開了對方，徐曉芊回過頭來，看到周梵梵的那一刻有些不知所措。

宋黎也愣了一下，不過很快嬉皮笑臉地對著她：「梵梵啊，好久不見。」

「什麼好久不見！你們在幹嘛呢？」

周梵梵走到徐曉芊旁邊，拉著她的手腕把她往後拽了下，壓著聲道：「妳剛才跟他牽手？」

徐曉芊抿了抿唇：「梵梵，我之前沒想好怎麼跟妳說。」

周梵梵心口震動：「所以你們——」

徐曉芊：「我和他在一起了。」

周梵梵目瞪口呆，原以為徐曉芊最不喜歡宋黎這款的，可現在！她竟然告訴她，他們在一起了？！

「什麼時候在一起的，為什麼在一起了？」

宋黎笑了笑，有些無辜：「就這兩天，這有什麼為什麼呀，你情我願談戀愛嘛，跟妳和元白一樣。」

周梵梵瞪了眼宋黎：「可是你之前明明說你沒有在追曉芊！」

之前徐曉芊在寢室提起宋黎時她有警覺，還特意跟關元白說了。關元白那時也去問了宋黎，當時宋黎的說法就是，他跟徐曉芊沒什麼。

也是因為這樣，周梵梵才放下了心。

可現在……竟然已經在一起了！

徐曉芊拉了拉周梵梵：「還是我回去跟妳說吧。」

說著，看了宋黎一眼，「我們上去了。」

宋黎點點頭：「那明天見。」

徐曉芊沒答，帶著周梵梵上樓了。

關上門後，周梵梵把徐曉芊按在位子上，垂眸看著她：「講講吧，到底怎麼回事。」

徐曉芊深吸了一口氣：「事情……就是妳看到的那樣。」

周梵梵有些著急了：「曉芊，可是妳知道的，他——」

「我知道。」

周梵梵皺眉：「那妳怎麼跟他在一起了，之前楊城的三心二意妳就已經深惡痛絕了。宋黎他……好吧我承認他作為一個朋友還是不錯的，但是作為男朋友，他不能達到妳期望的那樣。」

「妳是想說他對感情從來不怎麼認真？」

周梵梵對宋黎一直有挺好的觀感，感情除外。

「對……」

徐曉芊看周梵梵很擔心的樣子，安撫地拍了下她的肩：「沒事的梵梵，他不認真，難道我就認真嗎？」

周梵梵愣了愣：「什麼意思？」

徐曉芊笑了下，道：「男人能把愛情當遊戲，憑什麼我就不行？梵梵，妳放心吧，我也只是談談戀愛，我覺得跟宋黎在一起感覺不一樣，輕鬆、自在也開心，這樣就夠了不是嗎？」

「可是妳以前……」

「以前是以前，現在我想明白了，有些事，妳不能一直強求結果。」

周梵梵知道，別人的感情她無法干涉太多。此時此刻，她也只是擔心自己的朋友罷了。

「那你們怎麼就走在一起了？」

徐曉芊說：「我之前不是一直幫別人補課嗎，我教的那個小孩就是宋黎的姪女。當時在他姪女家，我們也遇上了。有一次他送我回來，碰到楊城了，我當時為了把楊城逼走，就說……宋黎是我新男朋友。反正，從那個時候開始，我跟他就牽扯住了。」

「那妳喜不喜歡他？」

「喜歡啊，我說了，跟他在一起很開心。」

周梵梵：「那他呢？」

徐曉芊攤攤手，「他喜不喜歡我我也不清楚，但應該是有興趣的，不然為什麼要在一起？」

周梵梵知道，徐曉芊說的話也不完全錯，談戀愛而已，不求結果的話，開心不就行了。

可話雖如此，她還是有些擔心。

因為徐曉芊以前談戀愛是什麼樣子她是知道的，全身心投入，見不得出軌，更見不得腳踏兩條船。

她真的可以讓宋黎不傷害到她嗎。

周梵梵希望自己的好友能夠開心，可也怕她又走入另一個漩渦中，因此晚上還輾轉反側很久。

正好這時，關元白傳了則訊息過來。

時隔三日，他第一次傳訊息來，周梵梵看到時心口一緊。

關元白：『明天有空嗎？』

周梵梵盯著他這句話看了一下，才老實回覆：『明天早上要把作業做一點收尾……』

關元白：『好。』

之後，對話方塊上方斷斷續續顯示著正在輸入中，但遲遲沒有看到訊息傳過來。

周梵梵猶豫了下，還是覺得自己應該傳點什麼，不然怪僵持的。

想了好半天後，她決定提提宋黎。

『對了，想問一下，你最近跟宋黎有聯絡嗎？』

上方又顯示正在輸入中了。

關元白：『上週見過，怎麼了？』

周梵梵：『突然想知道他的情況……』

關元白：『現在方便打電話嗎？』

周梵梵又開始緊張了，不過關於宋黎的事，她也確實想問問清楚。

於是看了眼已經上床的室友們，開門走出寢室，站在樓梯間裡回覆關元白：『可以。』

很快，關元白的電話就打來了。

熟悉的聲音從聽筒裡傳來，淡淡的，依然好聽：『喂。』

「我在……」

關元白嗯了聲，問道：『妳說，宋黎怎麼了？』

周梵梵靠著窗戶，凝了凝神：「是這樣的，今天我住在學校，回寢室的時候看到宋黎了，他跟徐曉芊在一起了。」

關元白顯然有些意外：『他跟妳朋友？上次我問他的時候，他說沒有聯絡。』

「曉芊說，那個時候確實沒多少聯絡。他們也是這兩天才確認關係的。」周梵梵道：「我其實就是想問，宋黎他現在沒有別的女朋友吧，他不會腳踏兩條船吧……」

『據我所知，他女朋友只是換得快。』關元白道，『當然，他這種行為也是不好的，妳朋友想清楚了？』

周梵梵嘆了口氣：「她說就是談場戀愛，開心就好，不管那麼多……可是我還是有點擔心。」

『好，我會去提醒提醒宋黎。』

周梵梵嗯了聲，但想了想又道：「不過都是成年人，他們真的決定怎麼樣，別人也不能干涉什麼。」

『沒事，提醒他一句而已。』

「好，那……謝謝啊。」周梵梵捏緊了手機，「嗯，沒事的話……先掛了？」

『等等。』關元白道，『妳剛才說明天早上收尾，那之後是沒事了嗎？』

周梵梵剛緩和下去的一點緊張又湧上來了，但她這次握緊了手機，選擇不逃避了。

這事不見面本來就是解決不了的。

「……沒事了。」

『那正好。』

「好什麼？」

關元白道：『明天要不要來我家吃飯？』

「去、去你家啊……」

『嗯。』關元白淡淡笑了下，『妳忘了嗎，妳之前答應過我的。』

之前答應過他的事，那就是要請他吃一百頓飯。然而這事後來根本沒有履行完，不了了之了，現在，他突然又提了起來……

周梵梵知道，這次的重點根本不是吃飯。或許……以前的重點也不是吃飯？

難道之前七七她們說的是真的，這種事其實只是「陰謀」而已？

但如果是這樣的話也太早了吧，難道他那個時候就喜歡她了嗎？

可她分明記得，那時他知道她接近他只是因為關知意後挺生氣的，當下應該很討厭她才對，怎麼會是喜歡。

周梵梵百思不得其解，但想來想去又覺得，不論怎麼樣他現在說喜歡她是事實了。

說實在的，在關元白表白前，她沒有想過要真情實感去談段戀愛……

她此前只是隱約覺得，自己對關元白好像有了點不一樣的情緒。

可那種情緒，到底是不是叫心動？

第二天，徐曉芊一早就出門了，要去幫宋黎的姪女補課。

周梵梵依然擔心她，但也沒什麼辦法。再者，徐曉芊說她覺得開心，那她更沒理由去打擾別人開心了。

上午，她把自己的作業全弄好後，開車去了星禾灣。

是的，她還是決定去關元白家見他。

因為她想知道自己跟他在一起的所有感覺是不是叫做心動。

她想知道自己拒絕不了他，是不是因為喜歡他這個人……

到了關元白家，她從車上下來，輕車熟路地按了密碼。

滴滴，門開了。

周梵梵猶豫著伸手，最後一鼓作氣把門推開。

玄關上，她的那雙粉色毛絨拖鞋已經擺放在那裡，顯示著主人早就在迎接她。

她盯著鞋子看了一下，把包掛在旁邊，換了拖鞋。

客廳是空的，關元白不在。

她原想著，他可能還在公司，沒有趕回來，卻聽到廚房那邊有些動靜。

周梵梵走過去，到廚房門口時，看到一個人背對著她，正在抹東西在牛排上。

聽到響動，他回了頭，「來了。」

關元白穿著一件寬鬆的白色毛衣，淺灰色褲子，圍著圍裙，頭髮沒有特別抓過，柔和地垂下來，看起來異常溫和。

周梵梵愣了愣，說：「你在幹什麼？」

關元白道：「朋友送的牛排，妳今天要過來，正好把它弄了吃掉。」

周梵梵：「你會嗎，要不要我來？」

關元白道：「不用了，妳去外面坐一下，這個應該很快就能好。」

他的動作看起來一點都不熟練，顯然是現學的。

周梵梵此刻雖然很緊張，但還是走上前去，「那個……需要幫忙嗎？」

「別的材料都已經弄好了，沒什麼需要幫忙的。」關元白還在小心翼翼地處理牛肉，突然道：「妳幫忙拉一下袖子吧。」

他的毛衣是很寬鬆的類型，上捲的袖子不是很能定住，此時袖子突然向下滑，而他兩隻手都是髒的。

周梵梵立刻伸了手：「哦！好的。」

她抓住袖子兩邊，準備往上捲。

但捲衣袖不可避免地會碰到他的手臂，指尖觸及他的肌膚，有些光滑，還是溫溫熱熱的……周梵梵瞬間停住了。

關元白也頓了頓，他微微垂眸，目光落在她的耳垂上。

髮絲垂落，耳垂隱藏在其間，鮮紅欲滴，連帶著脖頸那一片也有了緋色。

他眸光一暗，淺聲問她：「怎麼不捲？」

「啊……捲的。」

周梵梵恍然反應過來，趕緊把他的衣袖往上折兩下，再推至手肘處。

她馬上縮回了手：「……好了。」

關元白的眼神還停在她的耳朵上沒有挪回：「嗯，謝謝。」

周梵梵恍然未覺，輕呼了一口氣，轉移話題似的說道：「你是看教程學的嗎？行不行，這麼好的牛肉別浪費了。」

關元白說：「不難，也就煎一下。」

「好……那，我先出去了？」

「嗯。」

周梵梵趕緊開溜了，小跑到客廳裡。

她摸了摸臉，覺得臉頰有些燙。

是因為知道他對自己有意思，所以她的情緒起伏才比以往更大嗎？

不就是捲個袖子嘛！她臉紅什麼啊！

真丟人……

緩了一下後，臉頰總算是冷卻了下來。

周梵梵這才注意到茶几上放著很多吃的，除了水果外，還有各種各樣的零食。

關元白吃這些零食嗎……以前來沒看見有這些。

是準備給她的？

周梵梵往廚房方向看了眼，嘴角忍不住揚了下，拿起一小包果乾拆開。

為分散自己的注意力，她又打開電視找了綜藝看。

沒看多久，突然見關元白走了出來：「忘記跟妳說了，別吃零食。」

周梵梵手裡還拿著零食袋，聞聲訕訕放下了：「這……不能吃嗎？」

「是買給妳的，但妳別飯前吃。」關元白看了眼她吃的東西，見她沒吃多少才鬆了口氣，「別吃了，等等吃不下晚餐。」

「喔……」

半個小時後，餐廳那邊也有動靜了。

周梵梵隱隱聞到了香味，她沒繼續看綜藝，起身往廚房那邊走去。

關元白果然已經把牛排做好了，還做了一點小菜。

「去洗手吧。」

「好。」

洗完後回來，關元白示意她在他對面坐下，開始吃今天的晚餐。

周梵梵坐在位子上，拿起刀叉，切了牛排。

牛排很嫩，火候意外控制得還不錯。她吃了口後，抬眸看到關元白的眼神，便說：「很好吃。」

每個下廚的人，都希望吃自己飯菜的人稱讚，這點周梵梵最清楚了。

關元白：「真心的？」

周梵梵點點頭：「畢竟也是很好的牛排……」

關元白笑了下：「所以是因為牛排好，跟我沒什麼關係。」

「那也不是啊，你這個火候和時間都挺合適的。」周梵梵又吃了一口，再次肯定，「我說真的。」

關元白心情愉悅：「嗯，那妳慢慢吃。」

周梵梵點點頭，又問道：「你今天怎麼在家做牛排，公司沒什麼事嗎？」

關元白：「提早回來了。」

周梵梵張了張口，突然問不出下一句「為什麼早點回來」，因為答案似乎有點明顯。

「其實我上次就想問你了……」快吃完時，周梵梵才又突然開了口。

關元白放下了刀叉：「什麼？」

「你、你為什麼喜歡我啊？我覺得挺奇怪的。」問出這句話時，她的頭頂要冒煙了。

關元白停頓了下，說：「為什麼奇怪，在妳自己眼裡，妳有那麼不值得喜歡嗎？」

「不是……我只是覺得，如果沒有家裡的因素，我們兩個八竿子打不到一起，很多地方都不一樣啊。」

不像之前學生時代，有共同的環境，差不多的生活，相仿的年紀……那時，懵懵懂懂就可以在一起了。

「相同的人不一定容易相吸。」關元白說：「我們是有很多不一樣，可是這跟喜不喜歡，沒什麼關係吧。」

「……是嗎。」

「我喜歡妳，只是因為喜歡妳。」關元白思索了下，而後緩緩道：「如果非要說原因，大概是因為跟妳在一起覺得開心。心動了，我也控制不住，不是嗎？」

眼前的關元白並沒有說什麼花裡胡哨的言語，可他的眼神卻極盡認真。

心動，是控制不住的。

這句話，好像一點都沒錯。

她現在心跳就好快……這可能，也叫控制不住的心動？

關元白看似鎮定，實則心裡也有忐忑。

因為他知道周梵梵對他所有的感情，理由都是關知意。一開始是因為他是她哥哥，所以她才願意接近。

後來也是因為不想被關知意認為自己人品不行，所以順著他，答應他無理的「做飯」要求。

從始至終，她對他的好，都基於他自帶「愛豆親哥」的光環。

他都清楚，所以他沒什麼底。

「我之前說過，我不著急妳的答案。我會告訴妳我喜歡妳，是因為我覺得我自己已經隱藏不住對妳的情感。至於妳對我的，我希望妳可以徹底想明白，有沒有……純粹的喜歡。」關元白說：「如果妳確定妳跟我不可能在一起，確定妳對我一點感覺都沒有，妳告訴我，那麼我們現在的關係可以到此結束。但在此之前，我希望我們保持目前的狀態。」

一頓飯吃得不算輕鬆。

但從關元白家裡出來時，周梵梵來時那種很緊張的心態緩和了許多。

因為關元白給了她一個寬鬆的環境，他不會逼著她，他是真的想讓她考慮清楚。

回到家，洗完澡後的周梵梵躺在了床上。

『到家了嗎？』

十多分鐘前，關元白傳了訊息給她，但她那時在浴室裡。

她側了個身，回了訊息：『已經到了，現在都準備睡覺了。』

想了想，又回覆：『謝謝你今天的牛排，真的挺好吃的。』

關元白：『那下次再過來吃。』

周梵梵：『還是你做啊……』

關元白：『嗯。』

周梵梵：『我突然想起，我還欠了你八十六頓飯沒做。』

關元白：『記得這麼清楚？』

周梵梵：『那當然了，我之前一頓一頓數著呢……所以，是取消啦？』

關元白：『不取消。』

周梵梵：『啊……』

關元白：『剩下的，換我來。』

周梵梵：『那多不好意思 0.0。』

關元白：『對正在追妳的人，也不用不好意思吧？』

周梵梵幾乎能想到如果這句話是關元白面對面對著她說的，他會是什麼樣的表情，他眼裡一定帶著一點笑意，有點玩笑的意味。但是，妳又會覺得，他還是認真的。

周梵梵的目光在「追妳」兩個字上凝了一下，心裡那些小竊喜、小甜蜜蹭蹭冒了上來。她突然興奮地在床上滾了一圈，然後又掏出手機看了眼。

追她嗎……

「什麼！妳說關元白跟妳表白了！」

隔天，操場，徐曉芊一臉興奮。

周梵梵掩住她的口：「妳小聲點。」

「我就知道！我就知道他是真的喜歡妳！之前我和六六七七她們都這麼覺得，就妳不信。」徐曉芊好奇道：「欸，他什麼時候表白的？怎麼表白的？！」

「也就不久前，那天……他喝多了，就邀請我跟他談戀愛。我一開始以為他就是喝醉了而已，誰想到第二天，他說他沒有醉，是認真的。」

徐曉芊悶笑：「邀請妳談戀愛？這麼刺激的嗎，妳最後怎麼說啊？」

周梵梵說：「我也沒怎麼說，他給我時間考慮考慮，不催我。」

徐曉芊肯定地點點頭：「兒子還是很貼心的嘛，所以，妳怎麼想？」

「那我當然也是要考慮考慮……畢竟這事，還挺突然，我一直以為我們就是互相幫助的關係。」

「妳喜歡他嗎？」

周梵梵愣了下，說：「我肯定是喜歡他的。」

「我不是說妳現在想的這種喜歡，我們拋開他是意意哥哥的身分，拋開我們給他的光環，妳覺得他人怎麼樣？」

「很好啊……」周梵梵停住了腳步，耳朵有點熱，「我知道妳的意思，其實我覺得，我應該是喜歡他的。好多時候對他都有很奇怪的感覺，會緊張會慌亂，可能……那就叫心動吧？他說他對我也是心動的。」

徐曉芊：「那不就得了！」

周梵梵沉思了下：「那妳覺得，這種心動會持續多久啊？」

「……」

徐曉芊早早就認識周梵梵了，她是什麼樣的人，在情感上又是什麼樣，徐曉芊其實很清楚。

周梵梵完全是沉浸式的追星族，她一腔熱血都用在了「陌生人」身上。在她的眼裡，愛情的比重占太少了，也完全沒什麼心思去談戀愛。

再者，徐曉芊知道周梵梵家裡的因素，她跟她說過父母離婚了，也說過她覺得愛情這個東西太容易消散，就算一開始激情四射，最後也都會消匿無聲。

以前她還覺得周梵梵對愛情太不重視，也太消極了，那時她還試圖扭轉一下她的觀念，但現在，她自己的愛情觀已經轟然倒塌，哪有資格說她。

所以徐曉芊此刻明白了，為什麼周梵梵明明心動了，卻猶豫著沒向前走。

她是怕她和關元白的感情也會輕易消散吧。

「我覺得，關先生是很認真的那種人。」徐曉芊道：「宋黎跟我說過，他家裡一直催他相親也刻意撮合過他和很多人，可一直沒成功，直到妳出現。所以，他對感情一定是很認真的那種類型，不會輕易說沒就沒的。」

周梵梵：「是嗎……」

徐曉芊：「我覺得是。不過，可能也是因為他在我這有意意的光環啦，反正讓我覺得他就是個好男人。」

周梵梵睨了她一眼：「妳剛才還說，拋去這些光環去思考問題！」

「咳……好吧，那我覺得妳可以再了解了解？之前相當於以『朋友』的關係在一起，從現在開始，妳可以感受一下他作為互相喜歡的對象，在一起有什麼區別。」

周梵梵眉頭輕皺，有點崩潰道：「緊張啊……表白這事過後，見到他總是緊張。」

「別緊張，妳得遊刃有餘一點好吧，妳好歹也談過幾場戀愛了。」剛說完，徐曉芊又自顧自地道：「哎算了，妳那戀愛談的，也跟沒談一樣。」

「……」

第十五章　比追星刺激多了

周梵梵覺得，她確實得表現的遊刃有餘一點，她才是被表白的對象，怎麼能這麼慌呢！

於是週五那天關元白約她週六一起去一個度假山莊的開業派對，順便度個週末，她「淡定」著同意了。

這兩天她都住在學校，所以週六當天，關元白也是來學校接人。

在關元白之前，宋黎先到了。這次開業派對有挺多人去，宋黎也是其中之一，他要帶徐曉芊一起。

徐曉芊和宋黎已然在熱戀中，周梵梵這兩天在寢室，總能見到和宋黎打電話的徐曉芊。

徐曉芊說，她和宋黎不怎麼走心，走的是腎。

話雖這麼說，周梵梵總覺得，她在打電話時，臉上那些笑意都不是假的。

「梵梵，我就不邀請妳上車了哈，元白就在後面。」宋黎幫徐曉芊開了車門。

周梵梵哦了聲：「你們走吧，不打擾。」

宋黎幽幽一笑：「這就對啦。那妳乖乖在這等著，他馬上就來。」

周梵梵又哦了聲，顯然，沒有那麼想理他。

上車後，徐曉芊說：「梵梵可討厭死你了。」

「嘖……上次一起玩，她還對我挺和善的呀。」

徐曉芊：「那是因為那時你沒跟我在一起。」

宋黎伸手在她頸後摸了一把，笑得肆意：「看來是我動了她寶貝閨密，她不高興了。哎，她應該放心的，我肯定會用全力愛妳啊。」

徐曉芊嘴角微微一勾：「是嗎？」

「當然了。」宋黎側眸看了她一眼，幽幽地道：「我哪次沒用全力？」

徐曉芊笑意一頓，嗔怒著打了他一下：「說什麼呢！」

「欸欸，開車呢，別鬧了寶貝。」

「好好說話。」

宋黎抓過她的手親了一下：「知道了知道了。」

宋黎他們的車轉過路口之後就不見了，周梵梵在原地又等了下，果然很快看到了關元白的車。

上車後，車子沒有立刻發動，關元白遞了袋東西過來：「早上沒吃吧？」

周梵梵心裡隱隱還是有些緊張的：「……起得晚，沒來得及。」

「那正好路上把這個吃了。」

周梵梵點點頭，打開牛皮袋子看了眼，發現裡面是三明治和牛奶，還有一個瓶裝的小布丁，是她喜歡吃的。

她嘴唇彎了下，又很快收斂了，說：「謝謝啊。」

「過去要開一個多小時，妳吃完可以再休息一下，到了我叫妳。」

周梵梵道：「那個度假山莊是不是在西坪？旁邊還有個遊樂場吧。」

「嗯。妳去過？」

「沒去過度假山莊，不過幾年前跟朋友去過那個遊樂場，那個時候度假山莊還沒建好。」

「去年年初剛弄好的，因為一些設備原因，下個月才正式開放，這次請大家過去除了開業派對外，也算去驗收一下吧。」

周梵梵把三明治打開了，咬了一口，問道：「那山莊你投的？」

「嗯，我之前投了一部分錢。宋黎是主要負責人。」

「噢。」

兩人簡單聊了幾句，車內溫度適宜，暖洋洋的，再加上很輕的音樂，周梵梵吃完早餐後昏昏欲睡，最後控制不住，閉眼了。

也不知道過了多久，突然有人在她這側敲窗戶。

周梵梵直接被敲清醒了，眼睛瞪得圓圓的，看向窗外的宋黎。

宋黎做了個把窗戶降下來的手勢，周梵梵按下了車窗。

「幹嘛呢，老早就看你們把車停好了，我和曉芊都在裡面逛了一圈了，你們還沒下來。」

宋黎站在外面看著兩人。

周梵梵還帶著剛睡醒的呆：「車停很久了？我剛才在睡覺。」

「原來你們在車裡……睡覺啊。」

宋黎說得非常曖昧，周梵梵瞪了他一眼說：「早上起太早了！有點睏所以睡著了，你想什麼呢！」

「沒想什麼呀，梵梵，妳現在對我脾氣炸得很。」

周梵梵輕哼了聲：「有嗎。」

「有啊。」宋黎道：「哎，不過我懂，妳放心啊，我肯定對曉芊好。」

周梵梵嘟囔：「最好是。」

「行了，你進去吧，我們馬上過來。」關元白說。

宋黎：「快點哦，等你們一起吃飯。」

「嗯。」

宋黎轉身走了，周梵梵解開安全帶，看了關元白一眼：「你剛才怎麼沒叫我？」

關元白看向她的臉頰，睡了一陣，臉頰紅撲撲的，他輕笑了下，說：「看妳睡得挺沉，就讓妳繼續睡了。」

周梵梵看了眼時間，她在停車後至少還睡了半個小時，頓覺有些抱歉：「對不起啊，那我們趕緊下車吧。」

「不著急，反正只是出來玩，怎麼輕鬆怎麼來。」

「嗯……」

兩人從車子下來，走了幾步路就是一間帶花園的度假型大別墅。

這個度假山莊裡有好多獨棟別墅，宋黎安排大家在這棟別墅裡辦派對，他們進去時，別墅裡的廚師已經把飯菜都做好了。

今天確實來了很多人，周梵梵落座後就看到很多熟悉的面孔，嚴成淮、戚程衍他們都在。

因為晚上的才是正式的派對，中午這餐就是正經的一頓飯。

飯後，大家各自去玩了。這個山莊非常大，有很多娛樂設施，高爾夫球場，射擊，滑板場，馬場……應有盡有。

宋黎和徐曉芊待在一起，自然是問徐曉芊想玩什麼，徐曉芊想了一下，說想去遊樂場。

遊樂場雖然在附近，但不屬於這個山莊，人都到了這山莊還跑出去玩還挺奇怪。

不過宋黎對徐曉芊的要求可以說是有求必應，女朋友想去遊樂場，那他自然也帶著人家去了。

「梵梵，一起去吧。」徐曉芊道。

周梵梵：「你們一起，我就不……」

「當然不是妳一個人，關先生也可以一起。」

宋黎很贊同：「對對對，兩對情侶一起才有趣嘛，我們不跟那些孤身過來的人一起玩。」

周梵梵其實想跟徐曉芊一起玩，但遊樂場這種地方，關元白應該不感興趣吧……

她轉頭看了眼關元白，後者也在看她：「想去嗎？想去我們就去。」

「你想去嗎？」

關元白笑了下：「妳去哪裡我就去哪裡，看妳想去哪。」

「欸欸欸，幹嘛啊，突然秀什麼恩愛啊？」宋黎一臉被酸到的表情。

周梵梵在三人的注視下有些羞赧，磕巴著說：「那、那就去遊樂場好了。」

徐曉芊：「好耶！」

從山莊去遊樂場開車只需要十幾分鐘而已，幾年前周梵梵來的時候在這瘋玩，那時她特別喜歡玩那些驚險的項目，但長了幾歲後，她反而不太敢玩那些了，只想安安靜靜地坐個旋轉木馬。

於是進入遊樂場後，徐曉芊拉著宋黎在前面衝鋒陷陣，她則慢吞吞地跟著關元白在後面走。

徐曉芊他們去玩雲霄飛車，她就帶著關元白坐起伏不大的小飛象。

「妳怕玩那些刺激的？」小飛象起起伏伏，前後都是帶著小朋友來坐的家長。

關元白和周梵梵坐在一起，倒也不尷尬，他有時候覺得自己像在帶小朋友。

周梵梵道：「不怕呀，可是現在覺得玩那些挺遭罪的，我們這個也很好玩嘛，是不是？」

關元白認可：「確實。」

周梵梵把扶手往上掰，小飛象又上天了，風吹往臉上，她的心情也放鬆了許多：「而且，年紀大了確實不適合玩那些刺激的項目。」

關元白停頓了下，轉頭看她：「妳是顧慮我？」

周梵梵愣了下：「嗯？」

「妳是說，我年紀大，所以不適合玩那個？」

周梵梵在他越發危險的眼神中，頭搖得像撥浪鼓：「我沒說你！你年紀也不大呀！只比我大七歲而已！」

關元白：「……」

還不如不說。

過了一下，小飛象緩緩停下來，兩人走出這個區，去雲霄飛車的出口等宋黎徐曉芊。

四人匯合後，繼續往前走。

「那是鬼屋嗎？玩不玩？」宋黎指了指不遠處，問徐曉芊。

徐曉芊皺眉：「我害怕，不玩。」

宋黎剛才帶她玩了這麼多刺激的項目，還沒聽她說害怕，此刻聽到這話，頓時起勁了：「我在呢，妳怕什麼，往我懷裡躲不就行了。」

徐曉芊擰了他一下，宋黎壞笑。

「裡面不恐怖的。」周梵梵說。

徐曉芊：「真的？」

周梵梵點點頭：「之前我來過，裡面就是一些假鬼，有些玩偶還挺滑稽，反正那時覺得沒什麼恐怖的。」

徐曉芊知道周梵梵是個不喜歡看鬼片的人，因為她很怕這些東西，連她都說不恐怖，那這鬼屋肯定是一點都不恐怖了，立刻說：「那就去玩玩吧。」

宋黎沒勁了：「不恐怖啊，那算了，不好玩。」

徐曉芊：「怎麼算了，玩吧玩吧，反正就在前面。」

周梵梵也沒什麼意見，於是四人排了隊，進入了鬼屋。

周梵梵發誓，之前她和同學一起來的時候，這個鬼屋品質很低，玩偶都很弱智。

可她沒想到的是，現在的和之前的有點不一樣。

這種不一樣，從她剛踏進這個門開始就感覺到了。

砰，門在身後關上。

氣氛有點陰冷，背景音有點嚇人。

周梵梵頓時有些警覺，但想著，可能就只是變了一點點而已，所以還是跟大家一起往裡走。

大步在前的徐曉芊一無所知，也以為這裡跟周梵梵說的一樣，都是假人偶，一點都不恐怖。然而，在走了一段後手臂突然被抓了下，轉頭就看到一個滿臉血痕的女鬼！

「啊啊啊啊啊啊——梵梵！！！」

周梵梵就在她身後不遠處，幽幽光亮中，自然也看到那個女鬼的模樣。

她倒吸了一口涼氣，瞬間僵直地站在原地。

徐曉芊一個激靈撲了回來，躲在了周梵梵旁邊：「哪不恐怖？哪裡不恐怖？啊啊啊啊！她好像是真的！！她剛才笑了一下！」

宋黎立刻過來把徐曉芊摟過去了：「撲我撲我，妳男朋友在這呢，妳撲人家女孩子幹嘛。」

徐曉芊：「什麼時候了你還說這個！」

宋黎哄著她：「別怕啊，我帶著妳走，妳別看就是了。」

「你不怕嗎？」

「我一大男人，怕什麼，妳躲我懷裡。」

「那，鬼出來了你跟我說一聲啊……」

「好嘞！」

那兩人繼續往前走了，關元白轉頭看了周梵梵一眼，一開始沒意識到她不對勁：「走嗎？」

周梵梵腳下像灌了鉛：「之前……不是這樣的。」

關元白聽到她發顫的聲音，微微低了頭，才發現她滿臉懊悔的表情：「妳害怕？」

周梵梵硬著頭皮：「也、也沒有害怕，就是……太黑了，我怕黑。」

關元白了然，橫出手放在她面前，「那妳拉著我的手臂，別擔心，不會讓妳摔倒。」

周梵梵有點想往回撤，可他們已經走了一小段，後面的門都關上了。而且前面徐曉芊還在喊她，旁邊關元白也在看著她。

她就這樣出去，挺丟人的……

或許，這鬼屋真的只是稍微升級了一下，也沒有那麼恐怖吧。

周梵梵伸出手，拽住了關元白的衣袖：「好吧……」

兩人並肩，往前走著。

可越往裡走，周梵梵越覺得不對勁，這不是稍微升級啊！這是完全變了！！！

為什麼那些智障的人偶都不見了，怎麼都變成真人版？？！

「啊啊啊！！！」

「我靠！」

前面不遠處，是宋黎和徐曉芊的尖叫聲。

周梵梵背後都冒汗了，乾脆閉著眼睛。

「你帶我走！我不想看了！」她說。

關元白這才發現周梵梵是真的害怕，剛才她都沒叫，他以為她覺得沒什麼，只是怕黑而已。

現在看來，顯然不是。

關元白頓時又好笑又心疼，「好，那妳閉眼，跟著我走。」

「嗯嗯！」

接下來一段涼颼颼的，有好幾次，她感覺有人就在她旁邊晃蕩！

「關、關元白？」

「嗯？」

「剛才是不是有鬼來了。」

「嗯，來了。一個斷頭鬼，頭拿在手上，看起來是真人，也不知道怎麼做到的。」

周梵梵：「？？？」

啊……奶奶，我要回家！！！

過了一下，闕元白說：「現在沒鬼了，不過路上有點黑，妳扶穩點。」

聽到沒鬼了，周梵梵鬆了一口氣，眼睛睜開了一絲縫。然而，什麼也看不到。

闕元白真是客氣了，現在不是有點黑，是超級黑！

「怎麼什麼都看不到啊。」

闕元白：「睜眼了？」

「嗯……」

「這段得摸黑了。」

「好吧。」

周梵梵貼在他旁邊，緊緊拽著他的手臂。

徐曉芊他們的聲音遠去了，也不知道離他們有多遠，周梵梵在這樣的環境下越發緊張。

突然，褲腳好像被人抓了下。

周梵梵驚叫一聲，立刻往旁邊擠，闕元白被她擠得退了兩步，這才把人扶穩了：「怎麼了？」

周梵梵想說剛才好像有東西碰到我的腳，結果剛張口，褲腳又被抓了下，有很清晰的手指拂過的感覺。

「啊啊啊啊——有手！手！」

周梵梵突然跟瘋了一樣往闕元白身上擠，闕元白被她嚇了一跳，但因為看不清地上有什麼，就乾脆把她攬到懷裡護著，防止她再被「鬼」碰到。

然而，那「鬼」似乎是故意跟周梵梵作對，沒過多久又來碰她的小腿。

伴隨著陣陣陰風，周梵梵感覺自己的腿一陣發冷。

「別動我！別動我！」

那「鬼」有夜視裝備，要的就是這種效果，偏偏不碰不害怕的關元白，就去抓周梵梵。

「還我腿……還我腿啊……」陰森的聲音從地面上傳來。

周梵梵聽著這聲，寒毛頓時都豎了起來，慌亂間不停往關元白的懷裡鑽，也沒意識到自己把關元白擠到了牆邊。

那冷冰冰的手還來撥弄她的腳，周梵梵躲都躲不開，嚇得魂飛魄散，驚嚇之間直接跳了起來。

關元白被她擠著，本想哄著她站到他後面，他帶她離開。

誰想到懷裡的人突然跳了上來，兩隻手攀著他的脖子和肩膀，黏得死死的。

關元白愣了下，自然是先把人托住。

而驚魂未定的周梵梵卻在這時下意識把腿纏了上去，勾住了他的腰。

關元白呼吸一頓，僵住了：「……」

地面上的聲音又冷颼颼地道：「妳逃得掉嗎……還我腿……」

「啊啊啊啊——」周梵梵纏得更緊了，還一個勁地想往上躥撲騰。

關元白的耳朵突地升起一股熱意，連接著脈絡，身上都冒了火。

「周梵梵……」

「啊啊啊——」

關元白忍了忍：「妳……別蹭我。」

「讓他走開讓他走開！」

完全沒理他。

關元白長吐了一口氣，乾脆靠近了她的耳朵，提高了點音量：「那我抱妳出去好嗎？」

這麼近的距離總算把周梵梵驚醒了。

她愣了一下，瞬間反應過來自己在幹什麼，臉頰一下子紅炸了，蹭地一下從他懷裡跳出來：「不、不用抱！」

可剛才還是自己跳到他懷裡的……

周梵梵大窘，連忙說：「對、對不起啊！！我走得動！」

說是這麼說，但因為此時的環境，她根本不敢走，只摸黑站在關元白旁邊。

關元白這時總算放鬆了些，「那我帶妳走。」

「嗯……」

周梵梵還是緊張，怕地上那個又爬過來，緊緊貼著關元白，跌跌撞撞地找不到方向。

「拉著我。」

「嗯？」

「這裡。」

黑暗中，一隻手握住了她的手，是她有一點點熟悉的，溫暖而乾燥的手掌。

他牽住了她，把她拽到了身前，另一手搭在她肩上，把她護在了前面。

「閉眼。」

微沉的聲音，在這個走道裡有了一點回音。

周梵梵心臟都抖了下：「好……」

周梵梵後來都不知道自己是怎麼出來的，她的後半段，全程閉眼，像個木偶。

期間，只有關元白有些低的聲音在她旁邊講解，有時候甚至是在跟那些「鬼」交流。

「這個小孩倒是挺可愛的，妳看過咒怨嗎？就是裡面那種小鬼，妳不用看，我跟妳說就好。」

「不過，小孩不算童工？真的沒問題？」

「其實都是人，周梵梵，只是工作人員而已，妳不用太害怕。」

「那應該是鬼新娘吧……不好意思，麻煩妳別靠這麼近。對，離遠一點，不然會嚇到她。」

這個「她」應該是指她。

周梵梵跟在他身邊，心跳快得不像話，已經分不清是因為這些「鬼」，還是因為關元白了。

許久後，終於有了明顯的光亮映進眼皮，周梵梵睜開一點眼睛：「到了？」

關元白嗯了一聲。

周梵梵徹底睜開了眼睛，看到眼前就是出口後，鬆了一大口氣。

「嚇死我了……」

「梵梵！梵梵妳這個大騙子！」已經到出口等著的徐曉芊朝她衝了過來，「說好都是假人都很幼稚呢，說好一點都不恐怖呢！妳知不知道我剛才要嚇死了，背後全是汗！！！這也太嚇人了吧！」

宋黎也跟著道：「我靠，妳別說，確實嚇人，我剛才還想回頭找你們，但不敢！」

宋黎也被嚇得臉色發白，心有餘悸的樣子。

原本他想在鬼屋裡裝一副大男人的樣子，在徐曉芊面前樹立個很厲害的形象，結果剛才和徐曉芊一起嚇得連連尖叫，兩個人還是抱著走出來的。

周梵梵一臉黑線：「我之前沒瞎說，幾年前來的時候真的很幼稚……小朋友都不一定會被嚇到，我哪知道它現在變工作人員在裡面裝鬼了，還改裝修。我要是知道，我才不進來！」

關元白道：「這個我可以作證，她剛才在裡面嚇得不輕。」

宋黎看他一副淡定的樣子，突然想起來了：「你一定不覺得恐怖吧？」

關元白：「還行。」

徐曉芊一臉佩服：「關先生，厲害啊……」

宋黎：「這傢伙從小就不怕看鬼片，這東西他無感的。」

徐曉芊：「無感好，那可以保護梵梵呢，不像某些人，被嚇得就差沒把我往前推了。」

宋黎一臉菜色：「沒有啊，我哪敢把妳往前推。」

徐曉芊輕哼了聲，沒理他，只是垂眸看見關元白和周梵梵一直牽著的手後，朝周梵梵意味深長的笑了下。

周梵梵看著她的視線流轉，低眸看了眼，才發現她和關元白的手還緊緊地黏在一起。

她臉色一紅，把手抽了出來。

關元白看了她一眼，說：「走吧。」

「嗯……」

接下來，幾人又在遊樂場玩了一下，一直快到吃飯時間，才回到度假山莊那邊。

宋黎要去安排一下接下來的派對，徐曉芊也跟著他一起去了。

周梵梵閒著沒事，在別墅小花園裡遛鞦韆。鞦韆前面不遠處還有個恆溫的游泳池，已經有人在裡面游泳了。

周梵梵一邊閒閒地盪著，一邊看幾個游泳的人，那些都是宋黎叫來的朋友，有幾個身材還很好，穿著泳褲往下跳，游得還挺專業。

「看這麼入神？」突然，身後傳來關元白的聲音。

周梵梵回頭，看到關元白的眼神，磕巴著反駁，「沒，我沒看他們游泳。」

關元白說：「我沒說妳看他們游泳看入神。」

他是故意挖了坑，想看她窘吧。

周梵梵哽住，猛然想起自己之前想著他才是那個表白的人，她得硬氣起來！

「坐嗎？」她淡定了，往旁邊挪了一點，拍了拍她旁邊的位子。

這個鞦韆是長椅類型，兩個人坐還是有空餘的。

關元白嗯了聲，在她旁邊坐下：「餓了吧？」

「……還行。」

「先吃一點餅乾，還要過一下才吃飯。」

關元白遞過來一包進口的巧克力餅乾，周梵梵以前買過，特別好吃。

「謝謝……這哪來的？」

「帶的，車裡有很多。」

關元白在自己的車裡放零食，用腳趾頭想也知道是為了誰。

周梵梵心裡滋滋地冒起欣喜的小氣泡，低頭拆開，默默吃了起來。

吃了兩口，偷瞄他一眼：「你吃嗎？」

「妳自己吃吧。」

「這麼多我也吃不完。這個牌子的巧克力餅乾可好吃了，味道特別濃郁，而且它的夾心隱隱是流動著的，一口咬下去，巧克力和餅乾混合，一下子就能席捲你的味蕾。它唯一的缺點，也就是餅乾太易碎了，老亂掉……」

零食是關元白去家裡那邊的超市隨機挑選的，他自己並沒有吃過。

不過周梵梵果然還是個喜歡吃零食的人，連他隨手拿的她都能說出一堆它好吃的部分。

他靠在椅背上，眼裡含著笑意，看著她娓娓道來。

大概是關元白的視線過於專注了，周梵梵說著說著聲音就弱了下來。

記得之前在演唱會時被偷拍的那張照片，當時看到的時候她覺得，就是抓拍而已，關元白不可能用那種神色看她。

但現在……她望進關元白的眼睛裡，卻發現他此刻的眼神跟照片裡的竟然沒有多大區別。她抿了下唇，只覺得因他的眼神，自己血液裡躥出了極為活躍的因子，讓她心跳加快，整個人都酥酥麻麻的，甚至有些亢奮。

「是挺會掉屑的，都沾上了。」關元白說。

周梵梵心跳如鼓，也沒聽清他在說什麼，疑惑地嗯了一聲。

「我說妳嘴角。」

周梵梵伸手摸了下，正好不是那一側，沒摸著。

關元白輕嘆了一口氣，伸手輕輕在她嘴角處撥了一下。

周梵梵怔住，詫異地看著他。關元白也沒有立刻收回手，回望過去。

周邊隱隱傳來水花和說笑的聲音，可這一刻，他們好像被籠罩在了一個透明的玻璃罩裡。外界的一切都被隔離了，在這個小小的世界裡，只剩下他們兩個人。

曖昧到繾綣的氣氛縈繞在側，有那麼一瞬間，周梵梵突然想，不然就不管那麼多了，他有多喜歡，能喜歡多久……有什麼關係？曉芊之前有句話說得沒錯，談戀愛，開心最重要了。

以前她甚至都不知道談戀愛開心的點是什麼，可現在好像能感覺到了啊。

「你們是會談戀愛的，我們在裡面忙來忙去，你們在這眉目傳情。」突然，一個聲音從上方傳來，

周梵梵如夢初醒，倏地回頭朝上看去。

只見後方陽臺上面，宋黎和戚程衍並肩站著，戲謔地往下看。

周梵梵都不知道她和關元白方才那一幕被人盡收眼底，頓時有些羞赧，連忙從鞦韆上起身：「我，我去找曉芊。」

宋黎：「她在房間換衣服呢。」

周梵梵：「喔！我去看看。」

周梵梵逃似地跑走了。

關元白無聲地坐了下，又回頭看了眼陽臺。

「宋黎，這次派對你是主理人，你忙有什麼問題？」他的言語裡顯然已經在不爽了。

宋黎連忙往戚程衍身後縮了下：「他生氣了，怪我們打擾他跟梵梵在一起。」

戚程衍把人往旁邊一推：「是你打擾，我又沒出聲。」

宋黎：「那你安靜地看也是打擾！而且猥瑣！」

戚程衍笑罵：「我來吹吹風，你自己猥瑣別拉上我。」

「你這是在推卸責任……」宋黎趴在欄杆上對關元白說：「他絕對是好奇你怎麼談戀愛的，我發誓，剛才他看得津津有味。」

關元白睇了睇眼：「就這麼好奇是吧，行，你們在那等我，我上來跟你們說說。」

宋黎察覺到一絲危險氣息，拍了拍戚程衍的肩：「你等等，我先走了，晚上一堆事要看呢。」

說完，趕緊溜了。

戚程衍：「……」

周梵梵一路小跑到徐曉芊所在的房間，徐曉芊在補妝，讓她進來後自己又坐到化妝臺前了。

「妳沒有跟關先生在一起嗎，怎麼跑來找我啦？」

周梵梵在一旁沙發上坐下：「那我也不能時時刻刻跟他黏在一起啊……幹嘛，還不能來找妳了？」

「沒有沒有。」徐曉芊笑道：「怎麼樣，今天一天跟他玩下來，開心嗎，有沒有一點談戀愛的快樂感覺？」

周梵梵：「我們又沒有在談戀愛……」

話雖這麼說著，周梵梵卻想起了在遊樂場鬼屋，還有方才盪鞦韆時，那種心跳，簡直讓人難以呼吸。

「但如果我現在說要跟他談戀愛，會不會太快了？」

徐曉芊一下子瞪大了眼睛，唰地回頭看她：「這麼快就考慮好啦？」

周梵梵摸了摸鼻子，訕訕道：「我是說如果……」

徐曉芊樂得不行：「我看妳就是發覺自己對他越來越有感覺吧，行啊，當然可以了，關先生這麼帥，為什麼不？」

徐曉芊跟宋黎在一起後是越發精緻了，補個妝也好半天。

周梵梵待了一下後，宋黎過來了，周梵梵不想當電燈泡，就說自己先走。

走出房間後，關元白正好打電話來，問她現在在哪。

可能是因為心裡有了答案，周梵梵跟他打電話，喉嚨都有些發乾，她嚥了口口水，才說：「剛從曉芊房間出來。」

『晚餐在明崎廳吃。』

這個別墅特別大，周梵梵還搞不清楚這個廳那個廳的，她說：「在一樓還是二樓？」

『一樓。』關元白停頓了下，又說，『知道在哪嗎，要不要我去接妳？』

一樓的話，應該是有三個廳，雖然不知道是哪個，但距離不遠，隨便找一下就知道了。再不濟，樓下都是人，問一下就是了。

然而，周梵梵停頓了兩秒，聽到自己開了口，矯情道：「我不知道在哪……你來接我。」

周梵梵說完這句話後，被自己膩到了。

站在走廊裡等的時候，渾身不自在。

但不久後看到關元白從樓梯下走上來，又覺得，剛才說了那句話挺好的……他來接自己的感覺，實在令人心情愉悅。

「他們人呢？」關元白走到她身邊，問她。

周梵梵知道他問的是宋黎和徐曉芊，便道：「剛才宋黎進房間了，還沒出來。」

關元白笑了下：「那我們先走，不等他們了。」

「嗯。」

兩人並肩往下走著，周梵梵想起方才在徐曉芊那的信誓旦旦，幾度開口欲言，又心驚膽戰地縮了回來。

老實說，她還沒有跟男生表過白。

當然了，明星偶像除外。

所以現在面對一個男人，還是關元白，她覺得自己的喉嚨像被堵住了一樣，怎麼都沒辦法說出那些膩膩歪歪的話。

糾結了好一陣子後，她想，還是從這裡離開後吧……到時候正式一點點，跟他說一聲。

說是開業小派對，其實並不正式，走的是隨性活潑的風格。大家吃完晚餐之後，被宋黎安排著去了花園外喝酒玩樂。

音樂聲縈繞在花園上方，眾人跟著晃蕩，有些人還直接撲進了泳池裡，杯觥交錯間，笑聲放肆。

「靠！你們別只知道推我下水啊！」宋黎第二次被人推進泳池後，爬上了一個水中漂浮的小黃鴨，笑罵岸上的人。

「你是今天的主辦方，不推你推誰啊。」

「老子泳褲都沒換啊！」

關元白也在一旁看好戲，閒閒地答道：「你可以上來再換。」

「嘖，關元白你站著說話不腰疼──」宋黎說著，往這邊潑水。

周梵梵此時站在關元白身邊，她正好看到宋黎的姿勢，動作很快，立刻把關元白往旁邊一拽。

水潑了個空。

宋黎不滿道：「梵梵！妳幹嘛呢！」

周梵梵頂回去：「什麼幹嘛，他衣服都是乾的，你別潑他！」

宋黎：「哇，就這麼護短是吧。那我剛才衣服還是乾的呢！」

周梵梵把關元白往後一遮：「那你現在濕了呀。」

宋黎：「……」

關元白被周梵梵這麼一拉，看著她的眼神溫柔地簡直要溢水了。

之前覺得她護著自己就因為他是她偶像的哥哥而已，因此每每回想還覺得不高興。但現在想想，也沒什麼不高興的，至少在她心裡，他是她這邊的人。

「不怕自己濕了？」他淺聲問道。

周梵梵回頭說：「沒事，他肯定不敢潑我。」

關元白抬手揉了揉她的腦袋：「好，那謝謝妳保護我了。」

周梵梵愣了愣，沒躲他的動作，垂眸笑了下：「喔……」

「真是夠了！曉芊！妳在哪呀！」宋黎划著小黃鴨往岸上，徐曉芊姍姍來遲，悶笑著把人拉了上來。

宋黎上岸後完全沒有去換衣服的意思，走到一旁跟幾個男生不知道密謀了什麼，突然往關元白和周梵梵的方向移動。

關元白和周梵梵正說著話，沒有意識到有群人在靠近他們。

周梵梵也是，等看到有人在關元白身後時，她都來不及提醒，關元白就被三五個人一起拉走了。

周梵梵：「喂——你們幹嘛！」

宋黎大聲道：「一、二、三！！下去吧！」

關元白只來得及回頭看周梵梵一眼，就被他們推下水了。

嘩啦一聲，水花四濺。

宋黎哈哈大笑，「今晚秀恩愛的都得泡水！」

水面漸漸平穩了，卻沒見關元白上來，周梵梵驚了驚，立刻跑到岸邊：「他人呢？」

宋黎瞇了瞇眼：「底下呢。」

周梵梵大驚：「他不會游泳？！」

怎麼可能不會游泳啊。

宋黎狐疑著，剛想說關元白可能是故意的，結果沒等他開口，嘩啦一聲，就有人下水了。

徐曉芊一驚：「梵梵！」

宋黎也沒拉住人，眼看著周梵梵跳下泳池，往水下鑽去了。

徐曉芊怒打宋黎：「幹嘛呢你！」

「我沒推她呀，她怎麼跳了？」

「那你還不下去！」

「噢噢！」

宋黎說著，趕緊下水撈人。

周梵梵其實會游泳，下來後立刻去拉沉在水底的關元白。

她抓住了他的手臂，拽了一下才發現，他竟然很淡定，此時還睜開眼睛看她。

不過他看了一眼發現是她後，眼底也完全是意外，立刻反手拉住她的手臂，把人往水面上推。

「哈……」冒上水面，周梵梵呼出了一口氣。

「你沒事吧？」

「妳怎麼下來了！」

兩人幾乎同時開口，周梵梵看他這樣，一下子明白他是故意的了。

也是……不會游泳的話肯定是會撲騰的，哪裡像他這麼安靜。

她方才也是一時著急，什麼都沒想，就急忙下來撈人了。

「我以為你不會游泳……」周梵梵有些窘色。

關元白又心疼又無奈，說：「我不會游泳的話，他哪敢推我下水？」

「剛才沒想這麼多。」

關元白沒說話了，看著她的眼神泛著熾熱的光亮，短暫默了一下後說：「謝謝。」

周梵梵撇開眼睛：「沒事啊，我會游泳。」

此時，岸上的一群人都在看著他們。

周梵梵餘光中看到大家笑意盈盈的眼神，頓覺不好意思：「我們快上岸吧……」

關元白點頭，朝岸上的人道：「拿毛巾。」

岸上的人連忙跑去拿了：「好！」

宋黎也從水裡冒了出來，看到關元白後立刻說：「我就知道，你肯定是故意引我下來的。沒想到吧，先把女朋友勾下來了。」

關元白直接給他來了一腳。

在水裡被踹不疼，就是又被秀到了，宋黎整個人都酸溜溜的，往岸上爬：「以前是關兮和江隨洲在我生日宴的泳池裡秀恩愛，現在是你們，也不知道我造了什麼孽。」

周梵梵剛一上岸就被徐曉芊用毛巾裹緊了。

關元白隨後上來，他今天穿著襯衫，下完水後，濕漉漉地全貼在身上，勾勒著身形，看得人臉紅心跳。

「真沒事吧？」他問她。

周梵梵往他腰腹上瞄了眼，又立刻轉開了，輕飄飄道：「真沒事，你趕緊把毛巾披上，別感冒了。」

「嗯。」

「你們去換衣服吧，我也要去換了。」宋黎說。

今晚雖然要住在這，但周梵梵還不知道她的房間在哪，便問了一聲。

宋黎說：「你們兩個我安排好了，去三〇二房間就行了。」

「我、我們？」

宋黎理所當然道：「對啊，你們房間在那，怎麼了？」

周梵梵頓時呆住了，她怎麼就沒想到，宋黎可能會幫他們安排同一個房間呢。

「好，知道了。」關元白沒有跟宋黎多做解釋，拉過周梵梵，把人往裡面帶。

進了屋子後，外面的喧囂漸漸遠去，周梵梵逐漸聽到自己的心跳聲，越來越響。

「那個……」

「外面人多，先不跟他解釋，晚點我讓他多安排一個房間，妳別慌。」關元白似乎知道她在想什麼，解釋道。

周梵梵輕舒了一口氣：「行……」

兩人上了樓，找到了三〇二房間。

關元白讓她先進去沖個熱水澡，自己則待在了外面。

雖然天也不算冷了，房裡還有暖氣，但周梵梵還是怕他感冒，匆匆沖了個澡，裹上浴袍就趕緊出來了。

關元白看到她濕漉漉地出來，愣了幾秒：「怎麼不吹頭髮？」

周梵梵道：「我把吹風機拿出來了，你快進去洗。」

「我沒那麼著急。」

「怎麼不著急，會感冒的！」周梵梵催促道：「快呀，進去洗澡。」

關元白輕笑了下：「好，知道了。」

浴室裡淋浴的聲音隱隱傳來，周梵梵待在外面，把頭髮擦乾了些，開始用吹風機。

她的頭髮濃密烏黑，徐曉芊說，這輩子她都不會知道脫髮的苦惱。

她不知道脫髮的苦，但她知道頭髮太多的苦。比如吹頭髮吧，她吹的時間比一般人要長多了。

這次吹了半天也沒吹乾，她放下手，想著就這麼算了，反正也已經半乾。

「我幫妳。」

突然，手裡的吹風機被人拿走了。周梵梵詫異地回頭，卻被關元白用手把頭轉了回來。

她沒有在鏡子前面吹頭髮，也因為吹風機有響動，她都不知道關元白洗完出來了。

周梵梵：「……沒事的，差不多可以了。」

「都沒乾，哪可以了？」

「我頭髮太多了。」

「確實挺多。」

關元白沒再說什麼，一隻手拉過她的頭髮，另一隻手執吹風機。

周梵梵聽著髮頂的聲音，暖暖的風，耳朵也跟著發熱。

但是她沒有再躲開，是一種默許。

關元白一開始確實是看她頭髮很多，吹得很費勁，所以想幫幫她。但吹著吹著，卻不知不覺走了神。

撩起她的長髮時，她後頸的白皙在水流潤澤過後顯得更加剔透了，微微冒著粉，這麼近看甚至能看到很軟很細的絨毛……

關元白輕抿了下唇，眼睛挪開了，腦子卻克制不住地想，她脖子碰上去是什麼觸感。

「嘶……」

因為一段時間沒移動吹風機，周梵梵局部的頭皮被吹得過熱，發出很輕微的聲音。

關元白回過神，立刻拿開了：「抱歉！」

周梵梵轉過身來，「你是不是舉痠了？不然……給我吧？」

她的臉因為吹風機的熱風，紅撲撲的，像個熟透的水蜜桃。

關元白垂眸看著她，說：「不痠。還是我幫妳吧，不燙到妳了。」

因為吹頭髮，兩人站得本來就近，此時她轉過身時距離也不過兩拳，可她也沒得後退，身後就是桌子。

周梵梵的手很輕地抓了下浴袍，因為想拿回吹風機，玩笑著說道：「可是你剛才就燙到我了。」

「對不起，我剛才走神了。」

「走神？你在想什麼？」

關元白停頓了下，沒出聲。

周梵梵頓時也意識到什麼，走神會是……因為她嗎？

那他在想什麼？

周梵梵拽著浴袍的手收得更緊了。

隱隱之中，隱晦的喜歡似乎在慢慢發酵。

他們此時此刻本就曖昧，這種氣氛下，兩人的心臟跳動聲就像有了合作一般，頻率變得格外接近。

周梵梵盯著他看，突然大膽地想著——如果他此刻低下頭的話，她一定踮腳……一定不躲開。

關元白的目光從她的眼睛落到了她的唇上，其實，他察覺出她和幾天前不一樣了，因為她並不躲避他……也因為這點察覺，此時他越發蠢蠢欲動。

他幾乎在壓抑著每一個細胞，想讓他們停止躁動。

但他有些控制不住。

他在想，如果他現在親她的話，她會不會……

砰砰砰。

「喂，你們衣服換好了沒啊，不要拖拖拉拉啊，快下去了，我要切開業蛋糕了！」門突然被敲響了，宋黎的聲音在門外響起。

似夢驚醒。

周梵梵猛地回神，迅速從他懷裡竄出，跑進了廁所，砰一聲甩上了門。

關元白心口一窒，緩緩放下了吹風機。

「在嗎？好了嗎？」門外的人還在喊。

關元白深吸了口氣，緩了一下後開門。

「我說你們──」宋黎的聲音戛然而止，看著門後陰沉著臉的關元白。

「快好了。」關元白冷聲說。

宋黎莫名覺得有些嚇人，退了一步：「行……那、那你們快下來，我先去了啊。」

房間門又被關上了，周梵梵站在廁所裡，看到鏡子裡的自己像隻阿根廷紅蝦。

她的心臟還在極速跳動著，好像快脫離自己的身體。她的手還有點抖，因為方才自己突然冒出來一個大膽的想法。

她竟想親他。

但可能，也不是她一個人想，他剛才是不是低頭了？

如果，宋黎沒有來敲門的話，他們可能就……

「宋黎說馬上切蛋糕。該下去了。」浴室外，關元白說道。

周梵梵趕緊趴在浴室門後：「好……那、那我梳一下頭髮，再換個衣服，你先下去吧！」

「嗯。」

因為要過夜，出行時他們都帶了換洗的衣服。宋黎安排兩人在一間房時，就已經把他們的行李都放在這個房間了。

關元白在外面換好了衣服，又走到浴室外：「我換好了，先下去，妳可以出來了。」

「啊……知道了。」

周梵梵拉開了浴室門，關元白看到她出來，清了清嗓子，「那我走了。」

他大概是因為方才有瞬間失控，臉上有點尷尬，甚至還有點迷茫。

周梵梵愣了愣，想也沒想，突然開口喊住了他：「關元白！」

「嗯？」

周梵梵發誓，她沒有打算在這裡、在此時此刻，告訴他她的心思。

她是想找個沒有人的地方，認認真真地跟他說一聲。

可大概是方才那個差點的吻點燃了她心中的熱烈，也大概是他此時的表情讓她有點心軟，不想再讓他失望……

於是，她突然抑制不住心裡的那點衝動了，急急開了口：「你剛才是想親我嗎？」

「……………」

周梵梵瞬間羞憤欲死，但咬了咬牙，還是說道：「我剛才其實想親你。」

關元白愣住了。

周梵梵：「我、我的意思是，我也喜歡你！」

「……妳再說一遍？」

周梵梵扶著門把的手在發顫：「你不是讓我考慮嗎，我考慮好了，我覺得我喜歡你，我覺得我們談戀愛應該會挺有趣。所以……我們試試吧。」

語畢，面面相覷，兩個人都像木偶一樣，定在了原處。

最後，周梵梵實在受不了他的目光，直接把人往門外推：「好了我說完了，我要換衣服，你可以走了！」

砰！

門被她甩上，關緊了。

周梵梵無聲做嚎叫狀，狂奔至床邊，直挺挺地迎面倒下。

救命！！這可比追星表白刺激太多了吧！！！

第十六章　柔情又甜膩

樓下熱火朝天地開始派對中的切蛋糕環節，宋黎作為這次的「主辦方」，切完蛋糕後在人群中應酬社交著。

都晃蕩了一陣子了，才總算看到了關元白的身影。

「怎麼才來啊，蛋糕都切完了。」

關元白哦了聲，沒什麼反應。

宋黎一開始還沒發覺，問道：「梵梵呢？」

「換衣服。」

「還沒換好啊……你們真慢。」

「嗯。」

說話怎麼硬邦邦的？宋黎奇怪地看了他一眼，「你怎麼了？」

關元白眉頭輕輕一挑，說：「她喜歡我。」

宋黎：「？」

關元白莫名又笑了下，眼睛發亮：「她說她想好了，她喜歡我。」

宋黎：「？？？」

「算了，你不懂。」關元白突然又撇開他，走了。
宋黎站在原地一臉呆滯，這人怎麼了啊？怪裡怪氣的？？
什麼他不懂？什麼喜歡？他也有人喜歡好嗎？！
這人在炫耀什麼啊！

周梵梵換了身衣服，又幫自己化了個淡妝，才從房間出來。
欲往樓下走，想起剛才不管不顧的表白，在樓梯口躊躇了一陣子。
想著……等等見到關元白要說什麼、做什麼？他們現在可算是真真正正的在一起了……
「我說怎麼沒看到妳呢，妳一直在這沒下去啊？」腳步聲傳來，原來是徐曉芊來找她。
周梵梵：「我……我化妝呢，剛才在水裡，妝有點花了。」
「那妳現在好了嗎？」
「好了，這不打算下去了嗎。」
徐曉芊上來挽住她，「那妳快點！五分鐘之後開始放煙火，很漂亮！市區裡都看不見。」
「喔……好的。」
煙火在遠處的一個空地上放，花園正前方的廊亭裡，觀看視角最好。
周梵梵被徐曉芊帶出來時，煙火表演秀剛剛開始。
小小的火點躥上夜空，砰一聲炸開成一個巨大的花形，五顏六色，落下時像星河墜落，視覺盛宴。

「哇！！剛剛好！梵梵，快走快走，去廊亭那邊看，沒有任何遮擋物！」

周梵梵想，關元白現在應該也在廊亭那邊看吧，過去就能見到他了……

但沒想到跟著徐曉芊沒跑幾步，突然看到泳池邊站了一個男人，他沒有看向煙火，而是看著她們這邊。

絢爛的背景下，他的目光落在她的眼裡，比煙火還要閃亮。

他在等她。

周梵梵立刻緩下了腳步。

徐曉芊也注意到了關元白在那等人，於是輕推了周梵梵一把，笑著道：「行，有人接妳，那我去找宋黎啦，妳去跟他看。」

周梵梵站在原地，有點不知所措。

關元白一步步朝她走來了。

越近，她的心跳越快，她甚至有種快承受不住的錯覺。

「要去那邊看嗎？」他停在她面前，淺聲問她。

周梵梵很輕地點了下頭。

於是兩人並排往廊亭那裡走，此時幾乎所有人都在這邊，有人在喝酒聊天，有人在看煙火。

沒有人注意他們這對情侶，因為他們走在一起，一點都不稀奇。

可是周梵梵知道，這次不一樣，之前他們都是假裝情侶關係，可現在，他和她是真的在一起了。

他們走到了廊亭邊，一旁的戚程衍見兩人過來，往旁邊挪了挪，讓了個位置。

「要喝什麼嗎？」關元白問她。

煙火還在天空中綻放，聲音很響，周梵梵一時沒有聽清，有些疑惑地看著他。

關元白見狀低了頭，靠在她耳邊說：「要不要喝什麼？」

就像白天在鬼屋的時候，他也是這麼近的跟她說話，像過電一樣，耳根直接麻痺了。

周梵梵輕縮了下，不動聲色地呼出了一口氣：「等等再喝。」

「好。」

很普通的對話，可因為「喜歡」兩個字，完全變了味。

周梵梵心跳如鼓，逼自己看向夜空。上方是五光十色的光亮，此刻那些星星點點營造得很像一個虛幻的世界，特別漂亮。

逐漸的，她看得有些入迷。直到她垂放在身側的手被拉起，她愣了愣，轉頭看關元白。

他卻沒有看她，只是牽住了她的手，手指穿過她的指縫，然後十指相扣。

喧囂的周圍，大家的聲音零零散散，很熱鬧。

而他們安靜地牽著手，無人發覺。

這場派對進行到了十點，大家有些累了，各自休息。

「房間全安排好了？」散場時，關元白問宋黎。

宋黎：「對啊，怎麼了？」

關元白道：「還有空房間吧，你讓工作人員再收拾一間出來。」

「可以是可以，但是為什麼啊？」宋黎朝不遠處的周梵梵看了眼，「吵架了啊？剛才見你們好好的。」

走在前面的戚程衍聽到這話也回過頭來：「吵架？為什麼？」

宋黎：「我也不知道。」

關元白默了默，又說道：「沒吵架，我只是讓你多空一間房間出來，你問題怎麼那麼多？」

「沒吵架分什麼房……」宋黎突然一頓，像發現了什麼不得了的祕密，「啊！你們不會是——」

話沒說完，嘴就被關元白摀住了。

「閉嘴。」

宋黎眨巴著眼睛，連連點頭。

關元白鬆了手：「還不去？」

宋黎意味深長，和戚程衍對視了一眼後，輕拍了下關元白的肩，賊兮兮地道：「好傢伙，夠能忍的啊。」

關元白漠然道：「宋、黎。」

「我馬上去！」

宋黎樂呵呵地去安排了，關元白看向戚程衍，後者也拍了下他的肩：「挺好。」

關元白：「好什麼？」

「你比我想像中的好點，沒那麼畜牲。」

「……」

十點半，周梵梵回了房間，重新洗漱卸妝。

她換好了睡衣後，窩進了被窩。今天發生的一切都不真實，導致她遲遲沒有睡意。

一閉上眼，就想起了鬼屋的擁抱，想起煙火下的他們，也想起那差點就成了的吻。

「快點睡覺了……」周梵梵拍了拍臉頰，強制穩定住躁動的心臟，把臉埋在枕頭裡。

叮。

手機忘了靜音，顯示收到了訊息。

周梵梵從枕頭上抬起頭，點開了螢幕解鎖。

關元白：『睡了嗎？』

周梵梵剛安分了一點點的小心臟又躥了起來：『還沒。』

關元白：『怎麼還沒睡？』

周梵梵：『有點睡不著。』

關元白：『我也睡不著。』

周梵梵：『喔……』

關元白：『想吃東西嗎？』

今天晚上也算吃了挺多東西了，現在其實也不餓，但看著他傳來的話，她能想像到這句話會延伸成什麼。

如果她說想吃，他是不是要過來帶她去吃東西？或者送東西給她，那她是不是可以見到他了。

明明不久前才分開……可仔細想想，不久前都在大家的眼皮底下，他們其實並沒有好好說話。

周梵梵從床上坐起來：『有一點點想。』

關元白：『等我一下。』

周梵梵看完這則訊息，幾乎是立刻丟開了手機，掀開被子下床。

慌張混合著欣喜，拖鞋穿了兩次才穿進去。

她跑到了浴室，整理了下亂糟糟的頭髮，把衣服衣擺弄平。

沒化妝的臉顯得有點素，於是急急地找出一隻眉筆和一條豆沙色的口紅，稍微描繪了下。

做完這些後，鏡子裡的人看起來有精神了許多。

叮咚。

門鈴在這時響了，周梵梵深吸了一口氣，走到門後，把門打開了。

走廊的光線柔和又溫暖，關元白就站在光亮中，手上還提著一個袋子。

「這是什麼？」周梵梵略顯侷促地問了聲。

關元白說：「山莊裡有一家專門賣甜點的店，國外引進的，妳今天還來不及去嘗。」

周梵梵有些意外：「你什麼時候去買的？」

「下午讓他們留了，剛才去取的。」關元白道：「本來想明天拿給妳，但又想，隔夜就沒有那麼好吃。」

周梵梵心中泛起小甜蜜：「那你不早說，我剛才要是睡著了呢？」

關元白笑了下：「那就明天再去買一份。」

「噢……」

關元白走上前來，把東西遞給她。

周梵梵接過，說了聲「謝謝」。

兩人面對面站著，突然又不知道說什麼了。周梵梵心裡有點期待，可是又不知道自己在期待什麼，看了他兩眼，說：「我進去吃？」

關元白：「好。」

周梵梵點點頭，想著自己該不該邀請他一起吃，可這個時間，她還穿著睡衣，感覺邀請會變得怪怪的。

可是，她又好想跟他一起吃噢。

矛盾的情緒在腦子裡快速衝撞，周梵梵抿了抿唇，後退到了門後。

「那，晚安啊。」

「嗯。」

他點了頭，可她伸手欲關門時，抬眸間看到關元白並沒有馬上就要離開的樣子。

他的眼神幽深沉默，帶著一種莫名的……攻擊性？

周梵梵心口一跳，喉嚨發乾，突然開了口：「你、你要不要進來一起──」

還有一個字都沒有說完，關元白已經伸出手撐住了門。

他輕輕一推，周梵梵便被推得往後退了幾步。

他進來了，門在他身後闔上。

周梵梵捏緊了手裡的袋子，在他安靜的眼神中，緊張得呼吸都變了味。

周梵梵：「我……」

關元白：「可以親妳嗎？」

他突然打斷她的話。

周梵梵愣了下，臉蹭地一下紅透了。

一切都很突然，但又格外理所當然。

她突然知道他方才的眼神為什麼有攻擊性了，因為他確實帶了目的。

關元白走近，站在她身前：「不說話，就當妳答應了？」

周梵梵抬眸看著他，不知道怎麼答，但還是短暫地發出了一個音。

「喔……」

他很快低頭吻了上來。

那一刻，周梵梵的腦子是空白的，等到他又加重了力道，她才顫動著睫毛看他。

可他們離得太近了，這種距離，其實都看不清人，只是覺得兩人的呼吸好近好近……全數纏繞在一起。

甜點袋落在了厚厚的地毯上，只發出了很輕的聲響。

周梵梵極力想保持冷靜，但急切的呼吸還是克制不住。

關元白也好不到哪去，此刻的親吻彌補了不久前那個蠢蠢欲動的吻，可是吻上的那一刻，只覺得這樣遠遠不夠。

他摟住了她的腰，不可控制地撬開了牙關，想去掠奪她的氣息。

周梵梵順從，她一點都不排斥他……

唇舌交纏的那刻，兩人都怔了怔。那感覺格外陌生，也格外甜美。迷糊之中，周梵梵伸手抱住了他。

而這動作對關元白來說就像催化劑，他陡然收緊了手臂，將她完全貼在他身上。

薄薄的睡衣布料隔不開什麼，體溫的互相交替和身體線條的融合幾乎讓人顫慄。

周梵梵被按得死死的，親得雲裡霧裡，只覺得整個人都要飄出來了，化作一縷熱騰騰的霧氣，飄出去，直接就可以消散了。

慢慢的，吻接得逐漸混亂，唇齒都磕碰在一起。

周梵梵的嘴唇不小心被咬到了，吃痛，輕哼了聲。

關元白瞬間停了下來，他拉開了距離，垂眸看著：「咬到妳了？」

周梵梵：「嗯……」

也不知道是因為痛還是別的什麼，她眼裡水汪汪的，柔情又甜膩。

關元白看的眼神更是變了味，只是不敢再繼續了。

他把人鬆開了些，但還是摟著她肩膀，沒讓她完全離開。

周梵梵伸手捂了捂自己的嘴唇，然而眼睛卻下意識想往下瞄一眼……

「我看看。」下一秒，關元白就勾住了她的下巴，把她的臉抬高。

他垂眸看了一下，啞聲說：「還好，沒破。」

周梵梵低低地喔了聲，往後退了一小步。

「……你還吃嗎？」靜默中，周梵梵問了一句。

關元白知道她是在說他帶來的小點心：「嗯，吃。」

「那到茶几那裡去吃吧。」

「好。」

周梵梵脫離他的懷抱，目不斜視地撿起了地上的袋子，走到了茶几邊。

她背對著他，把裡面的甜點拿出來，慢吞吞地拆盒子。

關元白一直沒有過來，周梵梵也沒有催他，紅著臉把甜點都擺好，然後拿著小叉子，默默吃了幾口。

一直到她把其中一個小甜點都吃完了，才聽到身後響起了腳步聲。

關元白過來了，他在沙發上坐下，拿起了她擺好的另一個小叉子。

「好吃嗎？」他問。

周梵梵點點頭：「……很好吃。」

「剛才吃什麼口味？」

「藍莓……還有點杏仁。」

關元白：「嗯，藍莓味是他們店裡的招牌。」

「難怪味道那麼特別，也不完全是藍莓味，我都形容不出來。」周梵梵總算抬眸看了他一眼，「明天去買一份給曉芊吃，她喜歡藍莓味。」

關元白淡淡地笑了下：「宋黎也買了。」

「是嗎。」周梵梵嘟囔，「算他有心。」

「要不要試試這個味道？」關元白示意了下自己挖了一口的那個粉白色小蛋糕。

「要。」

周梵梵挖了一口吃，荔枝味的，沒那麼甜，絲滑順口。

她也很喜歡這個味道，不過吃了一口就沒有再吃了。

關元白：「不要了嗎？」

周梵梵放下叉子：「我剛才已經吃了一個，大晚上的我就不吃了吧，會胖。」

「偶爾吃沒關係，再說，胖點也沒事，妳身上沒多少肉。」

「你怎麼知道我身上沒多少肉，肉挺──」周梵梵話音一卡，在關元白濃郁的眼神中，決定不說了。

他們也不是沒抱過，而且每次都抱很緊……她有肉沒肉，他還真能知道。

大半夜吃甜品，而且小小的甜品還一起吃了很久。

關元白離開後，周梵梵一直收斂著的情緒才瞬間釋放出來，她爬到床上，在被子裡拱了兩圈，被單都快被她扯爛了！

一想起那個畫面，她腦子就暈暈乎乎的，整個人都在發燙。

她竟然跟關元白接吻了？？！

還是舌吻！！！

這是剛在一起就可以做的嗎！

這天晚上，周梵梵理所當然沒有睡好。第二天，她還是被電話吵醒的。

『梵梵，妳還在睡呢？起來吃早餐啊。』徐曉芊在手機裡說道。

周梵梵：「幾點了……」

『十點了。』

「啊？」周梵梵支吾了聲，「等下，我馬上起來。」

『好，在餐廳這等妳。』

「嗯。」

周梵梵在房間裡拖拖拉拉了半天，出門時，看到早前就有關元白傳來的訊息，問她醒了沒有，但是她沒有察覺。

下樓梯時，她才趕緊回訊息給他：『醒了，現在去餐廳吃點早餐。』

『好，我在這。』

周梵梵看到他的回覆，腳步輕快了些，心情緊張，又含著微妙的期待。

她走到餐廳後，發現有好幾個人在吃飯。

關知意竟然也在，此時正在戚程衍旁邊一起吃東西，見到她進來，抬手跟她打了個招呼。

「嫂子好～」

周梵梵愣住了，然後便看到徐曉芊使勁跟她使眼色，激動之情都掩在眼睛裡了。

「啊……妳、妳好。」

「嫂子快過來吃早餐，哥已經幫妳擺好了。」

周梵梵望向了關知意對面的關元白，他也正看著她，說：「過來。」

他此時的眼神，跟昨晚的眼神，是不一樣的。

此時平靜柔和，而昨晚……卻是幽深危險的，還帶了點欲。

完全不一樣的關元白，反差卻更讓人心跳如鼓。

周梵梵在他旁邊坐下了，默默拿起了筷子。

今天一桌子都是中式早餐，關元白問道：「那邊還有粥，要嗎？」

周梵梵：「我、我喝點吧。」

「嗯。」

關元白起身，幫她盛了一碗過來，又把她喜歡吃的一些小菜推到她面前。

關知意坐在對面，全程看著，眼裡的笑意都快溢出來了。

周梵梵自然也看得到關知意注視著她和關元白，小聲地說了謝謝，低頭囫圇吃了兩口。

吃著吃著，閒著的左手突然被旁邊的人牽住了。

周梵梵一怔，倏地轉頭看向關元白。後者顯然已經吃完了，右手牽著她的，也不做別的，就這樣看著她吃。

在場人這麼多，前面還是她家寶貝女鵝，周梵梵心都揪緊了，「你、你幹嘛……」

關元白全然無視別人，道：「趕緊吃，吃完帶妳去逛逛。」

周梵梵不好意思，卻抽不開，只好把牽著的手藏在桌子下面，強行鎮定道：「去哪裡？」

「莊園裡面有一條很長的街，專門逛街用的，可以去走走。」

他的手還牢牢地牽著她，指腹摩挲著。

她的心突然跳得厲害，有種在大家面前做壞事的錯覺。

「我知道那裡，我也想去！」關知意道。

關元白看了她一眼：「那妳口罩戴好，離我們遠一點，別招人。」

關知意嘿嘿一笑：「知道知道，肯定不打擾哥哥你談戀愛。」

「沒關係呀，可以一起的，不打擾！」周梵梵幾乎是條件反射，立刻維護關知意。

但話剛說完，桌下的手就被捏了捏。

關元白說：「妳是想跟我逛街，還是跟她逛街？」

周梵梵：「……」

戚程衍笑了下：「這麼明顯的事，你一定要問答案嗎？」

關元白瞥了對面那對夫婦一眼，不想理會，對周梵梵說：「說。」

周梵梵：「說什麼……」

「想跟誰逛？」

這還真槓上了，旁邊吃飯的人輕笑出聲，偏偏關元白一臉認真。

周梵梵此刻哪敢有別的回答啊，輕聲說：「……跟你逛。」

關元白眉梢頓時得意，嗯了聲，說：「行，那聽妳的，就我們兩個人逛，不跟他們一起。」

眾人：「……」

神經病啊這人！

早餐吃完後，三對人一起出發去那條街，只是各逛各的。

而從車上下來開始，周梵梵和關元白的手便一直牽在一起。

起初，她是有點不適應的，但這條街實在有趣，看著看著，也就忘了一直黏在一起的手了。

逛到半途時，看到了一家很特別的雜貨店，周梵梵對這感興趣，便拉著關元白走了進去。

這家店賣的東西很零散也很特別，擺件、鐘錶、飾品……店家過來介紹，這裡所有東西都是從世界各地淘回來，每件都是孤品。

周梵梵來了興致，觀賞了好一陣子後，突然在胸針那一排停了下來，拿起了一個特別有趣的羊羔胸針，在關元白面前展示了下：「可不可愛？」

關元白：「嗯。」

「那送你。」周梵梵道：「你是牡羊座，這個小羊特適合你。」

關元白愣了下：「妳怎麼知道我牡羊座？」

「你家密碼不是410000嘛，四月十號，對不對？」

關元白：「還挺聰明。」

「是你太懶了，設置的這麼簡單。」

周梵梵說著，直接拿起胸針去結帳，隨即就交到關元白手裡。

關元白還有點反應不及，看了一下手心的胸針。

「走吧，先放袋子裡，我們去下一家。」

「等等。」

「怎麼了？」

「我先戴一下吧。」

「啊？」

關元白把小羊羔從透明包裝裡拿出來，別到了大衣胸口處。

漆黑的外套，頓時因為這隻小羊暖糯了不少。

周梵梵瞬間有些不好意思，她只是覺得這個東西很可愛，又想到關元白是牡羊座所以順手買來送他的。

但她知道，這東西不符合他的氣質。她沒有要求他戴，就是覺得好玩而已。

「那個，其實也不用戴……」

但關元白好像很喜歡，在鏡子前看了幾眼：「這不是胸針嗎，怎麼不用戴？還是戴著吧，挺好。」

周梵梵欲言又止：「可是——」

「幫我拍一下吧。」突然，關元白把手機遞給她。

周梵梵又愣住了：「為什麼要拍？」

關元白說：「這是我們在一起後妳第一次送我東西，我發個文。」

戚程衍刷到關元白這篇貼文時，正和關知意坐在一家咖啡店，兩人逛累了，想喝杯咖啡。

「妳哥瘋了。」戚程衍說。

關知意：「什麼？」

戚程衍把手機遞到關知意手上，她看了眼後忍不住道：「好可愛的胸針。」

「重點是他竟然願意帶這個。更重點的是，他還要發出來秀，顯然很得意。」

關知意笑道：「梵梵送的，他不得秀嗎。嘶……原來哥哥談戀愛是這樣的啊。我還以為他這人談戀愛肯定一板一眼，一點都不善解人意，一點都不會哄女孩子。」

「在感情這件事上，我們對他的認知不太夠。」

「是！」

另外一邊，宋黎也看到了，當然，他跟徐曉芊玩得正 high，是戚程衍截圖傳給他。

宋黎看到了徐曉芊自然也看到了，她再結合今天早上，明白過來她家周梵梵肯定和關元白在一起了！

『不得了啊妳，恭喜恭喜！！小羊羔很可愛哈哈哈哈。』

周梵梵收到徐曉芊傳來的訊息時，關元白的貼文已經有密密麻麻的讚了。她知道徐曉芊也是透過宋黎看到關元白發的東西，窘得不行，開始覺得自己不該這麼草率地送他一個禮物，應該去買點配得上他的東西才對。

「那個，讓大家看到會不會不好啊？不然，還是刪了吧？」路上，周梵梵試探性地說道。

關元白：「哪不好？」

「就是……我下次送你個更好的。」

關元白愣了下：「這個不就很好嗎，妳剛才還說很適合我。」

「我說適合你的……星座。」

關元白道：「也挺適合我的衣服的。放心吧，沒人會覺得不好，他們只會羨慕而已。」

周梵梵：「……」

最好真的是「羨慕」吧！！

玩完回去時，一堆人在看關元白的胸口，偏偏他還一副任大家觀賞的模樣。

周梵梵看得羞恥得不行，轉頭默默回了房間。

晚上，他們還是在莊園這邊吃飯。飯後，這場週末的小度假也到此結束了。關元白開車送周梵梵回家，路上，車裡放的還是張洛的歌。

周梵梵今天玩累了，上車沒多久就睡著了，一直快到家門口，才被關元白叫起來。

「已經到了啊……」周梵梵看了眼四周，「我睡了好久啊。」

關元白：「是睡了好久，可能這車的環境很適合妳睡覺。」

周梵梵摸了摸鼻子：「不是，是因為我昨晚沒睡好……」

車子停了下來。

關元白轉頭看她，說：「我昨晚也沒睡好。」

至於為什麼都沒睡好，兩人心知肚明。

但周梵梵不好意思提昨晚的事，畢竟一想起來心驚肉跳的。

「嗯……那你今天回去早點睡。」

「好。」

周梵梵伸手按到了開門鍵：「那我下去啦？」

「等等。」

周梵梵停住：「怎麼了？」

關元白往窗外看了眼，說：「沒人，要不要親一下再走？」

周梵梵頓了頓，緋紅色一下子連脖子都染上了：「……合適嗎？」

關元白嘴角輕揚：「怎麼不合適？」

好像是沒有不合適的地方，畢竟他們兩人昨晚都親過了。

周梵梵談戀愛也不想矯情，於是也趕緊往外看了眼，確定真的沒人後才猶豫著說：「那，不能伸舌頭啊。」

關元白的眸光剎那暗了下來，喉結輕滾了下，淡淡道：「好。」

他傾身過來，右手扶在她手臂上，吻了上來。

嘴唇輕輕貼著，帶著一股戰慄感，他在她的唇上輕吮了一下。

「這樣？」他鬆開了她。

周梵梵盯著他的嘴唇，嚥了口口水：「唔……可以。」

關元白摸了摸她的腦袋，沒再去碰她，不然他不一定能讓自己在她家門口保持規矩。

「好，那回去吧。」

「嗯。」

周梵梵轉身去開門，開了一半後，又突然回身撲到他身上，貼著他的嘴唇狠狠親了一口，聲音很響。

「再見！」她立刻推開門跑了下去。

身影很快地進入門口不見了，關元白還在她剛才突然的那一吻中沒反應過來，怔怔地看門口許久，才抬手摸了下嘴唇。

「梵梵回來啦，吃飯了嗎？」剛一進門，就被趙德珍逮個正著。

周梵梵臉還紅著，避著她：「吃過了！」

「噢，吃什麼啦……欸妳跑什麼啊？」

「我去上個洗手間，馬上來！」

周梵梵跑進自己房間的廁所，她靠在門上，看到鏡子裡的自己笑得很放肆，明明害羞著，但笑容真耀眼啊。

果然，親帥哥……還是一件很開心的事。

等自己徹底正常之後，周梵梵才下樓。

趙德珍還在吃晚飯，周梵梵坐到她旁邊，甜兮兮地摟著她：「好不好吃呀奶奶。」

「好吃，妳馮姨的手藝能不好吃嗎，要不要再吃點？」

「不要了，我很飽。」

趙德珍好整以暇：「跟元白吃什麼了？」

「就是在那個山莊裡吃的唄，裡面還挺好玩的，度假確實挺合適，下次帶妳去，正好也不遠。」

「好啊。」

周梵梵陪著趙德珍把這頓飯吃完，又聽她說了下公司裡的事。

聽著聽著，周梵梵突然想起之前的計畫，便跟趙德珍聊了聊投資影視劇的事，趙德珍自然覺得她是小打小鬧，但後來見周梵梵一臉認真，還詳細說了番自己看好的小說ＩＰ後，也考量了下。

她知道自己孫女對家裡實業不感興趣，現在她突然有了想做的事，她嘴上不說什麼，但心裡是願意支持的。

「妳要知道這事沒妳想像中的那麼容易。這樣，妳之後好好地做個計畫書給我，後續要不要跟進投資，我要看看再說。」

「好啊，謝謝奶奶！我會好好準備的。」

「行。」

得到趙德珍首肯，周梵梵今天的心情更好了。

她回了房間後，打開電腦，開開心心地剪了個影片。

對她而言，見愛豆的影片也是一種輕鬆的方式。

只不過剪著剪著，突然覺得有點不對勁……眼前的人眉眼中好像出現了另一個人。

周梵梵握著滑鼠的手停住了，猛地往後一靠：「我靠。」

剪寶貝女鵝的影片，卻看到了關元白！！怎麼會這樣！！

雖然有那麼一兩分像吧，但以前從來沒有過這種情況。

啊啊啊啊啊！她真是該死啊！

周梵梵抓著頭髮，懺悔萬分！

狠狠甩頭把眼前那影子抹去了，才得以繼續剪影片……

剪完影片傳上社群時已經深夜了，群裡的人在她傳出來後紛紛冒頭。

七七：『呀，好些天沒看到妳發影片了！愛妳梵梵！！！』

六六：『好美~』

七七：『梵梵，最近有沒有見到女鵝啊？』

周梵梵看著友人問這個，突然想起還沒跟好友說自己的情況。

於是斟酌了下，傳道：『朋友們，是這樣的，有件事我想宣布一下。』

群裡靜默了幾秒鐘後——

七七：『跟兒子真正在一起了吧？』

六六：『跟兒子接吻了？舌吻了沒，沒有不要宣布了。』

周梵梵：『？？？？』

這些人是不是有什麼預知能力？！

周梵梵：『妳們怎麼知道？』

七七：『！！！！』

六六：『幹！！』

七七：『我就覺得你們之後肯定會在一起！所以！真的在一起了是吧！』

周梵梵：『是……』

六六：『啊啊啊啊啊我就是隨便說說！沒想到夢想照進現實！』

曉芊也出來了：『我們梵梵現在是貨真價實的嫂子了！快樂！』

七七：『恭喜嫂子！我要簽名，要To簽！！』

六六：『恭喜嫂子！結婚可以邀請我嗎，我想再去看看意意！』

七七：『覆議！』

周梵梵：『回聊……』

七七：『幹嘛！不邀請我不是人』

周梵梵：『談戀愛呢！說什麼結婚！晦氣！』
七七：『妳千萬別偷偷摸摸結婚讓我們抓到！』
周梵梵：『噢。好了，我也宣布完了，睡覺了啊，晚安。』
六六：『是不跟我們聊，跟兒子聊去了吧。』
曉芊：『這還用說嗎，顯而易見。』
七七：『果然，朋友哪比得過新鮮出爐的愛人呢。』
周梵梵：「……」
周梵梵乾脆俐落地從群裡退了出來，把手機丟到了一邊。
然而閉著眼睛躺了下，還是默默把手機拿過來，點開關元白的頭貼。
她看到他今天發的貼文下面有幾個她認識的人留言了。
宋黎說「真能秀」，關元白回覆「別酸」。
戚程衍說「現在發文是勤了」，關元白回覆「畢竟有女朋友了」。
字裡行間，總有股得意忘形的味道。
雖然白天覺得挺不好意思的，但此時看著又覺得很開心。
突然……好想他喔。
周梵梵喜滋滋地點開了他的對話方塊，結果她剛打字，上面就顯示關元白正在輸入中。
『準備睡覺了，妳呢？』
周梵梵的框裡打著跟他一模一樣的話正要傳出去，見此趕緊刪除，說：『我也是。』

關元白：『明天去上課嗎？』
周梵梵：『只有早上有課，你明天呢？』
關元白：『下午有安排會議。』
周梵梵：『噢～好的。』
關元白：『明天中午我去接妳吧。』
周梵梵：『幹嘛呀……』
關元白：『沒幹嘛，見妳。』
周梵梵瞬間在床上蜷成了一隻蝦。
幾秒鐘後，他的訊息又跳了出來：『到時候一起吃飯。』
周梵梵蜷縮在被窩裡，手機的光亮照出她的傻笑：『好吧。』
看來她的朋友們沒有騙她，原來談戀愛真的很有意思。
僅僅只是說明天會見面，她就有些興奮得睡不著。
第二天去上課時，心情也格外飛揚，即便導師一大早又給了巨難的課題，她的心情也沒有受到任何影響。
度過了一個早上後，來到了今天最後一節。
距離下課還有半個小時，周梵梵已經開始期待，她拿起手機看了眼時間，傳了則訊息給關元白：『還有半個小時下課。』
關元白很快回覆：『知道，好好上課，別玩手機。』

這麼嚴格。

周梵梵輕笑了聲，但還是把手機塞到了抽屜裡，沒有再看。

時間一分一秒過去，似乎走得格外慢。

等了好久後，鈴聲終於響了起來。

老師關了電腦，拿上包離開了，教室裡二十多個學生紛紛準備走人。周梵梵速度最快，把書往包裡一塞，立刻往教室外跑。

「周梵梵。」剛走出教室準備往右去，突聞一個熟悉的聲音從左邊響起。

她倏地回了頭，看到關元白站在門口時，眼睛都瞪圓了。

關元白往前走了幾步，把買的果汁遞了過來：「可以走了嗎？」

周梵梵一臉驚喜：「你怎麼在這？」

「等妳下課。」

「可是，你怎麼知道我在哪上課呢？」

關元白道：「託宋黎問了妳朋友，她把妳的課表傳來了。」

「曉芊嗎？」

「嗯。」

「那你也不跟我說一聲！」喜悅和緊張交織，心臟怦怦亂跳，「你等多久了？」

「才剛到沒多久。」

「喔！」

「梵梵！男朋友啊？」教室裡出來的同班同學好奇地盯著關元白看。

周梵梵有點小羞澀，但看看關元白，還是點了頭：「嗯。」

「妳男朋友好帥，沒見過呀！哪個系的？」

周梵梵說：「他、他畢業了。」

「啊～」同學們了然，不過還是有點新鮮，畢竟平時和周梵梵來往，追她的人不少，但還沒見她跟誰在一起。

「行啊梵梵！那我們先去吃飯啦。」

「嗯，再見。」

「再見！」

同學們一步三回頭地走了，周梵梵忍不住笑意，對關元白說：「那我們也去吃飯。」

關元白沒動，伸手。

周梵梵看了眼他的手心，又看看他：「嗯？」

關元白眉梢輕挑，拉住了她的手：「牽著我。」

第十七章　還是你更好看

雖然已經牽過很多次手了，但她還是沒有很習慣在外面跟關元白手牽手走路。

而且此時是在校園，路過的人或多或少都要回頭看幾眼，讓她更沒辦法當作什麼他們只是在普通地走路。

「妳一直看手幹什麼？」關元白問。

周梵梵：「啊？沒有呀……」

「不習慣？」

周梵梵見他察覺了也就不掩飾了，「有一點點。」

關元白笑了下：「沒辦法，這個妳得習慣，畢竟以後都這樣。」

熱戀中的人聽到「以後」這個詞都會覺得甜蜜。

就連對「情侶的未來」持悲觀態度的周梵梵也是如此，她此刻沒有去想任何不好的結局，只是覺得，這個詞是真的好聽，她喜歡那個「以後」。

她老實地抓緊了他的手，點點頭：「好的，我會習慣！」

關元白又笑，問她想吃什麼，周梵梵說想吃中式，於是兩人開了車，去了一家中式餐廳。

吃完飯後，兩人在餐廳附近閒逛消食。

周梵梵從來沒有覺得自己這麼喜歡散步，走了好久，竟然一點都不覺得累。

後來是因為關元白下午還要回公司開會，他們才回到停車的地方。

「我先送妳回去。」

「時間差不多了，你還是先去公司吧。」

「不要緊，來得及。」

周梵梵看了眼手錶，還是有一點擔心，於是直接道：「要不然我跟你去公司？」

關元白眼睛微微一亮。

周梵梵說：「反正我帶了電腦，回家也是要寫東西的，去你辦公室寫也一樣。」說完又補充了句，「還沒有奶奶來房間念叨我。」

關元白打從心裡就不想跟她分開，現在她要跟他一起去，他自然樂意。

「那妳在辦公室寫作業，順便等等我。晚上我們還可以一起吃飯。」

周梵梵：「好呀。」

就這樣，她直接上了他的車去到南衡。

到公司時，助理何至已經在大廳等著關元白了，一起的還有兩個專案負責人。

看到關元白牽著一個小女生過來，眾人也沒有很驚訝。

畢竟，他們關總的貼文都發了兩波了。如今他和周家大小姐在一起這事，無人不知無人不曉。

「何至，先帶她去我辦公室，然後你再過來找我。」關元白說。

「我知道你辦公室在哪，我自己會走。」周梵梵對何至道：「你不用帶我，去忙吧。」

何至只好又看向關元白，後者笑了下，說：「自己去啊？」

「對啊，我認得路。」

「行。」關元白玩笑道：「那妳別走丟了。」

周梵梵輕瞪了他一眼：「……你才會走丟。」

周梵梵撇開他們自己走了，她上了電梯，最後在關元白辦公室的樓層停了下來。

之前她來過這，此時也算是輕車熟路了，走進去時，辦公室外的助理區幾人看到她，紛紛站起來問好。

「周小姐。」

除了何至，周梵梵對關元白的其他助理並不熟。但這些人對她熟得很，私底下都八卦瘋了。

周梵梵朝他們點點頭，也問了聲好。

「周小姐，需要我幫您倒點喝的嗎？」其中一個穿著職業裝的女人站起來問道。

「不用不用，謝謝啊。」

周梵梵說著，無意看了眼她的桌面。這人穿著挺正式，但桌面上擺放的東西卻十分可愛，有兩個娃娃端坐，電腦桌布上是一個男偶像。

那娃娃應該是明星版，這看起來……純純是一個追星人啊。

不過她桌布上那個男偶像好像很新，她都不認識。

周梵梵多看了兩眼，好奇道：「這人是誰呀？」

追星人對追星人總有那麼一點好感，她忍不住問了。

職業裝女人愣了下，有些不好意思地道：「一個新人偶像，叫陸明帆。」

看周梵梵好像有些感興趣的模樣，她多說了句，「去年練習生選拔出道的，當時那個綜藝，他拿了第二。」

周梵梵連連點頭：「很帥啊。」

女人眼睛一亮，有種自家兒子被誇了的興奮感：「啊？謝謝謝謝！」

周梵梵指了指關元白的辦公室：「那，我先進去了？」

「好的好的，周小姐，我幫您準備一點吃的，您稍等。」

周梵梵想說不用了，但她已經很熱情地去茶水間了。

後來，周梵梵便坐在關元白的辦公椅上，打開自己的電腦，準備寫論文。

但在此之前，她又拿出手機，搜了下方才看到的那個偶像新秀。

陸明帆，九九年，帝都商學院畢業，去年在一檔叫做「我是新偶像」的綜藝上拿了第二名，不過那檔節目不紅，所以即便是第二名，也沒多少人知道。

周梵梵默默放大了他的照片，這人的形象真不錯啊，要是有了機會，大概能紅。

當然，她突然這麼重視的原因也不是想對這人進行一番預言，只是，這個人長得好有男主角的氣質，尤其是方才電腦桌布上染銀髮的樣子，跟她正準備入手的那本《緋火》男主角的形象很符合。

最近古言小說中《緋火》很紅，她看了之後特別特別喜歡。昨晚和趙德珍聊過之後，她有意趁早買下版權。

周梵梵在備忘錄裡記錄下陸明帆這個人，便先去弄眼前的論文了。

寫了一個多小時後，也差不多完成了今天的進度。她在辦公室裡玩了下手機，沒見關元白回來，便又出去溜達了一圈。

正值大家的下午茶時間，幾個助理叫了飲料和點心，還帶了份給周梵梵。

周梵梵看大家這麼熱情也沒推脫，拉了張椅子和他們一起坐在那吃起來，順便和喜歡陸明帆的那個女人聊了下。女人叫林昭，作為粉絲，她說起自己喜歡的愛豆，自然是滔滔不絕。

林昭說陸明帆是個人練習生，沒有後臺，太難紅了，不過她們這群粉絲還是會好好支持他的。

不過不紅也有一個好處，那就是他的見面會比較容易買到入場券，下週日就是他的粉絲見面會，在帝都，林昭打算去。

周梵梵來了興趣，「那妳能不能幫我也弄張票？最好是前排，價格好商量。」

林昭驚訝道：「妳也喜歡嗎？」

周梵梵是想去看看本人，是不是如網路上的影片和圖片一樣好看：「閒著沒事，湊湊熱鬧。」

「好呀好呀。」林昭說：「我去群裡問問，看看能不能幫妳弄到一張。」

「OK。」

林昭和其他人都沒想到周梵梵這麼隨和，輕易就跟他們打成一片，聊著聊著，都敢跟她聊起關元白了。

「所以平時他非常嚴苛是嗎？」周梵梵好奇道。

林昭道：「是的，不過嚴是嚴，大方也大方啊，我們跟著老闆有肉吃。」

周梵梵道：「這樣啊，那他工作的時候生氣了不會罵人吧。」

「這……手下人實在是失了水準，肯定也是會罵人的。不對，也不能叫罵人，他那種說法就是暗箭，更能讓妳羞憤欲死！」

「對對對，去年年中會，市場部主管，一個大男人，直接被關總說到淚奔。」

周梵梵顫巍巍地吃了口洋芋片：「這麼凶啊，都說什麼了呀？」

「這麼好奇？要不要我親自跟妳講講？」突然，幾人身後傳來一個熟悉的聲音。

一眾下屬頓時寒毛直豎，唰地回過身，「關、關總……」

周梵梵也沒想到背後說人被聽見了，乾乾一笑：「你好了啊。」

其他人默默往旁邊挪，心裡警鈴大作。

他們也是難得見到老闆娘，竟一時聊 high 了，也不知道剛才老闆都聽到了多少！！！

周梵梵見大家神色有點緊張，有點小愧疚，都怪她問這麼多，她連忙起身解釋：「剛才大家吃下午茶呢，隨便聊了點，不關他們的事啊，都是我自己要問的。」

關元白：「哦？都是妳問的？」

「當然了，我好奇一下你工作的時候是什麼樣子嘛。」周梵梵試探道：「我能好奇嗎？」

關元白看了她一下，笑了下：「能，怎麼不能。」

周梵梵鬆了口氣，殷勤地從袋子裡拿了個巧克力棒遞過去：「他們買給我吃的，很好吃，你嘗嘗。」

關元白垂眸看了眼，也沒伸手，而是直接俯身，湊近咬了一口，半截巧克力棒還在周梵梵手上，他直起身，輕點了下頭：「還行。」

眾下屬平日裡只見雷厲風行的工作狂老闆，哪裡見過現在柔情似水、帶人味的老闆，眼睛都看直了。

關元白也絲毫不在乎，牽起周梵梵，往辦公室方向去。

「你們可以上班了。」臨進門時，他往後遞了個眼神。

助理們反應過來，趕緊收回視線，乖乖地坐回到自己的工位上。

「還要嗎？」走進辦公室後，周梵梵往他那遞了遞巧克力棒。

關元白拿住她的手腕往自己懷裡一拉，但沒有去吃那半根巧克力棒，而是低頭在她唇上親了一口。

他做得過於突然也過於自然了。

周梵梵眼睛眨巴了兩下，呆住了：「我是問你……還要不要巧克力棒。」

「我知道，我要。」關元白轉頭把她手上拿著的那半根吃掉，才鬆開了她。

周梵梵原地站了下，輕蹭了下鼻子，有點不好意思。

牽手都沒習慣，親親就更不習慣了。

關元白在沙發上坐下，拍了拍旁邊示意她也坐：「不是說寫作業嗎，怎麼跑出去聊天了？」

周梵梵坐了過去：「這不是寫完了嗎……我閒著無聊才出去溜達溜達，正好他們點下午茶，就聊了下天。噢，你的助理們都很好，還給了我很多零食，你看，一袋糖果。」

關元白嘴角輕勾，忍不住道：「這麼多糖，把妳當小孩哄？」

周梵梵不樂意了：「什麼當小孩哄，他們是熱情。」

「哦，熱情。」

周梵梵看了他一眼，有點炫耀道：「你這麼凶，你助理們應該沒對你這麼熱情過吧？」

這還炫耀起來了。

關元白順著道：「對，我太凶了，導致他們不分我糖果。」

周梵梵知道他在故意笑她，輕哼了聲：「酸吧你……哦對了，你真別怪他們啊，剛才是我要問你工作時是什麼樣子，不是他們特意說的。」

「知道了，我看起來真的有那麼不可理喻？」

周梵梵拆了顆糖往嘴裡塞，草莓味的，「沒有沒有，跟著關總有肉吃，他們剛才誇你呢。」

一邊說，一邊拆了顆糖給關元白：「請享用，關總。」

關元白笑著低眸看了眼，她手裡那顆是紫色的，大概是葡萄味。

他說：「我要吃草莓味。」

「草莓味啊……噢，我幫你找找。」

周梵梵把葡萄味的放在一旁，去袋子裡找粉色的包裝。但剛低頭找了一下，腦袋就被關元白捧了起來。

「妳嘴裡不是有嗎。」他說。

周梵梵愣了下：「嗯？」

還沒反應過來，他已經傾身吻了上來，撬開唇齒，探了進去。

清甜的草莓味，舌尖撥弄間，味道輕易蔓延。

關於《緋火》這個ＩＰ的事，後來幾天周梵梵徵用了自家公司的法律顧問，跟網站那邊聊了版權。

版權費已經準備好了，但後續投資跟進還需要趙德珍，所以這幾天她都在研究怎麼寫好這份計畫書。

說起來，一部作品最後能不能很好地呈現出來，拍攝班底重要，演員也很重要。

雖然目前階段選演員還早，但周梵梵已經把這本小說吃得透透的了，她知道自己想要找的是什麼樣形象的演員，所以週日陸明帆粉絲見面會那天，她還是和林昭一起去了。

萬一以後用得上呢。

而且……她也很久沒有參加過這種現場近距離表演了！

「那個，周小姐，妳說我帶妳來看帥哥，關總會不會一氣之下，直接把我開除啊……」林昭後知後覺，想起了重要的事。

周梵梵擺擺手：「哪會啊，而且我也不是來看帥哥的呀，我工作呢。」

林昭：「啊？什麼工作？」

周梵梵道：「最近打算買一個小說版權，我總覺得，陸明帆挺合適的。」

林昭大驚：「真的假的？！那、那肯定合適啊！兒子這麼帥，而且之前也拍過小短劇，會演戲的！」

林昭哪想得到周梵梵是為了這事來看自家偶像的，激動得不行，恨不得從頭到尾把陸明帆的優點再跟她講一遍，生怕兒子吃不到這個餅。

於是也忘了會惹老闆生氣這件事，興致勃勃地領著周梵梵進場了。

周梵梵是個追星老手，參加過的粉絲見面會數不勝數，不過今天算是她最放鬆的一次，連部相機也沒帶，純粹就是來看看本人的。

粉絲見面會開始後，陸明帆從後臺出來了。

這人雖然名氣不高，但喜歡他的粉絲也依舊真摯，一見人出來，喊得撕心裂肺。

周梵梵買的票在最前排，因為場地不大，她可以清晰地看到陸明帆的模樣。

染著銀灰色的頭髮，即便化著愛豆妝，也不難看出五官硬挺深邃，非常帥氣。這人身高也足夠，網路上的資料應該沒有弄虛作假。

而且看他表演，不得不說林昭喜歡也不是沒道理的，他跳舞非常帶感。

周梵梵以前就很喜歡這種 live，此時在粉絲營造的氣氛下，輕易被感染了，和林昭一起又蹦又跳。

熱舞過後，是一首深情的歌曲，周邊也安靜下來。

周梵梵想拿手機拍兩張照，這才發現手機裡有未接來電，是關元白的。

她立刻回電給他。

『喂。』

周梵梵：「你打電話給我啦？幹嘛呀？」

關元白聽到她這邊的音樂聲，問道：『妳在哪？』

周梵梵：「我在一個偶像新人的粉絲見面會呢，剛才因為聲音太大了，我沒有聽到你的電話。」

『什麼偶像？』

周梵梵說：「講了你可能也不知道，不太有名。我今天有空，正好來看看，當面看發現長得確實蠻帥的，正好跟我——」

『多帥？』關元白立刻問道。

周梵梵頓了下，一時間也沒察覺關元白略危險的聲色，看了臺上的人一眼，老實道：「是一張適合上鏡的臉，尤其是銀髮，感覺特別適合他。」

關元白：『妳換明星追了？』

周梵梵：「啊？我沒追！我怎麼會換明星，意意是我的本命好不好，不許亂說。」

『……』

「我就是上次偶然在你助理林昭的電腦上看到，覺得他挺像我想像中的《緋火》的男主，所以來現場看看。」

『《緋火》？』

「啊……忘記跟你說了，之前我不是講過我對投資小說這件事有興趣嗎！我最近在談這本小說的版權。」

關元白一聽是這原因，鬆了口氣，與此同時也覺得自己挺好笑。現在這種時候他才發現，自己女朋友粉的是自己親妹妹這事，挺好的。

『妳都已經談版權了？』

周梵梵道：「對啊對啊，奶奶還說，要我給她一份詳細的計畫書，可是我怕我弄得不好，所以，你之後有空的話幫我看看？」

『可以是可以。』關元白幽幽道，『但有什麼好處？』

這就要好處了！果然是奸商。

周梵梵嘴角微揚：「關總說說要什麼好處，我有的我盡量滿足。」

『那我得好好想想了。』

「行啊，你慢慢想。」

關元白輕笑了下，又問道：『妳那邊什麼時候能結束？』

「大概還要半個小時。」

『喔，地址告訴我。』

「幹嘛？」

『我去接妳。』

周梵梵面露喜色，「你不忙嗎？」

『忙完了。』

「那我結束了打電話給你！」

『嗯。』

掛了電話後，周梵梵把地址傳給關元白，而後繼續看表演。

陸明帆跳舞帶感，唱歌也不錯，聲音很有磁性。這場粉絲見面會，品質比很多很紅的偶像都要好。

結束後，周梵梵甚至還有點意猶未盡：「我覺得他這人未來可期。」

林昭激動得手舞足蹈：「是吧是吧，太帥了！不紅天理難容！周小姐，妳現在看完後覺得怎麼樣，他適不適合演男主角？」

周梵梵說：「我覺得外形不錯，會繼續關注的。另外，他的銀髮真的好好看哈哈哈。」

「是吧！！！」

兩人說說笑笑走到了停車場，周梵梵才想起來沒打電話給關元白。

「妳等等啊，我打個電話。」

林昭：「嗯！」

電話很快接通了，周梵梵問他在哪，關元白說已經在停車場，周梵梵說自己也在，報了大概的位置。

過了下後，關元白過來了。

林昭看見老闆，倒吸一口涼氣。

關元白看了眼林昭，後者趕緊問好：「關總。」

「嗯。」

林昭不敢說話了。

關元白說：「妳開車了嗎？」

林昭搖搖頭，剛才她從地鐵站出來，是周梵梵來接她一起來這裡的。

關元白道：「那妳把我的車開回去，明天再開來公司。車在A區1608。」

林昭連連點頭：「好的關總！」

拿到車鑰匙，林昭一刻都不敢停留，趕緊閃人。

「沒想到妳跟他們的關係已經好到可以一起出來看表演了。」關元白走近，捏了捏她的臉蛋。

周梵梵還有點不好意思：「也不是所有人，只是因為林昭也追星，所以感覺有話聊，今天還多虧她幫我弄了張前排的票。」

關元白嗯了聲：「妳的鑰匙給我，我來開。」

「好。」

上車後，周梵梵翻出陸明帆的照片又看了兩眼，想著過段時間找找人，牽一下線。

關元白還沒發動車子，側眸間看到她手機上是個男人的照片，「這就是妳說的那個小偶像？」

「對啊，你覺得怎麼樣？」

周梵梵把手機遞到他面前。

誰知關元白看了看，淡淡道：「濃妝豔抹，非主流髮色。」

「妝是濃了點，但他們是愛豆嘛，愛豆妝都是這樣的。」周梵梵說：「不過這髮色不錯呀！哪裡非主流了，我剛才還跟林昭說，他這髮色是點睛之筆。」

關元白的指尖在方向盤上點了點，「是嗎。」

「是呀，曾經有那麼一段我也超想染這種誇張的髮色，可是我奶奶不允許，說我要是頂著花花綠綠的頭髮回家，她直接把我掃地出門，導致我一直留有遺憾。」

關元白看她：「所以，妳覺得這樣很好看？」

周梵梵點點頭，眼睛忽閃忽閃的，靈動極了：「好看！特別好看！」

「很喜歡？」

「喜歡，特別喜歡！」

周梵梵都是實話實說，可說著說著發現，關元白的表情好像不太對。

她對人的情緒敏感度不算高，但此時關元白的臉色，她就是再傻也看出來了。

「你是不是不高興？」

關元白收回目光，看著前方：「沒有。」
周梵梵確定了，他真的不高興。
她默默把手機收起來，打量了他一下後，品出了什麼，兩根手指捏住他的衣服：「他雖然好看，但其實吧，我還是覺得你更好看一些。」
關元白無動於衷。
周梵梵直接抓上了他的手臂：「真的呀……要是跟你比，他就屬於一般般！」
關元白眉梢微微一挑：「妳剛才不是還說特別喜歡？」
「我說的是染髮特別喜歡，我才第一次見他，我哪裡會特別喜歡他……」
「喔，是這樣。」
「當然了！」周梵梵傾身湊過去，盯著關元白看，「你剛才吃醋了嗎？」
關元白有點不想承認，畢竟跟一個小男生吃醋，顯得他很幼稚。
但是他確實聽不得她那麼誇別的男人。
「沒吃醋。」
周梵梵不信，一雙眼睛黏在他臉上，尋找蛛絲馬跡：「可我剛才就是覺得你吃醋了。」
「沒有。」
周梵梵偷偷地笑，嘟囔道：「就有……」
關元白轉頭看她，下一秒，直接上手揉躪了一把她的臉。
小屁孩。

「啊啊啊，放開我——」

關元白：「我突然想到要什麼好處了。」

周梵梵被掐著臉，嘟著嘴：「這麼快？」

關元白把手鬆開了，慢悠悠地道：「以後，妳不能一直說特別喜歡別的什麼亂七八糟的人。」

「你還說你沒有吃醋！」周梵梵往後仰著，不讓他捏到臉，炫耀道：「我剛才都說了我是特別喜歡他的頭髮，不是他的人！」

關元白睨了她一眼：「哦，隨便。我現在只是剛好想起來我要的好處而已。」

周梵梵輕哼了聲，嘴真硬！

關元白：「怎麼不說話，這好處滿足不了？」

「可以滿足啊，不過有年限的哈。」周梵梵自顧自地道：「那就三年內不說我特別喜歡某某某吧！」

關元白瞇了瞇眼，伸手就把人抓了過來，揉了揉她的腦袋，低聲道：「周梵梵，妳還挺會談判？」

周梵梵被他的手臂卡著，上半身都撲在他懷裡了。

溫熱的體溫，烘得人神思也渙散了些。她覺得好舒服，在他肩上小幅度地蹭了下，說：「你可以提要求，我也可以提……」

關元白笑了下，胸腔微微有震動，格外好聽。周梵梵側眸看了他一眼，他的臉頰近在咫尺，帶著一種特殊的吸引力，像在引誘著旁人做點什麼。

「行，這次讓妳提。」

關元白鬆開她，周梵梵坐了回去，不過看著他的臉，還有點遺憾的，剛才應該親一口的。

「對了，這個給妳。」這時，關元白突然從大衣口袋裡拿出了一個四四方方的絲絨盒子，看起來特別精緻。

周梵梵回身：「這是什麼？」

「給妳的回禮。」

「回禮？」

「妳不是送了我胸針嗎？」

他說的是那個小羊羔。

周梵梵接過絲絨盒子，小心地打開了，看到裡面的東西後，眼睛頓時圓了：「真給我？這個不是上次──」

「嗯，上次妳買禮物給妳媽媽的時候，妳說很好看的那條粉鑽項鍊。」

周梵梵驚訝地看著他：「你什麼時候買的？」

「那天就買了，只是那個時候，沒有什麼理由送給妳。」

那個時候，他們都還沒在一起，甚至那時她都不知道他喜歡她。

沒想到……他那時就買下來給她了。

「可是，這個很貴。」周梵梵說：「我送你的胸針才幾百塊，你這個……回禮是不是過重了？」

關元白想了想：「那妳給我點補償。」

周梵梵悶笑：「剛才是好處，現在是補償，你才會談判呢！」

關元白說：「所以行不行？」

周梵梵：「那什麼補償，你說說看。」

關元白指了指臉，似笑非笑地看著她。

周梵梵眼睛一亮，也許是心之所想吧，她臉皮突然厚了起來，關元白都沒反應過來，她就已經撲上去，親在了他臉上。

「關元白，你怎麼知道，我剛才就好想親你了。」

粉鑽項鍊真的踩在她的喜好上了。第二天，周梵梵就把它戴起來了。

後來一段時間，她也一直戴著，關元白對此特別高興，以至於又偷偷訂購了多款粉色系的鑽石首飾。

周梵梵對此並不知情，最近她一直忙於《緋火》的開發上，只是找了幾位編劇，都沒有特別滿意的。

很快，年中到了。

今年的國劇盛典即將在海市舉辦，周梵梵得到這個消息時，找人拿了入場名額。畢竟這種盛典不僅很多明星藝人會來，更會有很多好的導演和編劇團隊在現場。

為了《緋火》，她還是希望多認識一些有實力的業內人士。

出發當天，周梵梵帶著行李箱出了門。

結果一到門口，發現門口停著的車不是自家司機開的，而是……何至？

「周小姐好。」駕駛位上的何至朝她點點頭。

「你好，你怎麼……」

「關先生也在的。」何至及時說。

這時，後排車窗降了下來，周梵梵俯身望進去，果然看到了關元白：「你怎麼來了啊？」

關元白道：「和妳一起去機場。」

周梵梵道：「啊？這麼早你不用送我的。」

「不是送妳。」關元白頓了頓，說：「我和妳一起去。」

周梵梵要去國劇盛典的事她早在前幾天就跟關元白聊過，但他那時並沒說自己要去啊。

坐到車裡後，周梵梵還是在意外中：「公司沒事嗎？你可以走嗎？」

「可以。就像我奶奶說的，南衡還有人，離了我也還會轉，我不用自作多情。」

周梵梵悶笑：「你奶奶……挺可愛哈。」

「嗯，我跟妳在一起的時候，她都能保持可愛。」

何至驅車前往機場了，因為是九點的飛機，周梵梵今天起得特別早。

去機場的路要一個小時，她在車上坐著坐著就有些睏了。

「我想睡覺。」周梵梵說。

關元白把後面的毯子拿過來，放到她腿上：「嗯，靠我這睡吧。」

這段時間相處下來，周梵梵對關元白有了些依賴感，做些親密的動作也不會覺得不好意思了。

她自然地枕著關元白的肩，找了個最舒適的角度，閉眼睡覺了。

何至自覺把音樂聲關小，往後視鏡上看了眼，發現自家老闆的視線垂落著，都在自己女友身上。

他輕笑了下，又看向前方，認真開車。

關元白確實一直在看周梵梵，因為他覺得她睡覺的樣子很可愛。

眼睫毛捲長，嘴巴微張，臉圓圓的，這樣壓在他肩上，有點肉感。

越看越覺得喜歡，關元白直接拿出了手機，調靜音，鏡頭對著兩人拍了一張。

照片中大部分是他肩膀的位置，周梵梵只露出閉著的眼睛，下半張臉就在鏡頭外了。

他是故意這麼拍的，因為他打算發篇貼文，不想讓大家看到周梵梵睡覺的全貌，畢竟，那只適合他自己欣賞。

配上圖片後，文案編輯「出差」兩個字，並加了一個睡覺的圖示，發送。

從帝都到海市飛行將近四個小時，落地後，一股熱浪襲來。

手機有了訊號，關元白打開看了眼，貼文底下已經有很多人留言——

宋黎：『有事嗎一天天的？』

回覆宋黎：『沒什麼事，跟梵梵一起出門。』

戚程衍：『你去哪出差？』
回覆戚程衍：『不是我，是她出差，我陪著一起去。』
戚程衍：『……哦。』
關子裕：『你最近發這麼勤，你女朋友會覺得你煩嗎？』
回覆關子裕：『不會。怎麼，有人有女朋友但都不發文嗎？那是女朋友嗎？』
關子裕：『……閉嘴。』
關兮：『本月第六篇貼文（大拇指）。』
崔明珠：『晚點回來，陪梵梵多玩幾天。』
回覆奶奶：『不是玩，是出差。』
崔明珠：『那就多陪梵梵出差幾天，你不用著急回來公司，你哥哥他們都在的。』
關子裕：『奶奶！！我不想在！我也要出去出差！！』
崔明珠回覆關子裕：『你給我老老實實待著，別廢話！』
林昭：『老闆娘真美，跟您真般配。』
回覆林昭：『嗯，上次妳說的休假，准了。』
林昭：『！！！』
關元白的貼文內容周梵梵也看到了，因為頻繁，她已經有了點免疫力，不會像最開始那樣不好意思。
看著他的貼文樂了一下後，司機也將他們送到了她早前預定好的飯店。飯店就在盛典舉辦地附近，放好行李後，約好的髮型師及化妝師直接上門了。

因為時間很趕，這些都是她早早就計畫好的，也沒考慮到關元白，只能讓他在旁邊乾等著了。

等她都弄好妝髮後時間也過了一個多小時，有點抱歉道：「是不是很慢啊，等這麼久你無聊嗎？」

關元白坐在一旁看著她，說：「很漂亮。」

「嗯？」

「不慢，也不無聊，妳漂亮就行了。」

關元白這人能在商場上混得開，其實是有點情商在的。要是他願意，把一個人哄得高高興興不成問題，只是以前他不樂意花心思在女生身上。

此時遇到個自己喜歡的，自然輕易開竅。

周梵梵也確實被誇得心口甜滋滋的，「那我再換個禮服就好了，你等等我啊。」

「嗯，不著急，慢慢來。」

今天關元白也要出席，所以何至那邊也幫他安排好了。

何至送了正裝過來，他換好後，才和周梵梵一起出發。

今晚的盛典，關知意和戚程衍也在。但是兩個小時前，戚程衍才知道關元白說的陪出差是到這裡來。

這時，關知意坐在演員席，他們三人則一起坐在了嘉賓席位。

盛典結束後，是主辦方舉辦的宴會。

宴會都是業內人員和藝人們參與，在這裡就沒有粉絲了，觥籌交錯間，都是周梵梵想要認識的人。

關元白此刻也特意抓了戚程衍陪同，戚程衍混跡影視行業很久，在這行裡認識的人多，由他牽線，周梵梵跟人打交道方便多了。

聊了一圈後，周梵梵已經加了很多位大咖級別的業內人員的通訊軟體好友。

「喝水嗎？」總算告一段落後，戚程衍去找關知意了。周梵梵和關元白則走到一旁，他遞了杯水給她，把她手上的酒杯替換下來。

「喝，說得我口渴死了。」周梵梵一口氣把一杯水都喝乾淨了，以前她不喜歡這種場合，沒想到有一天，自己還是認真參與進來的人……

「剛才我跟劉琦導演換了聯絡方式，他還說他也看過《緋火》！你知道嗎，他是拍古裝玄幻類型的劇紅起來的，之前拍的那幾部都非常好看。啊，還有夏晴，她的劇本很厲害，我回去後一定也要跟她好好聊聊。」

周梵梵說著，又道：「對了，你晚點要幫我好好謝謝戚先生啊。」

關元白：「沒關係，不用謝他，就算他今天不在，相信妳也可以的，妳手裡捏著的資源才是他們真正感興趣的。」

周梵梵不好意思道：「那也不會這麼順利啊，我應該得多費很多口舌。而且，我知道你今天陪我過來是為了我能更方便運作……謝啦。」

關元白輕拍了下她的腦袋：「周梵梵，謝謝這兩個字，以後別跟我說。」

周梵梵笑了：「噢！」

「是關總吧？幸會幸會，我是聚岩集團趙森，剛才遠遠看到您還以為看錯了，上次我們見過的……」

才站了沒多久，就有人過來跟關元白說話了，這裡除了業內人士還有很多高層，認識關元白的自然不少。

周梵梵想著自己的事也達成了，便跟關元白說她在一旁等他，關元白點點頭，應酬去了。

自己喝了點東西後，周梵梵突然看見了一個人。

今天來宴會的明星藝人也不少，她沒想到陸明帆也來了。記得剛才盛典上他是跟著組合一起來表演的。但表演後他們應該離開了，沒想到他一個人出現在了這裡。

周梵梵沒猶豫，直接走了過去。

「你好陸明帆，我叫周梵梵。」跟年輕人打交道，周梵梵就不說那麼多沒用的了，直接給了張名片。

名片是她前段時間剛做的，是製片人的名號。

陸明帆才剛進來，能進來也是因為他跟一個熟悉的統籌以前認識，他是想來碰碰運氣的，想找一個可以演戲的機會，但沒想到這麼快就有人來跟他打招呼。

他愣了下，不過在看到周梵梵時，也有點詫異。

畢竟……她看起來太年輕了，甚至可能比他還小，可名片上卻是製片人？

「我之前跟朋友去過你的粉絲見面會，你唱跳都很不錯哦。」周梵梵如實說。

陸明帆謙遜地道：「謝謝謝謝。」

周梵梵說：「對了，聽說你也拍過小短劇，以後有沒有走演員這條路的意思啊？」

陸明帆說：「嗯……我是想的，只是機會比較少。」

「機會總是努力來的嘛，你好好磨練演技，按照你自身的條件，以後肯定會有發展的。」

這些算是客套話，可從眼前這個人嘴裡說出來，讓人覺得都是真心實意，因為她的眼神真的很真摯……

陸明帆連忙又道了謝。

「不客氣，你可以加名片上這個聯絡方式，就是我，希望以後我們能有機會合作。」

陸明帆點點頭，又道：「妳真是製片人嗎？」

周梵梵好笑道：「怎麼了，不像嗎！」

陸明帆說：「不是不是，我沒有質疑的意思，我只是覺得，妳看起來好年輕……」

「那就當你誇我了，謝謝啊，那我們再聯絡？」

陸明帆：「啊……好的。」

《緋火》未知太多，周梵梵自然不可能輕易跟人家說「我想用你」，畢竟他演技夠不夠好她也不是很清楚。

加完聯絡方式後，周梵梵便跟他分開了，

又在旁邊等了十多分鐘後，關元白回來了，拉起她的手就道：「快走。」

周梵梵：「啊？」

關元白說：「現在不走，等等又走不掉了。」

周梵梵明白過來，再待下去，會有更多的人過來跟關元白說話，到時候也不好推託。於是她反握住他，兩人偷偷從邊門離開。

「停車的位置在前門，從這個走廊走好像遠了點。」周梵梵說。

關元白道：「沒事，可以在外面等等，讓何至把車開過來。」

「行。」

從宴會出來，周梵梵人也跟著輕鬆了許多，就是穿著高跟鞋走路不舒服，今天已經站了一個晚上了，這時走路感覺後腳有點磨破了。

但也不是大事，反正就在門口等何至開車過來就行了，她便沒有跟關元白說。

不過沒料到的是，兩人說說笑笑地走出來後，竟然遇到了熟人。

「阿愁？」

「梵梵！」

邊門這邊，竟然是關知意的粉絲，約莫二十多個，她們手上拿著的還是關知意的應援物。一群人都沒想到沒等到關知意，卻先等到了關知意的親哥哥，還有前段時間在粉絲圈很熱門的周梵梵。

眾人面面相覷，眼神又是八卦又是激動，這也太巧了吧！

周梵梵走到阿愁旁邊，小聲道：「妳怎麼在這？」

阿愁說：「我們是海市這邊的代表，等意意呢。」

周梵梵明白過來了，這個通道大概是明星藝人們常走，粉絲們會在這送他們上保姆車。

「啊……原來是這樣。」

阿愁看看她，又看了看她身後的關元白：「那個，你們要走啦？」

周梵梵後知後覺地不好意思：「對，出來等車。」

「喔～」

一群人目光炯炯，其中還有熟人，周梵梵一下子不知道該說點什麼。

倒是關元白走上前來，問她：「妳朋友？」

周梵梵點點頭：「之前一起追意意的時候認識的，你見過的。」

阿愁立刻說：「對對對，關先生，有一次在KTV見過，你那時來接梵梵。」

關元白看了眼她的頭髮：「想起來了。」

阿愁注意到他的視線，說：「我那次是藍頭髮，現在是黑的。」

「嗯。」關元白了然，又看了眼時間說：「你們去店裡等吧，外面挺熱的。小五那邊還有點事，大概需要一個小時。」

阿愁她們不知道關知意什麼時候會出來，就是瞎等而已，因為手裡還有很多大家交代給她的信想交給意意，不敢鬆懈。

「真的嗎？」

「是的。」關元白方才要走的時候問過，戚程衍說她有個採訪，九點才會離開。

周梵梵對阿愁說：「可以在那家咖啡廳窗邊的位子等，這樣的話也好看到這裡，能及時出來。」

阿愁：「那太好了，我們真的很熱，謝謝啊！那我們進去坐個半小時再出來。」

「嗯嗯。」

阿愁她們集體進旁邊的咖啡店了，周梵梵和關元白則在這等著何至。

兩分鐘後，關元白接了個電話，是何至打來的。說是前面那條路發生了車禍，因為是單行道，所以被堵住了，讓他們稍等一下。

關元白跟周梵梵說了這事，周梵梵說那他們就走一段吧，反正也不算遠。

關元白也應下了，結果周梵梵剛走兩步就停了下來：「哎呀，還是算了吧，我們等著好了。」

關元白：「怎麼了？」

周梵梵道：「這鞋子很新，磨腳，本來就有點破了，要是走這一段，肯定會出血。」

關元白低頭，這才發現她後腳跟和鞋子接觸的地方很紅。

「妳剛才怎麼不告訴我？」

「也沒那麼嚴重，沒什麼好說的……」

關元白不贊同地看了她一眼，直接屈膝半蹲了下去，伸手輕撥，看到了破皮的地方。

不遠處是阿愁還有一群同擔，餘光中她們都在往這邊看。

周梵梵連忙去拉關元白：「我沒事。」

關元白眉頭輕擰：「都破皮了，怎麼沒事？」

周梵梵耳廓發熱：「就是磨腳而已，真沒事，你快點起來。」

關元白看了看周圍，也沒見有什麼地方可以暫時坐一下，便說：「上來，我背妳去咖啡店裡坐一下。」

「不要不要！大家都看著呢，我就這樣站著，我不疼。」

「妳嘴是真硬。」關元白說：「那我直接抱了。」

周梵梵倏地轉頭看他，這麼多人呢！還都認識！她可不想又上社群首頁啊！

「那我自己走！」周梵梵是一點機會都不給關元白，踩著高跟鞋，忍著痛快速奔向咖啡店。

所幸咖啡店沒幾步路，周梵梵拉開門，就近坐下了。

關元白：「……？」

阿愁問道：「梵梵，妳怎麼了？」

周梵梵擺擺手：「沒事，就是這鞋子有點磨腳。」

話音剛落，關元白就進來了，警告道：「周梵梵！」

周梵梵往後一縮：「……幹嘛？」

關元白眉頭皺得像能夾死她，可側頭看到她的後腳跟，又很無奈：「知道妳要跑，還不如就在那站著。現在很疼了吧？」

周梵梵：「……還行。」

關元白拿她沒辦法，「等著。」

阿愁那邊一群人正看得認真，看著看著，突然見關元白走了過來，眾人心口一緊，趕緊挪開視線。

「不好意思，請問一下，有人有OK繃嗎？」關元白問道。

眾人愣了愣，隨即一個女生道：「我有！」

她從包裡掏出了一排OK繃，遞了過來，關元白拿了兩個：「謝謝，夠了。」

「不客氣……」

關元白轉身回到了周梵梵面前，眾目睽睽之下，又在她面前蹲下了。

周梵梵：「欸你——」

「抬腳。」

「……」

關元白見她沒反應，也不等了，直接捏著她的腳踝把她的高跟鞋脫掉，然後在她的後腳跟貼了OK繃。

弄好後，又小心翼翼地穿上鞋子。

「另一隻我自己來……」周梵梵低聲說。

關元白抬眸看她：「周梵梵，妳到底在跟妳男朋友客氣什麼？」

第十八章　關總是不是不行

關元白和周梵梵坐在店裡等了一下，叫了兩杯咖啡，還買了些吃的給阿愁她們。

十多分鐘後，何至把車開到了門口。

周梵梵跟阿愁告別，才和關元白一起離開了咖啡廳。

眾人這時才趕緊拿出手機給自己面前的咖啡和甜點拍照，在個人頁面和社群上炫耀。

『竟然吃到了關元白請客的咖啡和蛋糕！！！他人好好！！！』

『他好寵啊媽的，慕了慕了。』

『兒子好會談戀愛啊！！』

回飯店的車上，關元白直接把她的高跟鞋脫了。

現在沒人，周梵梵也就不顧及那麼多，光著腳踩在椅子上，手裡還握著一杯冰咖啡。

關元白坐在一旁，打了通電話給戚程衍。

「大概還有多久結束？半個小時是吧，好，那你們打算從裡面出來了打電話給我……不是，是門口有小五的粉絲等著……」

周梵梵正喝著呢，聽到這話，視線轉了過去。

關元白還在繼續：「知道了，回去再說吧，記得通知我就行……」

電話掛了，周梵梵問道：「你是打電話給戚先生嗎？」

關元白點頭，「他們要出來了會告訴我一聲，到時候妳跟妳朋友說一下，在這之前，在咖啡廳裡吹空調比較好。」

周梵梵眨巴著眼睛看著他。

關元白問道：「怎麼了？」

「謝謝啊。」

關元白愣了下：「什麼？」

「謝謝你關心她們呀，沒想到你把這件事這麼放心上。」

其實，關元白以前並不管這些事，以前看到過很多粉絲苦苦等著自己偶像的場景，那個時候他心裡絲毫沒有波動，因為他並不明白他們到底為什麼要這麼做，這麼做又有什麼意義。

可也許是因為遇到了周梵梵吧，他在她身上真切地感受到了喜歡一個偶像時的真心實意，也明白原來還真的有人會對一個「陌生人」喜歡到那種程度，把對方當成一種力量，付出也完全不求回報。

所以，他心裡才有了波瀾。

他會想，如果他不認識周梵梵，如果周梵梵此刻也是在那些人中的一個，那麼，她應該想知道自己等的人到底什麼時候出來，也應該想要在舒服一點的環境裡等待吧。

「沒什麼，順手而已。」關元白說。

周梵梵還是覺得開心，踩著椅子挪到他身邊，甜滋滋地朝他笑：「你真好。」

關元白的心都快被她笑化了，他輕捏了下她的腳踝：「坐好，也不怕摔倒。」

周梵梵道：「何至開車穩著呢，是吧何至？」

何至從後視鏡上看了她一眼：「是，不過周小姐，還是小心點。」

「知道啦。」

周梵梵又默默挪了回去，老老實實放下腳，自己繫了安全帶。

到飯店後，關元白下了車，直接把人從車裡抱出來。

「啊，鞋、鞋子！」

「拿著了。」關元白看了眼何至，「你在這等一下。」

「好的關總。」

周梵梵摟著關元白的脖子，小腿輕晃了下：「都貼了OK繃了，我自己能走。」

「還是會痛不是嗎，前面可以直接坐電梯上去，沒人看得見，怕什麼。」

周梵梵想想也是，沒說話了。

她看著關元白的側臉，心裡暖洋洋的。其實，她從小到大也是被奶奶寵著長大的，也有很多人對她好。

可她還是覺得關元白很好很好，他對她的照顧是她從來沒有得到過的。

像捧著怕摔了，含著怕化了的感覺。

穿鞋磨腳多平常的事，可在他這裡，好像她腳傷了多嚴重似的……

回到飯店房間後，關元白把人放在了沙發上，讓飯店那邊送了新的OK繃過來。

周梵梵穿了小半天高跟鞋覺得累，也就沒有動，坐在沙發上傳訊息給今天加的一個編劇夏晴，兩人聊了下《緋火》，相談甚歡，她垂著眸劈里啪啦一直在打字。

關元白也沒攔著她，只是把她的小腿放在了自己腿上，撕下了之前的OK繃看了眼。畢竟方才就是為了不再磨腳臨時貼上的，也沒空管傷口怎麼樣。

「等等洗完澡換新的OK繃，知道沒？」關元白說。

周梵梵抽空抬眼。

他今天穿的是黑西褲，她則是長禮裙，此刻禮裙撩至膝蓋處，她兩條腿就這麼悠閒地搭在他的腿上，黑白分明，看起來格外曖昧。

「知道了。」周梵梵輕聲應了句，微微屈腿，她的腳便踩在了他大腿上。

裹著西褲的腿結實又有彈性。

周梵梵臉頰微紅，想縮回來，腳踝卻被關元白按住。

「怎麼了……」她抬眸看他。

關元白問：「聊完了嗎？」

「唔……差不多了，剩下的，我覺得當面跟夏晴說比較好。」

「嗯，那妳餓嗎？今天晚上也沒吃什麼。」

周梵梵：「不餓，只是比較累。」

「是挺累的。」

周梵梵盡量忽視他掌心的溫度，可他的手沒放開，還是格外有存在感。

她又往腳踝那瞄了眼，說：「那你早點休息，對了，你住哪個房間？」

「房間還沒訂。」

「啊？」

「臨時過來的，本來以為妳訂的飯店可以直接再訂，沒想到因為這家飯店離會場近，今天已經被訂滿了。」關元白道：「等等讓何至訂別家飯店吧。」

他今天一直陪著她，她覺得累，他來來去去一定也很累。

「訂別家嗎，那還得離開，挺麻煩的……」

關元白輕笑了下，微微傾身：「那我睡這？」

周梵梵愣了愣。

關元白看她呆呆的表情就知道她肯定會不好意思，當然，他只是想逗逗她。

可沒想到她竟然說：「也不是不行……」

這下換關元白愣住了，片刻後才淺聲道：「妳的意思是，我今晚可以不走？」

他的聲音淡淡的，但莫名帶了蠱惑的味道。

周梵梵頓時反應過來自己說了什麼，趕忙道：「這、這房間很大啊，床也很大，我們可以一人睡一半……我是說睡覺。當然了！你要走也可以，反正何至肯定能幫你找個飯店住嘛！」

啊……她在說什麼……

周梵梵瞬間眼裡滿是糾結。

關元白看得清楚，輕笑了下，說：「那我跟何至說一聲，讓他自己先去找地方休息，我就不去了。反正妳這床夠大，可以容我……睡覺。」

「……」

說出去的話如潑出去的水，收不回來了。

但仔細想想，也沒什麼可收回來的，他們是情侶……一起睡覺沒什麼吧。

不過她跟關元白相處的這一段時間，親親這件事的頻率雖然高，但一起睡覺還沒有過，所以難免緊張。

放下手機後，周梵梵先去洗澡卸妝了。

洗完澡，她在浴室裡磨蹭了好一陣子，才假裝什麼都沒發生，故作淡定地走出來。

「我好了，你可以用浴室了。」

關元白點頭：「嗯。」

周梵梵瞄了他的背影好幾眼，為即將「一起睡」這件事而不淡定，甚至都沒好意思先上床，只坐在沙發上玩手機，一直到關元白洗完澡出來。

「怎麼不休息？」關元白擦著頭髮問她。

周梵梵：「啊……還有點事處理。」

關元白眉梢輕挑了下：「是害怕了？」

「我、我怕什麼呀！」周梵梵頓時跳腳，「我這不是正好跟一個導演聊天嗎！」

關元白笑了下，毛巾放在一旁，自己掀開被子躺了進去，「行，那我們的周製片什麼時候聊完呢？」

周梵梵垂眸：「快好了。」

「嗯，那我等等妳。」

「……」

嘖，她自己叫他留下來的好吧！慌什麼！跟男朋友躺一張床睡覺慌什麼呀！

周梵梵咬咬牙，直接把手機關了，走過去：「你過去點。」

關元白故意不讓：「妳躺那側，我習慣躺這邊。」

「這是什麼習慣……」

話雖這麼說著，但她還是脫鞋上了床，想直接跨過關元白。但剛邁過去一條腿，被子突然隆起，像個巨大的陷阱突然收網！

「啊！」

她整個人被棉被包裹著，按在了床上！

「哦，獵物入網了。」關元白俯看著她，眼裡笑意濃了幾分。

周梵梵被裹得只剩一個腦袋在外面，身上的重量讓她心跳如鼓。她看出關元白的揶揄，不肯服輸，故意板著臉道：「那你有沒有聽說過，最好的獵人往往以獵物的方式出現。」

「是嗎，所以妳是獵人？」

「對啊，你才是我的獵物！」

「嗯……」關元白感嘆，「原來我是獵物啊。那獵人，妳怎麼瑟瑟發抖呢？」

周梵梵瞪他，她才沒有瑟瑟發抖好嗎。

不過她這眼神在他看來一點都不像瞪人，捲翹的睫毛一顫一顫的，眸子暈著水意，倒像撒嬌。

關元白笑意失了幾分，望著她的唇，片刻後，俯身吻了上去。

房間開著的燈似乎都透著幾分曖昧光芒，明明隔著一層被子，鼻息交錯間，卻彷彿擁住了人。

兩人唇齒間是一樣的味道，檸檬伴著薄荷，清香陰涼。

可觸及舌尖，卻熱得滾燙。

原本，是想逗逗她的，他並沒有真的想做什麼。

但勾纏住舌尖，糾纏舔舐，一開始打算淺嘗即止的吻便激烈了起來，他忍不住更深入更用力地去探索她口腔的每一個角落……

被子壓得越來越實，周梵梵在輕微的窒息中發顫。

「你不到被窩裡來嗎？」她低聲呢喃。

關元白渾身緊繃著，這層被子幾乎就是他的理智，拿掉了，就再沒有什麼能攔住他。

「妳確定我現在可以睡在裡面？」

他的聲音好沉，撞著她搖搖欲墜。

周梵梵意識到他是什麼意思了，耳朵發燙，可並沒有說不行。

本來就是熱戀中的情侶，情到深處如果真想做什麼也情理之中……

而且她不排斥這件事，她覺得，水到渠成就可以了。

「你不睡進來，那你晚上睡哪裡啊。」

唰！

被子下一秒直接被掀開了，周梵梵只覺天旋地轉，整個人被抱著轉了個方向，再睜開眼，已經被他裹挾進被窩，他的懷裡。

周梵梵這刻才發現剛才她被棉被纏住的熱和窒息都不算什麼，此刻他的懷抱才是燙得嚇人。

但真真切切的擁抱，也確實讓人心動不已。

他們情不自禁地繼續接吻，在密閉狹窄的空間裡揉作一團。

後來，周梵梵是真的想讓他繼續的。

可事情卻遠沒有想像中那麼輕鬆……

折騰了許久，兩人都是一身汗。

「很痛？」

周梵梵眼眶發紅，「痛……」

關元白深吸了一口氣，看著她快哭了的眼神都捨不得繼續了。

他側躺在了一旁，望著天花板，太陽穴一跳一跳的。

強烈的念想在腦子裡、身體裡衝撞，他忍了又忍才道：「沒關係，先不勉強。」

周梵梵悶在被窩裡，一雙眼睛可憐兮兮地盯著他看。她想說還是繼續吧，可方才那刻那種撕扯的感覺又讓她心有餘悸，怎麼樣都說不出這麼大方的話了。

關元白無奈道：「別這麼看我，不然……」

「那你難不難受？」

關元白心軟了，說：「我……不難受。」

周梵梵：「那你躺回來睡。我下次準備一下，我研究研究……」

關元白輕笑了聲：「妳怎麼研究？」

「……」

關元白俯身吻了她一下，說：「還是我研究研究吧。」

這一晚到底沒有走到最後一步，雖然一開始也沒打算幹什麼。

隔天一早醒來，他們便需要坐回程的飛機。原本是想在海市玩兩天的，但因為周梵梵學校突然有事，便只能趕回去。

時間緊急，兩人到了候機室才吃早餐。

『要回來了嗎？』

吃早餐途中，徐曉芊在後媽群裡傳了訊息給她。

周梵梵一邊吃一邊回覆：『候機了，下午到。』

徐曉芊：『妳要直接來學校？』

周梵梵：『對啊，導師 call 我，不能不聽。』

徐曉芊：『行，那我們今天晚上還可以一起吃頓飯。』

周梵梵：『ＯＫ！』

七七也冒頭了：『對了梵梵，昨晚看到妳和兒子一起的畫面了，妳那身禮服真漂亮啊！難怪迷得兒子暈頭轉向。』

六六：『別說，白白是會談戀愛的。嗚嗚嗚我穿高跟鞋的時候就沒有人幫我貼ＯＫ繃！』

七七：『羨慕極了！梵，請問兒子私底下時時刻刻都這麼溫柔嗎！』

昨晚在場的人那麼多，周梵梵早料到網路上會有風聲了。

周梵梵想了想他們在一起之後的種種，便回覆：『唔……挺溫柔的。』

七七：『做那事的時候也溫柔？』

突如其來的黃腔。

不過她們這個群，開黃腔什麼的一點都不奇怪，很多時候聊天紀錄被放出去是可以同歸於盡的程度。

但這次是涉及關元白，周梵梵還是立刻傳了個住口的貼圖！

七七：『瞧妳這談性色變的樣子！怎麼了！都是成年人，什麼顏色不能說呀！』

六六：『就是！』

七七：『所以，不是溫柔型？蠻橫粗魯型？』

周梵梵：『沒有……』
曉芊：『什麼沒有？』
周梵梵乾脆道：『我們都沒做過，我哪知道什麼型啊！』
三人齊齊傳了個震驚的貼圖。
曉芊道：『可是，你們出遠門不是應該睡同一間房嗎？』
周梵梵：『昨天……是睡同一間房啊。』
曉芊：『那你們什麼都沒發生？！』
七七：『什麼柳下惠？震驚一百年！不過我看還是因為他對妳太好了，所以才沒下手！』
曉芊：『我也覺得，關元白真的是個溫柔的好男人！』
周梵梵紅著臉道：『差不多行了啊，再見。』
七七：『別啊，再講兩句。』
六六：『妳這個大美女在旁邊真能溫柔下去嗎。可惡！關元白是不是不行！』
周梵梵一口一個小湯圓，急於跳過話題便敷衍道：『嗯嗯對對對可能是。』
「哦，妳就是這麼覺得的？」
突然，耳邊響起一個陰沉沉的聲音。
周梵梵嚇了一跳，手機都差點脫手，一回頭，看到關元白俯身看著她。
周梵梵立刻把手機往下扣：「你怎麼在我後面！你偷看！」
關元白才沒什麼偷看的心思，只是剛才起身去拿了杯咖啡，回來的時候看到她低著腦袋，邊玩手機邊吃早餐，一心二用，湯都灑出來了。

他就是走過來提醒她一聲好好吃飯，結果一低頭就看到了明晃晃的一句：關元白是不是不行！

更有意思的是，她還說對！

「說我壞話了才怕我看吧？」

周梵梵想起群裡的內容，心虛了，連忙又道：「我們在群裡的話就是亂說的，以前都這樣……你不要在意！都不是認真的！」

「都不是認真的？」

「嗯！沒有說你壞話的意思，不是真覺得你不行！」

「……」

「…………」

「哦。」關元白又看了她兩眼，繞回自己的位子坐下了。

沒再說什麼，只是整個人都陰沉沉的，很嚇人。

周梵梵低著頭吃東西，不敢說話，他應該……不會真生氣吧……

五個小時後，飛機落地帝都。

因為周梵梵學校裡還有事，關元白便讓何至先送她去學校，然後才離開。

後續三天，她因為忙著導師安排的任務，一直都待在學校裡，只有中途一天關元白過來找她，兩人才一起吃了頓午飯。

因為也沒提「行不行」這件事了，所以周梵梵覺得關元白應該是沒有生氣的。

嗯……他不是這麼小氣的人。

忙了幾天後，總算在週五下午把任務收尾。

原本周梵梵打算和徐曉芊一起吃飯，結果她要和宋黎去約會。

她一個人也不想在學校吃，便打算直接回家，但開車時接到了關元白的電話，他說他開完會已經在家了，問她要不要一起吃飯。

兩人許多天沒好好待在一起了，周梵梵自然應下，車調轉了個方向，去往星禾灣。

「好香啊！是上次那種牛排對不對！」周梵梵進了門往餐廳方向走，路上聞到了味道。

關元白正在廚房裡掐著時間煎牛排，她現在過來正好可以開吃。

「鼻子挺靈。」

「因為確實很好吃呀。」周梵梵走進廚房，湊到了旁邊，「我今天好餓，給我多點麵。」

關元白：「行，知道了。」

關元白弄好晚餐，把兩份牛排端了出去，站在一旁解圍裙。

「過來。」

周梵梵都拿起叉子準備捲一圈麵吃了，回頭看見他朝她伸手，「幹嘛呀。」

關元白：「妳說幹什麼，抱一下。」

「噢……」

周梵梵偷偷笑，把叉子放下了，屁顛屁顛地走過去，環住他的腰，靠進他懷裡。
她也是這次談戀愛才發現，擁抱是這麼舒服、這麼治癒的一件事。
要是可以的話，她覺得一直黏在關元白懷裡也不錯。
「你身上都是牛排味了。」抱了下後，周梵梵仰著頭對他說。
關元白笑了下：「那不是挺香的？」
「你平時那個味道更香。」
「平時是什麼味道？」
周梵梵道：「不知道，身體的味道。」
關元白眼眸瞇了瞇：「嗯？」
周梵梵突然覺得自己說的有點色情，改口道：「體香！」
關元白哦了聲，突然低頭在她脖頸上輕嗅了下：「那妳也有，很香。」
周梵梵輕縮了下脖子，覺得癢癢的。
她從他懷裡出來了，說：「我是女孩子，女孩子可都是香噴噴的！」
「是嗎？」
「當然了，不過，現在還是牛排最香～」周梵梵趕緊坐到了餐桌前，「我能吃了嗎？」
關元白摸下了下她的腦袋：「行，吃吧。」
「好！開飯！」
今天周梵梵胃口大開，吃得一點都不剩。

吃完後，兩人也沒出門，就坐在家裡的沙發上，一起挑了部電影看。

是一部老電影，愛情片，文藝風的那種。

周梵梵平日裡對這種片子是不太感興趣的，但大概是因為自己也在談戀愛，所以對電影中那種怦然心動的表現特別有體會，看得也是津津有味。

「要不要喝點紅酒？」中途，關元白突然問了她一句。

剛才他們吃牛排的時候也倒了紅酒，不過因為當時太餓了，她基本都在吃，只喝了一點點，此時看電影倒是可以繼續喝一些。

「可以呀，你家的紅酒很好喝！」

關元白道：「搬家的時候朋友送的，妳喜歡的話讓妳帶兩瓶回家。」

「我奶奶很少喝紅酒，帶回去也沒人陪我喝。」

關元白：「好吧，那以後想喝了過來，我陪妳喝，妳的酒量，在家裡喝安全點。」

「好呀。」

他起身去把紅酒和杯子都拿過來了，幫兩人都倒了一些，她靠在他懷裡，繼續看電影。

這部電影不算長，兩個小時。邊看邊喝，也不覺得自己喝了多少，一直到結束了周梵梵才覺得酒精作用上來了。

「突然想起來，我們兩個都喝了酒，那我回家得叫代駕。」

關元白的下顎輕蹭在她臉頰邊，低聲說：「妳不回去睡不就行了。」

周梵梵愣了愣，只聽他繼續道：「今晚在這裡睡。」

也許是酒意上頭，微醺的感覺讓人又興奮又茫然。

她沒有搖頭也沒有點頭，靠在他肩上，是默認的姿態。

「還喝嗎？」關元白問她。

周梵梵搖頭：「不喝了。」

「嗯。」

關元白把她手裡的酒杯拿下來放在茶几上，回過頭看她。

螢幕上此刻正放著清淺抒情的音樂，片尾一點點往上滾動字幕。他們本來就沒開燈，幽暗的光線下，酒精像是助興，把曖昧和情意薰染到極致。

後來，周梵梵也不記得兩人怎麼就滾到了一起。

她趴在他身上，被他擁著，雙頰緋紅，吮吸廝磨。

也許是因為紅酒，也或許是因為他的體溫，她覺得自己被親得沒了力氣，軟軟地，像要化成一灘水。

「上樓好不好？」關元白單手捧著她的臉頰，指腹在她肌膚上輕撫。

周梵梵應了聲，一雙眼睛水汪汪的，又純又嬌。

關元白輕喘了一口氣，又去吻她，而後滑至耳後流連。周梵梵覺得又酥又麻，伸手去擋，他便抓住了她的手，在她手腕上輕咬了一口。

「我抱妳上去。」

她的手擋住了他的唇，只餘一雙眼睛帶著濃烈的野心。

後來，一切順理成章。

他溫柔地抱她上樓，又溫柔地把人放到床上。

那時候，周梵梵突然想到七七之前問她關元白是什麼型。

她當時答不出來，現在看來，她覺得關元白在床上應該是溫柔型的……

然而沒想到的是，這個結論在沒多久後轟然倒塌。

被窩中，他來勢洶洶，在她濕潤通紅的眼神中，再無所顧忌。

「疼啊……」

細弱的聲音呢喃，像上次一般。

但這次，卻被深沉的話語無情地壓了回去。

「忍著。」

蠻橫荒唐過後，溫柔才姍姍來遲。

關元白把主燈關了，只餘床頭燈和浴室那邊的燈滲透過來。

他抱著周梵梵，溫聲問她要不要喝水。

周梵梵折騰得喉嚨都啞了，再加上酒精的作用，腦子脹脹的，有些暈眩的狀態。

「想喝。」她低聲說。

「好，起來點，靠我身上。」

「噢……」

她依偎著他，雙手捧著他遞過來的水杯，咕嚕咕嚕喝了幾口。

因為有些急了，水從嘴角溢了一點下來，順著脖頸往下滑。

此刻她並未穿什麼，捧著水杯的姿勢，粉白洶湧。

關元白垂眸看著，呼吸輕易就亂了。

「喝完了？」

「嗯。」周梵梵把水杯還給他，靠在他胸口閉目養神。

「頭暈嗎？」

「……還行。」

關元白嗯了聲，低頭輕蹭了下她的額頭，緩緩把人往床上放，唇又開始游離在她耳側。

周梵梵倏地睜開眼，把他的臉擋住了：「你幹嘛……」

「嗯？不是不暈嗎。」

「不是很暈，但、但是沒有要這樣……」周梵梵不敢再來一次，她現在都還難受著，跟散架了似的。

「我還疼，別動我……」

關元白眉頭輕皺，有了些擔憂：「我看看。」

「不用看！」周梵梵往旁邊挪，不讓他靠近，「別看啊。」

關元白拿她沒辦法：「好好好，不看了，那妳過來點。」

周梵梵才不聽他的，被子一蒙，把自己隔絕。

什麼他一點都不小氣，什麼他不生氣，都是她想太多了！

這個人根本就是在記仇呢，不然中途他就不會問她「他這算是行，還是不行」了。

周梵梵越想越淚眼汪汪，她那天就不應該在訊息裡敷衍著迎合六六的話……

這天晚上，關元白總算放過她了。

只是第二天醒來的時候，身上那種被碾壓過的痠痛感依舊強烈。

周梵梵坐了起來，看了眼地上丟著的各種衣褲，迷茫臉……

這怎麼穿啊。

「讓人送了早餐過來，醒了可以下去吃。」關元白從房間外進來了，手上還提著東西。

大白天的完全清醒過來，看到關元白，更羞恥於昨夜在這張床上的樁樁件件了。

「啊……哦，知道了。」周梵梵裹著被子，垂眸沒去看他。

關元白卻走了過來，在她床邊坐下。

「讓林昭送了幾套衣服，都是新的，妳穿一套，其他的就放這，方便妳住在這的時候換洗。」

關元白把他拿過來的那套衣服從袋子裡取出，袋子裡面竟然不僅僅是衣服，還有內衣內褲襪子這種貼身的衣服。

周梵梵頓時大窘，雖然他已經知道叫女助理去買，可是還是覺得很不好意思！

「這個……」

關元白說：「看了妳丟在地上的內衣型號去買的，應該正好可以穿。」

幾乎能想像到他拿起自己的內衣研究型號的樣子了。

她可以原地去世了。

「你出去，我穿衣服。」周梵梵紅著臉說。

關元白：「我不能在？」

「不能，你快出去。」

關元白笑了下，不逗她了：「行，洗漱用品已經幫妳放好了，洗好下來吃飯。」

「噢……」

早上還有課，在家裡吃完早餐後，關元白先送她去了學校。

今天早上徐曉芊也有課，兩人上完課後，正好可以一起吃飯。

天太熱了，她們就近去了學生餐廳，周梵梵點了份米線，又買了杯飲料。

兩人一邊吃一邊聊天，突然，徐曉芊眼睛一瞇，猛地往後一靠：「周梵梵，妳這是什麼！」

周梵梵莫名地看著她：「什麼什麼……」

徐曉芊指了指她鎖骨那邊：「妳昨晚沒在家裡睡吧？」

周梵梵立刻捂住了她指的位置：「……」

「啊～有情況啊。」

周梵梵沒答，趕緊低頭從包裡找出了小鏡子照了眼，今天穿的是圓領T恤，領口邊緣隨著動作，確實可以看到若隱若現的紅點，顏色還挺重。

周梵梵瞳孔劇顫，立刻把領口拉了拉：「吃飯了吃飯了。」

徐曉芊笑得曖昧：「昨晚跟關先生在一起呢。」

「嗯……不然呢。」

徐曉芊點點頭，「也是，不然還有什麼男人呢，欸，妳往左邊轉轉。」

周梵梵愣了下，照辦了：「不會是後面也……」

徐曉芊悶笑，補充道：「對，後脖頸那裡也有。」

「……」

早上起來她急急忙忙地穿衣服，根本沒發現！

好在這兩塊都接近衣領，她今天又坐在角落的位子聽課。她想，應該沒人注意。

徐曉芊道：「關先生夠狠啊，昨晚……妳沒事吧？」

周梵梵直接把馬尾放下來了，強裝鎮定：「我沒事！」

「真沒事？」

「當然沒事了！」

嘴上說著沒事，可轉頭回寢室後，立刻用手機拍了張圖傳給關元白，強力控訴！

『你弄的！！』

關元白很快回覆：『妳別這樣拍自己身體的照片給我。』

周梵梵：『？』

關元白：『我在公司，不方便。』

不方便什麼？！

周梵梵愣了愣，而後反應過來這人可能在講什麼少兒不宜的事，立刻道：『我沒那個意思，我是說你弄得太明顯了，我平時怎麼辦啊！』

關元白：『抱歉，昨天沒想那麼多，我下次注意，不在衣服遮擋以外的地方做。』

周梵梵：「……」

她也不是這個意思！

關元白：『下課了？』

周梵梵卸了勁：『下課了……』

關元白：『晚上要來家裡吃飯嗎？』

周梵梵愣了愣，重重地打了兩個字：『不了！』

離開學校前，周梵梵換了寢室裡放著的一件襯衫，把自己嚴嚴實實地擋好了，才驅車回家。

「馮姨，奶奶呢？」到家後，周梵梵便大剌剌地癱倒在沙發上。

馮姨把她的電腦包和背包拿到旁邊放好，說：「老夫人也剛回家，這不，在那呢。」

周梵梵轉頭看去，看到奶奶正好從書房方向過來：「梵梵，今天回來吃飯啊，怎麼沒提前跟我說說。」

「學校那沒事了，提前回來了。」

「噢。」

周梵梵打量了眼趙德珍今天的裝扮，說道：「今天穿的這麼隆重啊，奶奶妳去幹嘛啦？」

說起這個，趙德珍就來勁了，坐到她旁邊，掏出手機翻相簿說：「今天去了一個朋友曾孫女的滿月宴，哎呀，這個小嬰兒真可愛啊，妳看看妳看看。」

周梵梵接過來翻看了幾眼：「嗯，是很漂亮的小女生。」

「對啊！跟妳小時候一樣，肥嘟嘟的。」趙德珍道：「我那朋友年紀跟我差不多大，可人家都有曾孫了，哎呀，真羨慕啊。」

周梵梵瞥了她一眼，說：「那就是她孩子或者她孫兒結婚早，不然現在哪裡有曾孫。」

趙德珍：「現在有也不奇怪啊！妳看，妳今年也二十四了對吧，完全合法的年紀。」

周梵梵：「？」

趙德珍繼續說：「妳覺得跟元白在一起開不開心？」

周梵梵猜到她要說什麼了，一臉麻木道：「開心。」

趙德珍道：「那好啊，梵梵啊，這麼開心的話不然你們就訂婚吧，怎麼樣？」

果然！

周梵梵坐直了，不滿道：「奶奶，妳怎麼又說這件事啊？」

「你們情投意合，又這麼合適，訂婚怎麼了，是吧馮姨。」

馮姨道：「對對對，我覺得現在訂個婚也挺好的，穩定嘛。」

「什麼穩定？感情嗎？那如果不喜歡了訂婚有什麼用，哪是訂婚了感情就會更穩定。」周梵梵實在不能理解老一輩的想法，不大高興地道：「我上次就說了，這些事我們自己看著辦，順其自然就好了。」

趙德珍：「奶奶不是希望妳能早日跟元白成家嘛，妳知道的，看妳結婚成家是奶奶的心願。」

她是很喜歡關元白沒錯，但他們的感情才剛起步，哪裡可以馬上訂婚結婚。

「結婚成家是妳的心願，不是我的，我已經聽了妳的意思去相親去談戀愛了，結婚什麼的總得按照我的節奏來吧。您不能老是摻和啊。」

「妳這是什麼話，我讓妳相親還是錯的嗎，妳看看相親也相到了妳喜歡的，這不是很好嗎。」

「那只是正好！奶奶妳別老是結婚結婚的，一直聽這個，煩死了。」好好的心情就這麼毀掉了。

周梵梵說完就氣沖沖地往樓上走去，趙德珍在後面叫她，她也一點不想理會，砰一聲關上了房門。

進房間後，她用力地揉了揉臉，撲在了床上。

她承認因為父母親的緣故，對婚姻沒有一點好感。

喜歡上關元白，也喜歡跟他談戀愛的感覺。但談及結婚，她還是有抵觸心理，完全控制不住自己。

煩躁了一下後，她不想再想了，爬起來坐到電腦前，看看影片冷靜冷靜。

就在這時，趙德珍來敲了門。

周梵梵心裡還憋著氣，沒應。趙德珍開了個縫，見她在玩電腦，便進來了。

「晚飯還沒吃吧，馮姨做了好吃的，妳先吃點。」

周梵梵沒看她，嘔氣道：「不餓了。」

「行，妳不餓的話就先吃點水果墊墊肚子。」趙德珍把一盤切好的水果放在她桌上，還是哄道：「好了好了，奶奶知道不對了，以後不提了好吧，妳看著辦。」

周梵梵抿著唇沒說話，她才不信她真的會都不提！！！

趙德珍見她不說話，也沒多留了，摸了下她的腦袋說：「那奶奶先走了啊。」

「……」

趙德珍退出了她的房間，幫她把門帶上了。

周梵梵這才回頭看了眼，又看了看旁邊的水果盤，煩悶之餘有點後悔了。

剛才是不是回應她一下比較好？

第十九章　還是取消吧

對待親人，人總是喜歡發洩一些壞脾氣。

然後又在短時間內後悔，覺得自己不該發那個脾氣，或許好好說更好。

但這事，周梵梵又不知道怎麼跟趙德珍好好說，畢竟這些年來，她老是重複提這事，她結婚對她而言真是重要極了。

心裡有些煩悶，電腦也玩不下去了，洗了個澡躺在被窩裡，塞著耳機聽歌。

聽著聽著不小心睡著了，來電鈴聲突然響起，她才從夢中驚醒。

「喂……」

關元白聽到她的聲音，愣了下：『妳在睡覺？』

「對啊。」

『這麼早在睡覺？』

周梵梵揉了揉眼睛，呢喃道：「剛才跟奶奶吵架了，氣得早早回了房間，然後……然後就不小心睡著了。」

『吵架？怎麼了？』

周梵梵也沒睡醒，直接道：「她說讓我跟你早點結婚，我不想，就吵起來了。」

對面突然沉默了。

周梵梵皺了皺眉，反應過來，馬上解釋道：「我不是不想跟你……呃，我對你沒什麼意見！我、我就是覺得太快了。」

關元白嗯了聲，說：『我知道，妳別慌。』

周梵梵低聲道：「主要是奶奶老是催這些事，我也挺煩的，說著說著就吵起來了。不過她剛才來我房間哄我了，我沒理她，還有點後悔……其實，這事也沒那麼嚴重。」

『奶奶她們那代人的想法就是這樣，有時候不用跟她們吵，一個耳朵進一個耳朵出就好了。』關元白說道，『有點後悔的話，現在出門去找一下奶奶，跟她好好說說。』

周梵梵看了眼時間：「太晚了，奶奶應該都休息了。」

關元白道：『那就明天。』

「嗯……明天跟她道個歉好了。」

『行，挺乖。』

周梵梵心情突然沒那麼壞了，靜默片刻後，問道：「你現在在幹嘛呢？」

關元白：『我嗎，剛洗完澡，現在在客廳裡坐著。』

「看電影嗎？」

『沒有。妳不在，不想看。』

聲線透過手機落在了耳根處，酥酥麻麻的。

周梵梵頓時想起了昨夜的電影，還有電影後發生的事，心口有些悸動。

『脖子上的，消失了嗎？』關元白突然問。

周梵梵嘟囔道：「哪那麼快啊……」

關元白淺聲道：『那妳就這樣回家，不怕？』

「我當然換衣服了，穿了襯衫。」

關元白：『嗯，那還疼嗎？』

這個疼就不是問脖子了，周梵梵臉頰頓時熱了起來：「好多了……」

『好，還疼的話跟我說。』

周梵梵道：「跟你說有什麼用。」

『我帶妳去看看。』

「這有什麼好看的！它、它自然而然就好了，只要不要再——」

周梵梵打住了，不過接下來的話兩人都懂。

關元白嗯了聲，聲色中不難聽出遺憾的味道：『好，我知道了。』

知道什麼呀……

周梵梵覺得，這人就是說說而已！

因為他心可狠了，昨晚不管她怎麼求饒怎麼哭鬧，他都無動於衷。

「不跟你說了，我繼續睡覺了！」

關元白輕笑了聲：『睡吧，明天去學校接妳，一起吃飯。』

「……我不去你家吃飯。」

關元白忍不住笑了：『行，不去我家，我們在外面吃可以吧。』

「那我明天要去吃川菜。」

『好，都聽妳的。』

跟關元白道了晚安，掛了電話後，周梵梵的心情徹底好了。

她想，她明天下午才要去學校上課，那麼早上或者中午就留在家裡陪奶奶吃飯，順便道個歉。

不過沒想到的是，趙德珍第二天一大早就去公司了，連早餐也沒吃，據馮姨說，是因為項目上的事緊急。

不過馮姨又說中午會回來吃飯，周梵梵放下了心，吃飯早餐後便回房間自己去玩了。

午餐時間，馮姨準時做好了飯菜，周梵梵下樓的時候問道：「奶奶呢，還沒回來啊？」

「應該要回來了，我打電話給司機。」

「喔。」

馮姨剛準備打電話過去，周梵梵的手機突然響了，她接了起來，是趙德珍身邊一直跟著的助理打來的。

『大小姐，您在家嗎？還是在學校？』

「在家，怎麼了？」

『那請您現在立刻去往第二醫院，趙總剛才突然暈倒了，我們已經快到醫院了！』

周梵梵腦子嗡了聲，有短暫的空白：「……暈倒？怎麼會？」

助理道：『趙總近來身體一直不太舒服，讓她去醫院，她總說太忙。上一次體檢是去年年初，當時檢查出心臟不太好，後來一直都沒去複查。』

周梵梵頓時拔高了聲音：「那你去年怎麼沒有告訴我？！我之前問你你還說一切正常！」

助理頓時有些為難：『趙總當時說也不是什麼大事，就是人年紀大了而已……不讓我告訴妳。』

周梵梵深吸了口氣，手都有點抖了，她沒有再說下去，立刻去包裡找了自己的鑰匙，往車庫走去。

「梵梵？梵梵怎麼了？是老夫人出什麼事了？！」

馮姨一直跟在她身後追問。

周梵梵眼眶有點紅，滿腦子都想著一定沒事的，一定沒事！

她拉開車門，想快點開車去醫院，可她發現自己的手還是一直在抖，深吸了口氣，把鑰匙塞在了馮姨手裡，「您幫我開車，去第二醫院！」

一路上，周梵梵整個人都繃得緊緊的。一邊暗暗告訴自己肯定沒什麼事，一邊又害怕起那個萬一。

雖然趙德珍總在她面前說什麼「活不久了、老了」這類話，可真正意義上的不舒服，她從來沒有說過。

也因為這樣，周梵梵自己也忘了，她奶奶已經是七十歲的老人。

「梵梵，妳別慌，肯定沒事的啊。」馮姨還在一旁安撫她，可她什麼都聽不進去，只想盡快到醫院，盡快見到奶奶。

她要確認她沒事，她一定要沒事……

車子停下之後，周梵梵立刻打開車門衝了出去。

助理已經在等她了，立刻領著她往手術室方向去，一邊走一邊交代：「趙總是今天開會的時候暈倒的，因為一個專案問題有些激動。是冠心病導致的心肌缺血，導致心律失常。現在已經準備好手術，需要您去簽個名。」

「有生命危險嗎？」

助理：「這個……我不好說，醫生只說，這個手術必須做，不然肯定有生命危險。」

「我知道了。」

周梵梵隨著助理來到了手術室，手術室外已經站了許多人，年輕的、年老的，西裝革履，看樣子個個都是從公司來的。

看到她來，大家像終於鬆了口氣：「大小姐，趕緊簽名吧。」

醫生知道她是親屬了，立刻走上前。

後續，醫生跟她講了要做什麼手術，有什麼風險等等，周梵梵努力打起精神，鎮定地聽完、簽名。

可是聽到醫生說到有一定機率的危險時，她的眼睛還是蓄了淚水。

大家都在看著她，她使勁把眼淚憋了回去，站在護理站前緩了一下，才朝那個已經緊閉的手術室走了過去。

「大小姐，我已經打了電話給您父親，他已經買了機票，準備回程。」助理說。

「好……」

旁邊幾個公司的上層也過來安慰：「梵梵啊，放心，趙總平時身體看起來很好呢，手術肯定沒問題。」

「是啊是啊，小姐妳別難過，也別害怕。」

周梵梵點點頭，深吸了口氣，對大家說：「我相信奶奶會沒事的，大家也不用安慰我，我也沒事。現在我已經來了，我和楊助會在這一起守著，大家有什麼緊急的事，尤其是公司的，我希望你們都可以先回去處理……」

周梵梵已經盡力讓自己保持冷靜，可是坐在手術室外，感受著時間一點點流逝而手術室門一直沒開，各種糟糕的情緒就像酷刑一樣折磨著她。

痛苦、後悔、愧疚……她快喘不過氣了。

她無法想像萬一奶奶有什麼事她要怎麼辦，她真的不知道該怎麼辦……

「梵梵。」

也不知道過了多久，有個人在她身前蹲下，他摸了摸她的腦袋，眼神中是安撫是擔憂。

周梵梵不知道關元白這個時候為什麼會出現在這裡，但看到他的那一刻，她心裡一直緊緊繃著的那根弦好像突然斷掉了。

她張了張口，還沒說話，一顆眼淚就直直掉在了他的手背上。

方才這裡這麼多人，她要裝堅強裝勇敢，不敢有任何脆弱的樣子，可現在，她有點裝不動了。

「我害怕。」周梵梵說著，眼淚也像止不住似的一直往外湧。

「關元白，我奶奶在裡面，我好害怕……萬一她有事，我怎麼辦啊……」

馮姨在一旁聽得撇過了身，偷偷地擦眼淚。

關元白輕聲道：「不會的，不會有事，已經叫來最好的醫生了，手術結束後就沒事了。」

「不、不是的……都怪我，我昨天回家的時候還跟她鬧……她說她想要我結婚成家，她說這是她的心願，我都不樂意聽，我還說她真的很煩……」

看她哭成這樣，關元白心疼得要命，但此刻人還躺在裡面，他說什麼都沒用，只能在一旁陪著她，讓她發洩。

「我為什麼要跟她生氣啊，她送吃的給我我都不理她……我才煩，我才煩人……」

「不會，奶奶最疼妳了，她不會覺得妳煩的。」

「她就是寵著我啊……我這麼任性才忽視她這麼多，她那麼關心我，我卻連她生病了都不知道。」周梵梵越說越愧疚，她擦了擦眼淚，突然拉住關元白，慌亂著說：「關元白，你喜歡我對不對，很喜歡對不對？」

關元白愣了愣，點頭：「嗯。」

「我也喜歡你，我特別特別喜歡你……所以，所以我們結婚好不好，我們等奶奶好了，馬上結婚好不好啊？」

手術室外安靜得可怕，隱隱只有很低的啜泣聲，壓抑著發著顫。

不久後，燈熄滅了。

醫生出來，周梵梵衝上前去問情況。

醫生說，手術成功了，但因為患者年齡大了，還需要繼續觀察。

周梵梵鬆了口氣，馮姨過來問她要不要去休息，她搖了搖頭，讓馮姨回去拿點換洗衣物，她晚上住醫院這邊。

馮姨看關元白還在，便先回家去收拾了。

關元白扶住了周梵梵，一起去往病房。但目前趙德珍在無菌室裡，他們只能隔著玻璃在外面看她。

周梵梵見到趙德珍後眼眶又紅了，不久前看起來還健健康康的人，此刻卻躺在了病床上，臉色也異常蒼白。

她恨極了不久前她送水果給她，她連正臉都沒有看她一眼。

她是得了偏愛有恃無恐，她是混蛋。

關元白陪著周梵梵在玻璃外看了好久，最後兩人才在一旁的椅子上坐下來。

周梵梵兩隻手緊緊地抓在一起，內心仍在緊張。

「放心，不會有事的。」關元白伸手覆在她的手上，安撫她。

她點了點頭，滿滿都是鼻音：「你怎麼知道的？」

關元白說：「馮姨打電話給我了。」

「那你在忙嗎，是不是打擾到你了？」

「沒有，其他事現在不重要。」

周梵梵：「奶奶現在這樣，我待在這就夠了，我會看著她的，你先回去忙。」

關元白：「周梵梵，妳不用怕麻煩我。」

「沒有……只是現在什麼都做不了。」周梵梵緩緩道：「奶奶生病了，我什麼也做不了，我幫不了她任何忙。」

「妳不是什麼都做不了，只要妳存在，對奶奶來說就已經是個巨大的支撐，不要胡思亂想。」

「真的嗎……」

「當然，妳對她而言，是最重要的。」

這一晚，周梵梵整個思緒都是混亂的。

後來，馮姨來了，再後來，她被帶去休息。

迷迷糊糊中，她只覺得疲憊、痛心、愧疚……睡夢中，她滿腦子都是奶奶和自己的點點滴滴。

父母在她很小的時候離婚，她是奶奶帶著長大的，這麼多年裡，奶奶沒有缺席她人生中任何一件大事，甚至不論多忙，她都會去參加家長會。

雖然她有時候很想念父母，但是她心靈上沒有缺失太多，因為她有奶奶的愛，她給了她很多很多的愛，讓她無所顧忌、快樂肆意地長大。

她是她最重要的親人，所以，她不能失去她。

第二天下午，父親周許嚴趕了回來。

第三天，醫生說奶奶情況已經好轉，可以轉入普通病房。

趙德珍是在第三天晚上醒的。

周梵梵急急忙忙按了鈴，拉著趙德珍的手，才叫了聲奶奶，眼淚就嘩嘩往下掉。

趙德珍一時說不出話，很輕地摸了下她的頭，眼裡也有淚光。

醫生來了，幫趙德珍做了一系列檢查，最後走之前，說讓趙德珍繼續靜養。

「梵梵，妳是不是瘦了……」終於可以發聲後，趙德珍朝周梵梵伸了伸手。

周梵梵撲到了床邊，搖了搖頭。

趙德珍：「我看妳就是瘦了，臉好像都凹進去了，怎麼回事啊……」

馮姨在一旁抹淚：「老夫人，妳昏迷這幾天，梵梵茶不思飯不想，也不肯好好睡覺，一直在醫院守著，誰都勸不動……」

趙德珍心疼：「我昏迷好幾天了？妳這孩子……」

「我沒事的。」

「妳……哎。」趙德珍抬眸往周梵梵身後看，「許嚴，你怎麼也回來了？」

周許嚴道：「您都這樣了，我能不回來嗎，您的身體狀況之前怎麼也沒說一聲。」

「就是。」周梵梵哽咽道：「奶奶，妳知不知道我多擔心妳。」

趙德珍：「我這不是怕你們擔心嗎。」

「現在這樣才讓我們更擔心呢！」周梵梵攥緊了趙德珍的手，「以後不要這樣了好不好，不要再隱瞞……」

趙德珍看孫女哭成這樣，心都要碎了：「好好，以後不會了……」

「元白來了。」馮姨突然道。

眾人往門口看，果然看到關元白出現在病房門口，手裡還拿著保溫袋。

「奶奶醒了。」關元白走過來，臉上也是喜色。

馮姨道：「是，不久前醒了。」

關元白：「那太好了。」

馮姨對趙德珍說：「這幾天梵梵一直在醫院陪著，元白也是，幾乎都在醫院。他怕梵梵不肯吃飯，每頓都變法的出去弄好吃的回來。」

趙德珍欣慰地看著關元白：「元白啊，麻煩你了。」

「不麻煩，都是應該的。」關元白道：「叔叔，馮姨，晚餐都已經帶過來了，你們要不要先吃？」

「我們在這陪一下，元白，你帶梵梵先出去吃飯。」

周梵梵：「我也要在這陪著。」

趙德珍道：「梵梵，先出去吃飯，吃完了再進來，妳看妳瘦的。」

「可是奶奶……」

「聽話，這裡不是有你爸和馮姨在嗎？」

趙德珍堅持，周梵梵也拗不過他，起身跟關元白一起去了外間。

VIP病房臥室和客廳分開，關元白把吃的放在客廳茶几上，示意周梵梵吃飯。

這兩天，他們都是一起在這吃的，只是周梵梵一直吃得很少。

今天趙德珍醒了，她才不像之前那樣時刻緊繃著，味覺都恢復了些。

「多吃點，妳奶奶也說妳瘦了吧。」

周梵梵點點頭，又抬眸看了關元白一眼。馮姨說的沒錯，這段時間關元白一直在醫院裡陪著，可是她一心都在奶奶身上，甚至都沒跟他說上幾句話。

她一身疲憊，他一定也是。

「這幾天真的麻煩你了。」

關元白握著筷子的手頓了頓，「我說了，妳不用跟我這麼客氣。」

「可你也很辛苦……」

「不辛苦，再說了——」關元白看著她，「妳不是說我們結婚嗎，我們這樣的關係，本來就是一體。」

周梵梵愣了愣，往房間門口看了眼，好在房間門是關著的，隔音效果也很好。

這幾天她都怕忘了，手術那天她慌張過度，跟關元白說了什麼話。

是了，她求著說，等奶奶好了以後，他們結婚好不好。

她現在都不記得關元白當下是什麼反應了，只記得她哭得狼狽，隱約間，好像聽到他說了聲「好」。

「我那天，太著急了……」

關元白抿了抿唇：「妳後悔了？」

周梵梵搖搖頭：「我的意思是，我當時說得太突然，我只是著急。那是大事……我不應該這樣拿出來說。」

「所以，妳後悔了嗎？」關元白聲音有些輕。

周梵梵目光微凝：「不是……只是我那時候滿腦子都是滿足奶奶的心願，我怕她就這樣離開，所以我才那樣說……」

自己那時的心思對關元白來說一點都不公平。

「那妳現在還這麼想嗎？」

周梵梵捏緊筷子，沉默了。

關元白注視著她，緩緩道：「如果是，我們可以去結婚。」

趙德珍醒了之後需要靜養，周梵梵向學校請了假，一直在醫院裡守著，不讓閒雜人等來醫院探望。

這天，已經是六月的尾巴。

奶奶吃完早餐，躺在病床上休息。

周梵梵因為起得早，陪了一下後便趴在床邊睡著了。

後來是護士來檢查，她才朦朧著起身讓開。

護士離開後，她重新坐了回來，說：「護士說妳再過兩天就可以出院了，開不開心？」

「開心，可不開心嗎，一直躺著難受死了。而且也讓妳受累了。」趙德珍摸了摸她的臉，說：「這幾天都沒睡好吧？」

周梵梵在她手心裡蹭了蹭，奶奶現在還能在她身邊說話，這感覺比什麼都好。

周梵梵差點又要哭了，吸了吸鼻子才說：「妳不要擔心我，現在就是好好養自己的身體就行了。還有，以後要規律地來醫院檢查身體，不能不來。」

「哎，其實也就這樣。反正奶奶也老了，我的身體啊，我知道。」

「不老，一點都不老！」

趙德珍看著她這麼著急的樣子，嘆了口氣，「梵梵，奶奶知道妳很害怕。可是總有一天我會走的，我做不到永遠陪著妳。」

周梵梵：「奶奶！妳才剛好！為什麼要說這種話！」

「好好好，不說不說。那我不是操心妳嗎，不過仔細想想，也沒事。元白在呢，我可以放心一點了，以後，他可以替奶奶陪著妳。」

「妳自己也要陪我啊，妳要保證自己的身體，多陪陪我……」周梵梵眼睛又紅了。

趙德珍見周梵梵這樣，忍不下心，「好好好，我一定多陪陪妳，努力多活幾年。哎，妳這孩子，怎麼這麼愛哭呢。」

「誰讓妳嚇唬我……」

嘴上這麼說著，可周梵梵心裡知道，趙德珍並不是嚇唬她。

也是這次過後，周梵梵才徹底驚醒，原來奶奶是真的老了，真的會離她而去……

「奶奶，如果我現在就去跟關元白結婚，妳說……好不好啊。」

趙德珍先是眼睛一亮，隨即又皺了眉頭：「是因為我生病嗎，妳才想隨著我的意思？」

周梵梵悶聲道：「這是您的心願啊，關元白也說……他願意結婚。」

趙德珍沉默了好一陣子，「梵梵，之前我那樣催妳是覺得你們真的互相喜歡，也特別合適，所以可以結婚。但我覺得妳說的也沒錯，結婚的節奏應該妳和元白來掌控，不該由其他人決定。所以妳可別因為奶奶生病了才想著結婚，還是得互相喜歡互相都願意才行。」

「……那我們確實也互相喜歡。」

趙德珍道：「那元白呢，妳在這種情況下跟他提出來，他心裡怎麼想？梵梵，有些事，還是得在合適的時間提出來才好。」

周梵梵抿了抿唇，其實，她也知道在這種情況下提出來對關元白而言，對他們的感情而言，都有很奇怪的成分在。

但她腦子最近實在是太亂了，她看著奶奶這個樣子，愧疚心就想讓她自己去彌補她……

戶政事務所前有一家咖啡廳，生意向來平淡。

這條路行人不多，會進來的除了周圍上班的人，就是前來結婚或者離婚的人士。

這天下午，一個穿著白襯衫的男人走進咖啡廳，男人長得很高，溫潤俊朗，十分帥氣。

店裡的兩個服務生立刻注意到他，其中一個拿起菜單走了過去，問他想喝點什麼。

男人點了杯美式。

服務生說了句稍等便回去了，中途跟另一名服務生眨了眨眼睛，小聲道：「近看更帥。」

送上咖啡後，兩個服務生也忍不住遠遠打量。

平日裡並未見過這個人來這裡，想來不是附近的人，那麼是來領結婚證的？也不知道他對象是哪位幸運兒。

不過看他挺高興的樣子，對象應該也很優秀！

看著看著，一個小時過去了。

服務生小聲嘀咕，真是來領結婚證的嗎，是因為緊張來得太早？還是女方遲到太久？

正這麼想著呢，門口風鈴響了，有人推門進來。

服務生說了聲歡迎光臨，看到一個年輕漂亮的女孩子走了進來，穿著襯衫和短裙，有絲學生氣，但並不隨意，看那規規矩矩的襯衫便知道，應該也是來拍證件照的。

果然，那女孩坐到了那男人對面。

兩個服務生對視了一眼，帥哥果然是跟漂亮女孩來領結婚證的！

關元白比周梵梵早一個小時到這家咖啡廳。

咖啡廳前面就是戶政事務所，來來去去，一對又一對的新人，一對又一對的怨偶。

他就這樣看了好久，看著看著，突然有些害怕周梵梵不來。

他知道她並沒任何進入婚姻的心思，也知道她現在突然答應結婚只是因為她奶奶。可他私心裡卻不想放過。

他甚至偷偷希冀著，也許她心裡有幾分覺得自己跟他結婚也不錯。

咖啡空了一杯，又續上了。

他終於看到她走進來，穿著白襯衫和灰色百褶裙，襯衫是比較正式的那種。

關元白暗暗鬆了口氣。

「你等很久了嗎？」周梵梵坐下了。

關元白道：「剛來不久。妳的襯衫還可以。」

周梵梵低眸看了眼自己的衣服，這是她早上就換好了的。

因為幾天前他們約好今天下午來戶政事務所。

那時候她想，如果一定要結婚的話，她希望那個人是關元白，她真的很喜歡他，跟他在一起也覺得很快樂。

而且，她當時的私心就是覺得奶奶等不起，想滿足她的願望。

可幾個小時前在醫院，奶奶也說出了她的顧慮。

在這種情況下跟他提出結婚，性質就變了。

不是因為喜歡，不是因為真的決定好了，而是因為一個其他的因素。

這對關元白不公平，對他們的感情也不公平。

關元白道：「要喝杯咖啡嗎？還是我們現在就進去。」

周梵梵搖搖頭：「不喝了。」

「嗯，那我們去吧。」

關元白起身。

周梵梵拉住了關元白的衣擺：「等一下，我們……」

關元白臉上的一點笑意在她的猶豫中漸漸消失，他說：「真的到了這裡，才覺得事情可能無法挽回，是嗎？」

周梵梵倏地抬頭看他：「不是，我不是想這個。只是奶奶今天早上跟我說，我在現在這種情況下跟你提出結婚不合適，不太尊重你，怕你心裡有想法……其實我也這麼想，結婚是要在互相都真心實意想跟對方在一起的情況下，而不是有另外的目的才──」

「妳沒有真心實意想跟我在一起，也不是單純地只是想跟我結婚，我都知道。」他突然說。

周梵梵怔住，立刻說：「我當然是真心實意想跟你在一起。」

關元白心口微澀：「但也只是現在想跟我在一起，妳並沒有想過未來，也不想去想未來，妳對未來沒有任何信任和期待，對嗎？」

周梵梵手指微蜷。

是，她向來如此……

她跟他在一起的時候覺得很開心，偶爾也會期待起以後，但更多時候，她覺得他們當下快樂開心就夠了。

因為她對婚姻還是忐忑不安，如果沒有奶奶的事，她絕對不可能提出現在結婚。

關元白看著她的神情便知道自己猜對了。

其實從最開始談戀愛的時候他就感覺到了，周梵梵對男女關係這件事是有鈍感的，她覺得談戀愛無聊沒意思，那麼，婚姻就更不在她眼裡了。

他有想到的，只是一直覺得，他可以慢慢打開她的心扉，慢慢讓她感覺到快樂。

但是，現在顯然還沒有達到。

「周梵梵，妳現在不想去結婚，真的是因為這個情況下跟我提出結婚覺得不合適，真的是怕我多想嗎？還是，其實妳內心深處就是不想結婚，之前慌張害怕所以提了出來，現在清醒了，妳知道自己還是不願意的？」

周梵梵看著他微冷的神色，心臟一陣緊縮。

她站了起來，可張了張嘴卻不知道該說些什麼。甚至她不知道他說的話是不是對的，是不是真是她自己內心的想法……

「其實我知道的，妳並沒有那麼愛我，只是我想抓著這次機會，把妳徹底留在我身邊。」關元白自嘲地笑了下，「是我想多了，今天的事，還是取消吧。」

語畢，他轉身走了。

風鈴因為門啟門閉響起了聲音，他走得很快，一下子沒了蹤影。

周梵梵呆呆地站在原地，突然被一種無法言說的恐慌和痛意淹沒。

走了兩步，想去追他，想解釋什麼，可要解釋什麼呢……

她確實是因為慌張害怕所以提出結婚，也確實因為清醒過來了，覺得當下不適合結婚。

她這麼搖擺不定，又是真的愛他嗎？

周梵梵站了許久，最後才沒了力氣似地在椅子上坐下來，她看著他沒喝完的咖啡，眼裡有了絲水氣。

朦朦朧朧的，是一種不知所措的茫然。

「小姐，您要點單嗎？」過了一下，服務生上前來了。

周梵梵搖了搖頭，起身離開了。

服務生見人都走了，嘆了口氣，走回去跟同事說：「好可惜啊，他們領不成證了。」

醫院的夜晚安靜得只剩下護士們輕微的腳步聲了。

周梵梵沒睡著，走到小客廳裡，坐在那發呆。

下午和關元白分開後，一直到現在都沒有傳過訊息。

她點開和他的聊天畫面，看了許久，還是編輯道：『對不起。』

幾分鐘後，他回了訊息：『好好照顧奶奶，別想太多。』

片刻後他又傳過來：『明天要出趟差，幫我跟奶奶說一聲，我趕不上接她出院了。』

周梵梵低眸看著他的回覆，想問他是真的出差還是因為生她的氣不想見到她才這樣。

可她不敢問，做錯事的是她，她又有什麼資格去問他這些話。

周梵梵：『好，我會跟她說的。』

關元白：『嗯。』

周梵梵屈著腿，下巴抵在膝蓋上，眼眶又熱了。

『晚安。』

『嗯，晚安。』

這是他們在一起以來，對彼此傳的最冷冰冰的晚安。

兩日後，趙德珍出院。

周梵梵不用再請假，回了趟學校，而後和約好的編劇和導演見面，為《緋火》劇組的組建做準備。

那幾天，關元白沒有傳訊息給她，她打開他的對話方塊很多次，猶豫來猶豫去，也不知道傳什麼給他。

她知道，他生氣了。

那麼現在不聯絡代表什麼呢？他是不是對她很失望，是不是，想跟她分手了……

「梵梵，回寢室呢？」

週三那天，周梵梵從圖書館回寢室時，在寢室樓下遇到了宋黎。

很顯然，他在等徐曉芊。

周梵梵輕點了下頭：「嗯。」

「那晚上有沒有活動呀？」

周梵梵：「沒有，我等等回家。」

「別啊，回什麼家。我是來接曉芊去唱歌吃飯的，妳一起來啊。」

周梵梵搖了搖頭：「我就不去了，你們過二人世界吧。」

「什麼二人世界啊，唱歌還二人世界呢，人多著呢。妳來妳來，大家一起玩。」

徐曉芊這時也到樓下了，自然也邀她一起去。

說了半天後宋黎道：「妳別是因為元白不在就不來了吧？」

周梵梵頓了頓，說：「他還沒回來嗎……」

宋黎奇怪道：「這妳問我？他不是在美國好幾天了嗎？」

周梵梵：「……」

宋黎和徐曉芊感覺到了什麼，對視了一眼，又說：「是去工作的，就是新能源開發，我可以跟妳講講他最近都在幹嘛，據說忙死了。」

幾分鐘後，周梵梵坐上了宋黎的車。

她坐在後面看著窗外，聽著宋黎跟她說關元白這個項目上的事。

這些，她一概不知。

她想，他可能真的要跟她分手了。那麼……等他回來後，他會跟她說的吧。

想到這，心臟一陣窒息的難受。

但因為在宋黎車上，她沒有表現出任何情緒。

不久後，他們就到包廂了。

這裡果然很多人，皆是俊男美女，反觀她，穿著簡單的T恤就來了，連妝都沒化。

「梵梵，妳和元白……吵架了？」宋黎小心翼翼地問了句。

周梵梵看了他一眼，沒答。

徐曉芊把宋黎拉到了一旁：「先不說這個了，餓死了，我們吃點東西吧。」

宋黎忙道：「行行行，那我讓人上好吃的，妳們等等。」

宋黎是今天組局的人，大家都等著他來呢，現在看到他一來先圍著兩個女孩子轉，不免都看了過來。

其中一個是他女朋友他們都知道，另一個……大部分人不知道她是誰，但有幾個還是一眼就認出了，那是關元白的女朋友。

不久後，宋黎幫兩人點的菜都上了，她們坐在餐桌區域吃了起來。

「宋黎，你把元白女朋友喊過來了啊，元白呢，他怎麼沒來？」宋黎其中一個朋友走過來對周梵梵招了招手，「哈囉，我們之前見過的，在度假山莊。」

那天度假山莊有好多人，周梵梵不太記得眼前這個人了，不過還是跟他打了個招呼。

宋黎道：「元白出差，還沒回來。」

「這樣，那他什麼時候回來啊，過兩天我有個局，還想喊他呢。」

宋黎：「我不知道他什麼時候回來。」

那人看向周梵梵，顯然覺得她一定知道。

周梵梵抿了抿唇，剛想說「她也不清楚」時，一個女生的聲音加了進來。

「後天就回來了唄。」

四人皆回頭去看，只見一個捲髮的紅裙女生站在那，笑看著他們。

方才人多，周梵梵也沒注意到她，現在才發現那個叫姚若的女生也在這裡。

她以前見過她，宋黎還說過，關元白家裡人曾經有意讓姚若和關元白接觸，但關元白拒絕了，不過這個叫姚若的喜歡他。

宋黎看了周梵梵一眼，輕瞪姚若：「瞎說什麼呢，妳怎麼會知道？」

姚若偏偏無視宋黎的警告，走了過來，笑意盈盈：「嚴成淮的表妹唐甄跟我說的呀，她最近就跟關元白在一起，說後天就能做完工作回來了。」

說著，她看向周梵梵道：「怎麼，妳不知道啊？」

第二十章 放不了手

KTV那塊區域，已經有人在唱歌了，唱的是軟綿綿的小情歌，聲音不大，此時大家說話都能聽得清楚。

宋黎很快過去把姚若拉開：「幹什麼呢姚若！」

姚若一臉無辜：「沒幹什麼呀，我說什麼了？」

宋黎臉上瘋狂示意，讓她閉嘴。

姚若輕笑了下：「我只是實話實說呀，我給妳看唐甄的貼文。」

她低頭翻著，真的找出了貼文，直接遞到了周梵梵前面。

圖片上約莫有四人，自拍的是個短髮的女人，後面入鏡的有三個男人，其中最遠的那個側著身，眸子微垂，在和旁邊的人說話，是關元白。

他們確實在一起。

宋黎眨巴了兩下眼睛，拔高了音量：「這個是嚴成淮的表妹啊？我都沒見過……拜託，那就是工作而已啊，想太多！」

姚若道：「我也沒說別的啊，我只是奇怪，怎麼關元白出差遇到的事見到的人她都不知道啊，情侶間不聊天的嗎？連什麼時候回來都不清楚？」

宋黎深吸了口氣，只覺自己闖了大禍，示意徐曉芊看一下周梵梵，自己則把姚若帶走。

周梵梵看了眼他們離開的方向，低眸吃自己的飯。

徐曉芊觀察著她的表情，說：「梵梵，別聽她瞎扯。」

「嗯。」

她反應不大，甚至有些過於冷淡了，可這樣的情緒對她而言才是反常。

徐曉芊說：「妳跟關先生到底怎麼了，是吵架了嗎？」

周梵梵搖搖頭：「不是，但……也算吧。」

「怎麼回事？」

周梵梵道：「其實，前幾天我們約著去領證了，因為奶奶生病的事。但我去了後覺得當下領證不合時宜。後來他說……我不想跟他結婚其實也不僅僅是因為這個時機不恰當，更因為我打從心裡就不想跟他結婚，我並不愛他。」

徐曉芊瞠目：「怎、怎麼會！妳一提到他就面紅耳赤哪裡是不愛他的樣子了，妳愛的啊！妳跟他解釋了嗎？」

周梵梵苦惱道：「曉芊，其實他說了之後我也懷疑自己了。愛這個詞要怎麼定義呢……我覺得我很喜歡很喜歡他，可是我也確實害怕結婚，我覺得，我對他是不是真的沒到愛這步。」

「愛這個字太重了，我也無法定義它。但是，我覺得妳害怕結婚跟妳愛不愛關元白沒關係，妳只是對婚姻太沒安全感了。」徐曉芊想了想，說：「這樣吧！我問妳，妳現在到底還想不想繼續跟元關白在一起？」

「當然……」

「跟他在一起很開心對嗎？」

「妳希望自己跟他一直這麼開心下去嗎？」

「嗯。」

周梵梵說：「我想。」

「那不就得了，早說了活在當下，婚姻也是，它也有美好的一面。為什麼要因為以後會怎麼樣就去抗拒它的美好面呢？也許，它就是會美好下去呢？」徐曉芊道：「而且，即便未來真的有不美好的時候，一腳踹開不就好了！當然了，我覺得關先生那麼喜歡妳，應該也沒有那一天。」

周梵梵：「……」

徐曉芊道：「我只是覺得啊，妳現在這麼喜歡他，不要輕易放手，畢竟遇到一個真心的人多難啊。」

「對對對，不要輕易放手更不要輕易吵架！」宋黎這時趕回來了，說：「梵梵，我讓姚若閉嘴了。妳不要誤會啊，妳也知道她之前喜歡元白，就是見不得你們好！」

「嗯。」周梵梵也不想吃東西了，說：「我吃飽了，先走了。」

「欸——我是邀妳來玩的，不是單單吃飯，妳怎麼就走了呀！」

「你們好好玩，不用管我。」

周梵梵本來也沒什麼心思在這，現在這裡還有個姚若在，更不想待了。

她走了後，宋黎和徐曉芊面面相覷。

宋黎：「這該怎麼辦，是不是破壞他們感情了！」

徐曉芊白了他一眼：「誰讓你叫那個什麼姚若來玩。」

「我就是想人多有趣，就在群裡傳了讓大家都來玩，不是單獨通知她的。」

「哼，就是想多找些小女生唄。」

「哎呀妳別瞎說。」

宋黎越想越擔心，拿起手機打電話給關元白。但是關元白那邊這個時間很忙，他沒有接到電話，而是讓助理接到了。

宋黎簡單說了下情況，讓何至轉達給關元白，何至應了。

關元白忙完後是午餐時間。

何至開車回飯店途中，跟他說了下不久前宋黎打了電話過來，也說了姚若的事。

關元白坐在後座上，聞言沉默了片刻：「她什麼反應？」

何至道：「宋先生說周小姐當下沒什麼反應，不過他還是怕她誤會，所以希望您解釋一下。關總，要打電話給周小姐嗎？」

關元白拿出了手機，可看到沉寂多天的對話方塊，又道：「國內這時候太晚了，明天再說吧。」

說是明天，但隔天關元白又急匆匆趕往新能源基地，何至並沒有看見他打電話。

他猜想，這兩人可能有矛盾了。因為以前在關元白旁邊時不是這樣的，他經常會看到他傳訊息或者打電話給周梵梵，可出國後，反而什麼聯絡都沒有了。

這矛盾是不是有點大啊？

後來兩天，何至心裡一直這麼想著。

說實話，他對周梵梵的觀感很好，覺得這個小女生十分可愛，跟他家老闆是再適合不過了，可別吹了……

幾天過去，終於到了回國時間。

他們在晚上八點鐘落地帝都，從機場回家的路上，關元白拿出手機看了眼。

沒有看到周梵梵的訊息。

她在做什麼呢……會不會因為他這幾天沒有跟她聯絡而生氣？

其實，這幾天雖然非常忙，但睡覺前跟她聊天說話的時間還是有的，可是他克制不住心裡的怨氣。明明告訴自己，他們剛在一起不久，她沒到愛他的程度、不想跟他結婚是很正常的事，可還是覺得落寞失望了。

不聯絡她，像是在偷偷地控訴她……

可明明也是在折磨自己。

那天得知姚若的事，其實他希望她能來質問他，不管說什麼都行，只要來問他一句就可以。

可是她沒有……

她連這種事都不在乎了嗎？

關元白攥緊了手機，點開了自己的個人頁面，看到了個人頁面中的她。

有一張是她在吃甜品，他拍的，她當時說這張照片拍得一般，可是他卻覺得十分生動，連臉上沾上的奶油都是可愛的符號。

於是他發了這張圖，她當時說他發這麼搞笑的圖是在抹黑她，非得過來搶手機……結果最後他用一包零食做了交換，她才不鬧著要刪他的貼文。

想起這些瑣事，心裡的悶疼感又上來了。

現在她完全不聯絡他了，是不是打算跟他結束了？

關元白盯著手機看了好久，突然：「何至。」

「關總？」

「往她家方向開吧。」

何至從後視鏡上看了他一眼：「好的關總。」

何至完全知道這個「她」是誰，矛盾嘛，還是得回國後親自見面才能解決！

何至興致勃勃地往周梵梵家的方向開，可沒想到碰了壁，周梵梵不在家。

「關總，那我們現在……」

關元白沒有說話，打電話給周梵梵，不管是什麼樣的結局，他現在都想見面聊。

然而，電話一直沒有人接。

關元白在後座坐了一陣子，才道：「先往家裡開吧。」

「……好的。」

到了星禾灣後，關元白讓何至先回家了。

他往門口走，找出了宋黎的電話，想讓他問問他女朋友知不知道周梵梵今晚在哪……

一邊打電話一邊開了門，一絲幽幽藍光從裡面透了出來。客廳沒開燈，可電視明顯是開著的。

『喂？元白？』

電話通了，關元白說了句「晚點說」就掛了電話，他立刻換了鞋走進去，果然發現客廳裡有人。

一茶几的零食，還有開封的紅酒和酒杯，紅酒已經降下了一大半，酒杯裡也只剩殘餘。此時，有個人在茶几後面的地毯上，臉頰很紅，眼睛霧濛濛的，已經喝多了。

關元白愣在那裡，難得不知道要說些什麼，只這麼看著她。

周梵梵已經來很久了。

姚若當時說，他這天會回來，她不知道她說的是不是真的，也不知道具體是這天的哪一個時間。反正她就這樣過來了，一直等著，可偏偏不聯絡他。

此時聽到門響，他真的回來了，心裡五味雜陳。

又高興又委屈，這幾天累積的所有情緒在這一刻傾瀉而下，她一下子就哭了，藉著酒勁，哭得稀裡嘩啦。

關元白肉眼可見地慌了，他立刻走過去，蹲在她身前：「妳怎麼在這，妳怎麼不跟我說一聲……」

「抱一下。」

周梵梵淚眼朦朧，朝他伸手。

這一刻，關元白只覺得幾天以來強行樹立起來的冷漠轟然倒塌。

好像一切都不重要了，他只要見到她就好，只要還能抱到她就好了。

關元白深吸了一口氣，把人抱住了，很深很用力，像是完全要把她嵌入到自己的身體裡。

周梵梵在他抱住她的那刻哭得更慘烈了，她的臉埋在他的脖頸裡，眼淚全蹭到了他身上。

「你是不是想跟我分手了啊嗚嗚嗚嗚……」

關元白愣住：「倒打一耙，不是妳想跟我分手了？」

「我哪有啊嗚嗚嗚嗚……是你不聯絡我了，是你跟別的女孩子在一起，她們都知道你什麼時候回來，就我不知道啊……」

「我沒有跟別的女孩子在一起，姚若說的那個是合作方的經理，只是工作關係，照片我一開始也不知道，是她隨意拍的。妳別聽姚若瞎說。」

「可是你不聯絡我是事實啊……」

關元白剎那間心軟得一塌糊塗：「對不起……我不應該刻意不去聯絡妳，妳別哭了，好嗎？」

「嗚嗚嗚什麼對不起啊，你為什麼跟我說對不起。」周梵梵又混亂了，她緊緊摟著他，哽咽著道：「明明是我在搖擺，明明是我要你了……是我沒有想未來，是我覺得談戀愛就好，是我不負責任……該說對不起的是我。關元白，我喜歡你，我特別特別喜歡你。我不知道什麼是愛，可是如果有愛的話，愛的那個人也一定是你，沒有人比得過你嗚嗚嗚嗚……」

關元白抱緊了她，「真的嗎？」

「嗯……我之前是害怕，我總覺得婚姻有很多雞毛蒜皮的小事，會束縛會妥協，會有很多很多的不得已，我爸媽就是這樣……他們明明也是愛過的，卻還是離開對方了，所以我害怕，怕每段婚姻都會這樣……」

「這種事因人而異。我只知道，我不會輕易放手。」關元白把人從地上拉起來，抱著她坐到了自己腿上，他輕拍著她的背，明白了原因，大概就是她所感知到的父母婚姻關係，給她帶來了極大的不安全感。

「不愛了，也不放手嗎……」她低聲問道。

關元白心口一揪，說：「周梵梵，我很愛妳，我放不了手。」

「那你別跟我分手，行嗎……」

哭了好半天，她總算不流眼淚了，緊緊摟著他，小聲說了句。

關元白頓了頓，失笑：「所以講了半天，都白講了。」

「你就說行不行……」

「行，怎麼不行。」

周梵梵心滿意足了，幾天下來的擔驚受怕此時才像終於消散，她紅腫著眼睛，捧著關元白的臉親。

她現在這個坐姿本來就曖昧，此刻在他臉上亂啄，輕易就把乾柴點燃。

關元白呼吸有些亂了，攬著人回應了過去。

只是親著親著，她突然用力地拉開了距離：「不要了，我想吐。」

關元白：「……嗯？」

她慌慌張張地想要起來，「我真的想吐。」

關元白明白過來了，立刻把人抱了起來：「忍一下。」

他直接把人抱到了最近的浴室裡，放下來後，周梵梵抱著馬桶吐了一陣，她沒吃多少東西，胃裡都是酒。

「舒服點了嗎？」

關元白在旁邊等著，倒了杯水給她。

周梵梵歪坐在一旁，接過水喝了幾口後，把水往他手裡一塞，突然開始脫衣服。

關元白眸光微定，按住了她的手：「幹什麼？」

周梵梵神色迷糊地看著他：「我想睡覺，想洗澡……」

「現在？」

「現在。」

她拉開他的手，又開始脫衣服。

關元白垂眸看著，片刻後，又把她摟住了：「我們去樓上浴室洗，這裡不方便。」

「是嗎？」

「嗯，我抱妳上去洗好不好？」

他完全在哄人了，喝多了的周梵梵也好哄，覺得他說得有道理，很配合地摟住他，讓他抱著上樓。

到浴室後，周梵梵站都站不穩了，可非得要刷牙。關元白拿她沒辦法，把人圈在洗手臺前，讓她靠著自己，拖拖拉拉地動作著。

「都喝成這樣了，還要走程序嗎。」他說。

但身前的人已經不理他了，咕嚕咕嚕漱口，漱完後把牙刷往旁邊一扔，伸手往淋浴間指了指。

關元白道：「妳這狀態洗得了澡嗎，不然這樣，我們今天不洗了，直接去睡覺。」

周梵梵搖搖頭：「臭，都是臭臭的味道。」

「妳說酒味？」

「嗯……」

周梵梵穿了外套和毛衣，外套剛才在樓下就已經被她脫掉了，現在她直接往上脫毛衣。腰部弧線隨著她的動作露了一大截出來，關元白停頓了一下，輕聲問道：「我幫妳？」

「唔……好啊。」

雖然他們已經有過了，但如果是清醒的周梵梵，絕對不會讓他幫自己洗澡。

此時她完全是迷糊的。

毛衣被丟在了洗手臺上，他解了她牛仔褲上的釦子。

周梵梵搖搖晃晃地進了淋浴間，關元白看著她的背影，默不作聲地跟了進去。

進來後，剛要幫她解身上另一處的釦子，蓮蓬頭開關就被她拉開了。

涼水從頭頂灌下，周梵梵尖叫了一聲，撞進了關元白懷裡。

「好涼！」

關元白往後退了一步，靠在了玻璃上，也把她護住不讓水淋到。而後他把開關調了個方向，「別亂動了，我來弄。」

「嗯……」

終於是溫熱的水往下灑了，水花四濺，他的衣服也跟著濕潤。

而此時，軟弱無骨的身軀就在懷裡，食髓知味的人哪扛得住這種誘惑，輕易舉旗。

「沐浴露……」

「知道了。」

泡沫漸起，又被頭頂的水沖去。

最終，濕漉漉的男士襯衫也被脫開，直接丟了出來……

周梵梵被擦乾淨抱出來已經是一個小時後的事了，她包裹在又大又厚的浴巾裡，蜷縮在床邊，任由他幫她吹頭髮。

吹乾後，他把浴巾解開，讓她躺在了被窩裡。

周梵梵幾乎是一沾枕頭就睡著了，關元白整理完後也躺了進去，把睡得正沉的人抱在懷裡。

酒喝多了，第二天醒來勢必就是有點頭疼，周梵梵睜開眼睛按了按太陽穴，慢慢反應過來自己在哪。

回過身，果然看到了正在睡覺的關元白。

不是夢，昨晚他真的回來了。

她記得他們說了好多話，也做了很多事。

周梵梵有些臉熱，可嘴角卻忍不住彎了起來，所以，他們和好了是嗎。

她記得他昨天說不會分手的。

周梵梵盯著他的睡顏看，慢慢挪到了他身邊，靠在他懷裡。

那天跟徐曉芊簡單的聊完後，她也想了很多，遇到一個真心實意的人不容易，她是真的不想要離開他……所以，她來他家了。

喝了酒也是想給自己一點勇氣，不管他回不回來，她都要告訴他，她不想失去他。

「怎麼醒了？」剛靠過去就被人抱住了，關元白眼睛都沒睜開，下顎抵著她的腦袋問道：「不再睡一下？」

周梵梵：「不睡了。做了個夢，現在清醒了。」

「什麼夢？」

「夢到浴室裡我們……」周梵梵停頓了下，說：「嗯……好像又不是夢，我喝多了，有點恍惚。」

「看來妳還記得，我以為妳昨天醉成那樣，都要忘光了。」

周梵梵有點不好意思：「我昨天是不是很麻煩？你很晚才睡吧……」

「不麻煩，我覺得挺好的。」

「挺好？」

關元白緩緩道：「很聽話也很配合，做什麼都行。」

周梵梵聽出了他話裡的意思，羞赧得不行，直接咬了他一口。

「嘶……咬哪呢，學我？」關元白把人拉開，好笑道。

周梵梵撇過頭：「什麼學你啊。」

關元白指了指胸口，幽幽道：「咬這裡，妳不是學我是什麼。」

車輪簡直在她臉上來回碾壓。

周梵梵翻過身直接不理他了，關元白又從後面抱住她：「到現在妳還會覺得不好意思。」

「你年齡大，你臉皮厚唄！」

關元白伸手揉了一把：「妳這是人身攻擊，跟我年齡有什麼關係？」

「不管……啊你別亂動，疼……」

關元白微微正色，把她翻轉了過來，問道：「這次還會疼？」

昨天喝多了任他為所欲為，不代表她這次不疼了。

周梵梵小聲道：「會疼，你、你自己反省一下。」

「嗯……怎麼反省？」

周梵梵故意氣他，說：「就，是不是你技術不太好之類的？」

關元白眉梢微微一挑：「我技術不好。行，也不是沒有可能，畢竟光有理論也沒什麼用，多多實踐才是道理。」

說著，一個翻身到她上方。

周梵梵嚇得直往旁邊躲：「我開玩笑的，啊——不要！」

「我想多實踐實踐。」

「不用不用，你不用實踐，器材原因跟技術沒關係！」

說完周梵梵愣了下，意識到自己說了什麼後臉色更是爆紅。

關元白眸光暗了下來，緩緩笑了下，說：「喔，那也該多實踐，適應適應就好了。」

「……」

兩人直接在床上鬧騰了起來，就在這時，關元白的手機鈴聲解救了周梵梵。

「你快點接電話！」

鈴聲並不停歇，想來也是要緊事，關元白捏了捏她的臉：「放妳一馬。」

周梵梵：「那我謝謝你！」

關元白笑了笑，靠在一旁，把電話拿了過來：「喂，嗯，知道了，等等過來……好，你自己決定吧，對……」

幾分鐘後，電話掛了。

周梵梵問道：「你要去忙了嗎？」

「十點有個會議，不過很快。然後，中午要跟合作方那邊吃個飯。」關元白道：「妳呢，早上沒什麼事吧？」

周梵梵：「沒事，下午去學校就行。」

「那跟我一起去？中午一起吃飯。」

「你不是跟合作方嗎？」

「沒關係，只有幾個人而已。」

周梵梵想著反正早上也沒事，跟他去公司也行。

於是兩人一起起床，在家裡吃完早餐後，去了南衡。

到公司後，關元白去開會了，周梵梵便點了幾杯咖啡給林昭他們，在關元白辦公室裡玩手機。

這次他開會確實挺快的，半個多小時就來接她去吃飯了。

吃飯地點離公司不遠，對方早到了些，周梵梵和關元白進包廂時，裡面的人已經坐好了。

總共五人，兩女三男。

周梵梵只認識其中一個男士，就是何至。

「人都到齊了，關總，那我讓人上菜了。」在座的一個女人說道。

關元白幫周梵梵拉開椅子：「好，麻煩唐總了。」

「關總你就別跟我客氣了。」

周梵梵看向那個女人，隱約間覺得有印象。

想了想後突然記起來了，那天姚若非把貼文給她看，照片上那個短髮西裝，偏歐美妝容的女人不就是眼前這一個嗎。

姚若口中的、跟關元白一起出差的唐甄。

而唐甄示意了服務生上菜後，轉向了周梵梵道：「周小姐，久聞大名，我叫唐甄，是蓄力的總經理。」

周梵梵跟她握了下手：「妳好，我叫周梵梵。」

「我知道，前幾天在美國，工作期間還聽關總說起過妳。果然百聞不如一見，長得可真漂亮啊。」

「唐小姐也很漂亮……」

蓄力總經理，工作期間。

周梵梵看了關元白一眼，他今天帶她過來不僅僅是吃飯，還是……更直接的解釋嗎。

關元白似乎沒接收到她的眼神，輕捏了下她的手：「想喝什麼，幫妳倒。」

周梵梵嘴角輕揚：「果汁。」

「好。」

菜都上了後，他們幾人聊起了工作上的事，那個叫唐甄的女人十分專業，乾淨俐落，是周梵梵很喜歡的職場女孩子有的樣子。

吃完這頓後，幾人一起從包廂往樓下走。

關元白正在跟蓄力的執行長說話，唐甄便走到了周梵梵身邊。

「周小姐。」

「嗯？」

唐甄聲音不大，說：「不好意思，姚若跟妳亂說話了。」

周梵梵愣了下：「啊……沒關係。」

「她是我學妹，那天她看到我的貼文，所以問了我什麼時候回來，我就那樣跟她說了。」唐甄道：「沒想到她的轉述出了問題，給妳和關總造成了困擾，真的抱歉。」

被這麼道歉，周梵梵反而不好意思了：「這完全不關妳的事，妳不用抱歉。」

「還是要說一聲的，放心吧，這次回去我肯定好好訓訓她，讓她對關總死了那條心。」唐甄笑了下，由衷道：「周小姐，從剛才飯桌上就覺得關總真的很喜歡妳，你們可要幸福。」

從餐廳出來後就和唐甄他們分開了，關元白直接送周梵梵去學校。

「你今天是故意叫我出來一起吃飯的吧。」她支著腦袋，看著關元白。

他也沒否認，笑了笑說：「怕妳誤會，讓人當面跟妳解釋一下。」

周梵梵：「你已經跟我解釋過了呀，我也沒說不信。」

「以防萬一，我不想被妳誤會。」

「多麻煩呀……」

周梵梵嘴上的意思是多此一舉，但看向窗外時臉上卻滿是歡愉。

她想，這大概就是一種安全感吧，不見得需要，但他一定會給予。

兩人和好後，更如膠似漆了。

趙德珍的身體也逐漸康復，周梵梵放下心，時常和關元白一起回家陪她吃晚飯。

趙德珍現在不催婚了，不過看到關元白還是很開心，每次都能拉著他聊很久。

時間一點點過去，暑假也即將結束。

周梵梵這段時間一點也沒鬆懈，組建了劇組，也拉來了投資，趁著暑假還沒徹底過去，她開始發公告招募演員。

這天，正是選男主角。

各個公司都投來了履歷，第一輪篩選周梵梵是線上做的，沒有來現場，第二輪她才打算親自來看看。

她到的時候，選角導演和其他工作人員都已經到了，大家落座後，每個試鏡的演員一一進場選演一個場景。

前幾個進來的都是有幾分名氣的演員，長相都不差，演技也不錯，但周梵梵就是感覺缺點什麼。

陸明帆是第六個進來的，跟前段日子見到的時候一樣，還是一頭銀髮。他是個新人，這裡除了周梵梵之外還真沒有其他人認識他，但是他的形象一露面，選角導演也是眼前一亮。

陸明帆看了周梵梵一眼，而後按著流程演了男主角的一個片段。

他這段表演出乎周梵梵意料，原以為他的演技就是之前她在網上找到的那樣，略微有點生澀，但這次看卻覺得代入感很強，短短時間竟提升了不少。

試鏡全部結束後，周梵梵留下跟工作人員們討論了一番，陸明帆算是今天的一批黑馬，長相和演技都足夠，就是他太新了，身後沒有流量也沒有什麼大公司支撐。而另一個男藝人長相和演技也都不俗，還不是大咖，用他的話更安心些……

幾人討論來談論去沒有結論，大家便說再回去看看重播，仔細思考一下再統一做決定。

從棚裡出來後，周梵梵沒有立刻去開車，而是去往旁邊的咖啡店買咖啡，巧的是陸明帆也在店裡，他戴著口罩，不過他的身形和髮色，她一眼就看出來了。

周梵梵朝他走了過去，陸明帆看到她也連忙從椅子上站起來：「周小姐。」

周梵梵道：「你還沒走啊？」

「嗯……有點緊張，喝杯咖啡緩緩。」陸明帆道：「妳坐嗎？我請妳喝咖啡。」

「謝謝啊，我已經點好了。」周梵梵在他對面的位子上坐下來，說：「你緊張嗎？可我感覺你剛才演得很好啊。」

「最近都在認真上表演課。」陸明帆聽到她說這話很高興，道：「周小姐，很感謝妳給我這個機會，真的謝謝。」

「你別跟我說謝謝，我也只是通知你過來試鏡，最後用不用你還是需要大家的意見。」

陸明帆點點頭：「我明白。」

周梵梵道：「不過你今天出場的時候大家還是眼睛一亮的，外形上導演很滿意，尤其是這頭銀髮。」

陸明帆有些不好意思：「那也是妳跟我說最好染完銀灰色頭髮再過來……」

前段日子，《緋火》要準備選角色時，陸明帆收到了周梵梵的訊息，她讓他好好看看《緋火》這本小說，又告訴他來試鏡時再把頭髮染一下。

那時候他的髮色已經是別的顏色了，因為她這話，立刻又去理髮店把頭髮染回銀灰色。

周梵梵道：「我也是覺得你銀髮的樣子尤其合適才這麼說的，嗯……希望我們未來能合作吧。」

「嗯！」

沒過幾分鐘，服務生把周梵梵的咖啡端了過來。

就在這時，她的手機也響了，是關元白打來的電話，問她結束了沒有，他就在附近，可以過來接她。

周梵梵說自己開了車，關元白說，何至也在，可以去開她的車。

最後她同意了，說自己在旁邊的咖啡店等他。

掛了電話後，周梵梵抿了口咖啡，說：「你這段時間沒有接其他的戲吧？」

陸明帆乖乖在一旁等著，見她問問題才回答道：「沒……前段時間有一個網路劇，但是我看了劇本……就挺離譜的，所以我沒有去。再多的，其實我也接不到什麼戲，沒有好的公司背景，也沒有人脈，去試鏡也都是一些邊緣人物。」

周梵梵很理解，但又覺得實在暴殄天物，今天看到他的戲後，覺得他就是一顆金子待發掘。

「相信你未來肯定能好。」

「謝謝啊。」

接下來，兩人又聊了下《緋火》的劇情。

關元白到這裡時，看到的就是周梵梵和一個銀毛男人說笑談天的樣子。

頂著那頭銀髮的男人背對著他，他看不見臉，只是下意識覺得，她怎麼這麼喜歡這些非主流髮色的男人。

這男人是誰，搭訕的？還是工作人員？

這些疑問在看到銀髮男的正臉時得到了解答，他記得這個人，陸明帆。

周梵梵在關元白走近時也看到他了，抬手朝他招了招：「這呢。」

陸明帆回了頭，他不認識關元白，只是看他的模樣打扮，應該跟周梵梵一樣是高層。

他連忙站了起來。

周梵梵咖啡也不喝了，起身走到關元白旁邊說：「這是陸明帆，之前給你看過照片，試鏡男主角。明帆，這是……我男朋友，關元白。」

陸明帆愣了下，伸出手：「您好，關先生。」

關元白看了他一眼，嗯了聲，跟他握了下手。

「走了嗎？」關元白問她。

「可以走了。」周梵梵說完問陸明帆，「你要走了嗎？」

「嗯，也要走了。」

「你去哪，要不要載你去？」

陸明帆說：「不用不用，我搭計程車就行了。」

「那你注意安全啊，口罩帶好。」

「沒事，我又不紅，不戴口罩也沒人認出來我是幹嘛的。」

「可是你長得帥啊，不戴口罩還是很容易被人要聯絡方式吧，不然你剛才怎麼都戴著口罩？」

陸明帆靦腆地笑了下：「行……我會戴口罩。」

「嗯，那我們走了啊，拜拜。」

「拜拜。」

走出咖啡店後，周梵梵挽著關元白的手往前走。

「車停在哪裡啦？」

「妳什麼時候跟他這麼熟了？」關元白沒答，反而問了這麼一句。

周梵梵：「啊？你說陸明帆？」

關元白眉梢輕挑，語氣黏著一股酸溜溜的味道：「剛才不是還叫明帆嗎？」

周梵梵頓了下，立刻說：「哎，你這是在吃醋嗎？我跟他不算熟，是他今天來試鏡，我下來買咖啡的時候遇到了，然後就聊了下。」

「哦，那還關心人家戴不戴口罩，又誇人家帥。」關元白伸手捏住她的臉頰，「周梵梵，妳在妳男朋友面前搞這些花裡胡哨的，合適嗎。」

「這怎麼就是花裡胡哨了！我都是在說實話，啊啊……放手。」

關元白冷哼了聲，鬆開手：「不要隨便誇人家帥。」

周梵梵瞇了瞇眼，湊過去看他：「上次我答應你的是『不隨便說我特別喜歡誰』，可沒有說不誇別人帥。」

「周、梵、梵。」

周梵梵就是嘴賤，把他惹毛了才退縮。

見他眼裡真的有了絲危險，才乖乖靠在他肩上蹭：「好啦好啦我開玩笑的，你別捏我了，臉都讓你捏腫了。我只是隨口那麼一誇，又不走心……」

「妳哪一句走心哪一句不走心？」

周梵梵仰頭看了他一眼：「你在我心裡是最帥的，這句，絕對走心。」

「呵。」

兩人開車回了星禾灣，車停在車庫裡後，周梵梵突然想起他家冰箱裡好像沒什麼東西可吃了，便問他要不要一起去超市買點東西回來。

關元白淡淡道：「也不嫌麻煩，回去叫超市的外送就好了。」

「反正閒著沒事幹，去超市逛逛也行啊。」周梵梵看他沒什麼興致的樣子，歪了歪腦袋，問道：「關總，還在吃醋呢。」

關元白斜睨了她一眼：「吃什麼醋，妳想多了。」

「原來你是個醋精啊～」周梵梵不理會他的否認，伸手戳了戳他的臉，「不過……你吃醋的樣子也挺好玩的。」

話音剛落，手就被他拽住了，他輕鬆一拉，她整個人就被他拽了過來。

周梵梵快趴到他腿上了：「幹嘛呀，我剛才都說我開玩笑的嘛……那我以後不隨便誇別人帥了！怎麼樣，要不要去超市？」

關元白拿她沒辦法，失笑道：「閒著沒事幹的話，也不是非得去超市。」

周梵梵眼睛一亮：「那我們幹什麼？」

關元白垂眸看著她，俯身就在她唇上親了一口：「幹點開心的事，妳等等要是還覺得無聊的話，我們再去逛超市。」

周梵梵在他意味深長的神色中紅了臉。

可他又親她時，她抗拒不了。

她發現她越發喜歡跟他親密接觸的感覺，最開始的時候在自己的痛裡沒發覺，後來緩緩適應甚至沉溺了之後，對他冒著汗的身體和沙啞磁性的嗓音尤其癡迷。

不過這事她從未告訴過他。

「進屋……」

後來親著親著，她就坐到了他腿上。

可他好像沒聽到她的話，在她唇上肆意親吻。

她被親得往後仰，靠在了方向盤上，車庫頂部的燈光刺激著她的眼睛，她閉了眼撇過頭，小聲道：「進不進去啊。」

他嘴角輕輕一揚，「進去，就在這裡。」

第二十一章　經得起時間考驗

一個月後，《緋火》開機。

男演員最終還是定了陸明帆，女演員則是周梵梵一開始就提出且劇組一票人都通過的人——關知意。

其實最開始選《緋火》的時候周梵梵就想過了，女主明朗又堅韌的形象，她很希望是關知意來演，不過那個時候她並沒有信心拿下自家女鵝，把劇本遞到她經紀人手裡的時候，還十分忐忑。

好在關知意自己很喜歡這個劇本，看完後二話不說就進組了。

於是剛開拍的那個月，周梵梵一直在這是我家女鵝和這是我的演員中來回切換，為表自己的專業，她沒少花功夫克制自己，不在現場對她花癡。

一個月後，她終於適應了自己和關知意一起工作的事實，也漸漸和演員們融合在一起，現場時常和編劇一起跟他們講戲。

這天，剛好是一場夜戲結束。

「請大家吃宵夜呀，要吃火鍋嗎？」周梵梵招呼道。

「可以嗎可以嗎，真的可以在這個時間點吃火鍋嗎？」有演員問道。

周梵梵說：「這幾天老是夜戲，大家都辛苦了，可以吃一頓！」

「耶！！去去去，這麼冷的天吃火鍋最好了。」

周梵梵也冷得不行，把旁邊的圍巾戴上了，「那走吧，收工！」

「梵梵，這個給妳。」

走在路上，陸明帆從後面追了上來，把他自己的暖水袋塞到了她手裡。

因為年齡相仿的緣故，周梵梵在劇組裡和年輕演員們玩成一團，雖然她是「領導」，但平日大家都是直接叫名字的。

所以陸明帆對她的稱呼也從一開始的「周小姐」變成了現在直呼其名。

周梵梵道：「我有暖手寶，這個你自己用吧。」

陸明帆說道：「這麼久了暖手寶都不暖了吧，我這個好用，給妳用用，我戴手套了。」

周梵梵的手還真是冰得很，也不過於客氣了，說了聲謝謝。

「哦對了，別人可以多吃，但是你不可以啊，你最近還要去拍雜誌吧。」

陸明帆露出一個無奈的眼神：「是。」

周梵梵道：「那多吃蔬菜，就不要用醬料了。」

「嗯，行。」

沒多久，周梵梵便帶著大家到了劇組附近的一家火鍋店，工作人員和演員們一窩蜂進去後，坐了好幾桌。

關知意因為想先卸個妝，所以跟大家說晚一點再到店裡。

等她卸完妝去往火鍋店的路上，接到了關元白的電話。

『下戲了？』

關知意：「下了，準備去吃火鍋呢，嫂子請客哦～」

關元白問：『那她人呢，怎麼不接我電話？』

關知意：「可能剛到火鍋店，跟大家聊得正高興呢，都沒關注到電話。」

關元白哦了一聲，問了幾句她最近身體怎麼樣，交代她多吃點有營養的東西。關知意一一應下了，說自己會注意身體的。

本來，對話應該就到此結束了。

但末了，關元白突然又問了句：『你們劇組那銀頭髮最近怎麼樣？』

關知意好笑道：「你說明帆啊，人家有名字，你幹嘛老是銀頭髮銀頭髮的叫啊。」

關元白冷淡道：『記不住。』

「少來……不就是吃醋嗎。」關知意略帶八卦地道：「哥，我覺得你是不是想太多了啊，他對梵梵應該沒那意思吧？他知道梵梵有男朋友，你不要因為梵梵之前誇過他兩句，就這麼介意喔。」

『這事不用妳管。』

關知意：「那你還問我他最近怎麼樣！」

『……』

晚上天冷，關知意裹緊了外套，說：「好了好了，既然你這麼擔心的話，我建議你來探探班，不然……萬一人家帥哥真的喜歡，對梵梵進行猛烈攻擊的話，你可比不了。」

關元白微微一笑，話語中卻彷彿帶了冰渣：『我哪裡比不了呢，妳說說看。』

關知意：「你長得又不好看，嘴也沒人家甜，年紀還不占優勢，哎……要真的對比起來，我突然好怕我這個嫂子被人搶走。」

『…………』

關知意到火鍋店時大家也才剛開始吃不久，周梵梵朝她招了招手：「意意！」

關知意走過去，在她旁邊坐下來。

「很冷吧，暖水袋給妳，先回個溫。」周梵梵直接把陸明帆剛才給她的暖水袋給了關知意。

「謝謝嫂……梵梵。」

為免不必要的麻煩，周梵梵和關知意在片場還是以朋友相稱，剛才電話裡嫂子嫂子的叫，她一下沒轉換過來，差點叫錯了。

「醬料在那邊。」周梵梵給她指了指。

關知意點點頭：「嗯，知道啦。」

拿完醬料回來，關知意看到了關元白傳來的訊息。

『幫我看著。』

關知意眉梢一挑：『好處呢？』

關元白：『我沒老婆了妳高興是吧？』

關知意：『小氣。』

關元白：『看好了，回來後給妳一些妳沒看過的照片。』

關知意：『什麼照片？我要照片幹什麼？哥，你真小氣。』

關元白：『戚程衍高中時候的照片，前幾天突然翻到的，不想要就算了。』

關知意：『？？要要要！不管是不是真有事，反正我一定幫你把陸明帆看好！』

大家吃火鍋吃得正熱鬧，此時，陸明帆就坐在周梵梵旁邊。

「肥牛要嗎？」陸明帆用湯匙撈東西，問周梵梵。

周梵梵：「要要要，謝謝！」

陸明帆幫她弄到了碗裡，沒過多久，又撈蔬菜及馬鈴薯，問她要不要。

關知意瞇了瞇眼，也不知道是不是被關元白說魔怔了，明明陸明帆也有幫別人，但她莫名也覺得有點不對勁了。

於是，她把另一個漏勺拿過來，開始不停地餵食給周梵梵。

有她這個愛情保全在，絕不能有別人來干擾她哥和嫂子的姻緣！

「啊，夠了夠了，意意妳自己吃啊，不用幫我弄。」

周梵梵碗裡的剛吃一點，關知意就幫她續上，被這麼照顧著，她都不好意思了。

關知意道：「沒事，我幫妳弄，正好也可以讓我少吃一點。」

周梵梵立刻正色：「妳平時吃的夠少了，不要過於苛刻！」

「妳要是我的經紀人我得幸福死～」說著，又湊到了她耳邊，小聲說：「當然了，妳是我嫂子我也超幸福的。」

周梵梵的臉肉眼可見的紅了：「這幸福的好像是我吧……」

這頓宵夜結束後，周梵梵回到飯店房間。

剛坐下，她就打了視訊電話給關元白，「你在幹嘛呢？」

關元白正坐在書房裡：『吃完了？』

「嗯？你怎麼知道我剛才在吃東西？」

『剛才打電話給小五了。』

「噢～難怪，不過剛才那邊有點吵，你打電話給我我沒聽見，後來看見了，但我覺得還是回房間再打個視訊給你比較好。」

關元白點點頭：『嗯，妳最近還好嗎？』

「挺好的呀，就是有點冷，意意的戲服很薄，我好怕她感冒。」

『妳自己呢？』

「我？我當然穿得很厚啦。」周梵梵側躺在床上，拿近了手機看他，「你穿什麼呀，這麼晚還穿襯衫？」

『忙點事情，還沒去洗澡。』

「喔，那你快點洗澡，早點睡覺。」

關元白說：『跟妳聊一下再去。』

「你可以同時進行嘛。」

關元白頓了下，意味深長道：『同時進行？妳想看我洗澡。』

周梵梵輕哼了聲：「又不是沒看過。」

『行。』

周梵梵其實是開玩笑的，但她沒想到關元白竟然真的沒有掛視訊，就這麼拿著手機進了浴室，隨意把手機架在洗手臺旁邊，開始脫衣服。

他在家只穿了一件，她看著他把鈕釦一顆一顆地解開，露出了腰腹，胸膛……肌理分明，在浴室的光線下，透著幾分欲。

周梵梵本來還覺得好玩，但看著看著，臉熱了，身上熱了。

「……你、你還真給我直播啊。」

關元白停住動作，俯身下來，看著鏡頭道：『不是妳想看嗎？』

他的聲音在浴室這種空間裡顯得越發低沉磁性，聽得人迷迷糊糊的。

周梵梵心跳如鼓，卻強裝鎮定：「我想看你就給我看啊，你這樣很危險，被人螢幕錄影都不知道！」

『螢幕錄影？』關元白問她，『妳想分享給誰看？』

周梵梵立刻從床上坐起來：「我怎麼可能給別人看，肯定是留著自己看啊！」

『哦，妳都已經想好了，還要保存欣賞啊。』關元白站直了，手放在西褲腰帶處，『那我是不是不能讓妳失望？』

「……」

呀噠。

她看到他的手動了下，腰帶鬆開了。

這個角度看不見他的臉，只能看到最曖昧的那塊區域，蠢蠢欲動。

周梵梵深吸了口氣，終於還是把手機蓋上了：「不合適啊！我覺得不合適！你、你這樣真的沒有一點自我保護意識！我雖然是你女朋友，但是也不能這麼做的——」

蓋住的手機沒有聲音，周梵梵想看又不好意思看！

畢竟當面看到是一回事，手機視訊上看到又是另一回事，反正有點過於刺激了！

「你還在嗎？那個，你不許脫啊，關元白？」沒有回應，過了一下後，周梵梵只好把手機掀開了一點點，「你在不在啊……」

對面還是沒有回應，周梵梵糾結了一下後，直接把手機翻開了。

空的。

鏡頭前沒有人，只能看到開著的浴室門。

周梵梵靠近手機，隱約聽到了流水的聲音。

應該是蓮蓬頭，原來他早就去洗澡了，剛才是故意嚇她的！

周梵梵靜默，窘得要死，「我也去洗澡了！！」

雖然要去洗澡，但她也沒有掛電話，就這樣放在了床上。

等她洗完澡回來拿起手機時，視訊對面已經換了個地方，鏡頭對著天花板。

周梵梵躺進了被窩裡，朝手機那邊的人說：「我回來了。」

畫面有了變化，手機被關元白從床上拿了起來，對著自己。

『去哪了？』關元白放下平板，專心和她說話。

周梵梵道：「當然是去洗澡了，又不是只有你能去洗澡。」

關元白笑了下：『那妳怎麼不看我洗澡就走了？』

周梵梵：「你自己又沒把鏡頭轉過去！」

『喔，原來妳真的想看。』

「……我才沒有！」

『是嗎，但我想看。』他突然又道。

周梵梵愣了下：「什麼？」

『妳說什麼？』

周梵梵裝不懂，撇過頭道：「我不知道你說什麼。」

關元白往後靠著，道：『聽小五說，這兩天你們還是在那裡拍？』

他突然轉了話題，有點猝不及防，周梵梵點點頭：「對呀。」

『嗯，那我過兩天來探班。』

周梵梵：「啊？這麼突然？」

『不突然。』關元白緩緩道：『說了我想看。』

開機以來這段時間正好遇上關元白忙碌的時候，所以他一直沒能來劇組探班。

逮到有空，他自然想來見見和他一樣忙碌的女朋友了。

來的當天，人還沒到，食物先到了。

片場上午的戲快結束時，有個工作人員從外走了進來，手裡還拿著一杯咖啡。

「梵梵，謝謝妳啊，破費了破費了。」

周梵梵：「什麼破費了？」

「中午給我們的加餐呀。」

周梵梵有點愣：「我中午沒有點東西。」

「啊？可是外面的餐廳師傅說的是妳的名字。」

周梵梵愣了下，突然反應過來了，「啊，我知道了，我出去看看。」

人到外面，果然看到三輛餐飲車，旁邊正在吃喝的工作人員和演員見她過來，都跟她說謝謝。

周梵梵朝他們點點頭，拿出手機打電話：「喂，你人呢？」

電話那邊，是關元白。

『吃的到了嗎？』

「到了，你也弄太多過來了吧。」

『之前不是說劇組便當吃膩了嗎，正好換換口味。』

周梵梵聽到這話心裡甜滋滋的，但更急於見到他，「那你快到了嗎？」

『妳忙完了嗎？』

「好了呀，午餐時間也快到了，大家都好了。」

『嗯，我到了，往右看。』

周梵梵微怔，頭立刻往右轉。

果然在不遠處，一個熟悉的身影走了過來，像冬日暖陽裡的一棵青松，挺拔而清俊。

一個月不見，心跳在這一刻彷彿漏掉了一秒，她放下手機，立刻跑過去。

「關元白！」

短短一段路將她心口的悸動推到了最高點，她撲進他懷裡，被穩穩地接住。

關元白輕撫了她的背，溫聲說：「穿這麼少，不冷嗎？」

「剛才在裡面不冷的，急著出來忘記穿外套了。」

「那我們快點進去。」

「嗯！」

剛才不管不顧地跑過來，現在一回頭才發現好多人在看她。

大部分人不知道她有男朋友，不免錯愕和好奇。

周梵梵也沒刻意遮掩，十分大方地跟大家介紹了一番。

「小五還在拍呢，不過馬上好了，她知道你今天來嗎？」在外面跟大家打完招呼後，兩人往內場拍攝地走。

關元白說：「知道我會來，不過不知道是今天。」

「噢。」

「梵梵姐，這位是……」路上遇到一個跟她關係不錯的演員陸米米，才二十歲，是個新人，這還是她拍的第一部劇。

周梵梵道：「我男朋友。」

「之前妳說妳有男朋友我還不太信呢！原來是真的啊。」陸米米打量了關元白幾眼，直接道：「妳男朋友也太帥了吧。」

周梵梵客氣擺擺手：「還、還行。」

陸米米：「帥哥你好，我叫陸米米，你是……演員？不對，沒見過你啊，那你是模特吧？！」

關元白淡淡笑了下：「不是這行的人。」

「這樣，那也太浪費了。」陸米米說：「梵梵姐，之前妳說找演員找得辛苦，妳怎麼不找妳男朋友，他顏值這麼高絕對能勝任。」

周梵梵好笑道：「我倒是想，不過他不會演戲啊。」

「哎呀，可惜了可惜了。」

三人一邊說一邊往裡面走，此時裡面的拍攝已經在最後關頭了，導演還看著監視器，三人便沒出聲，只在後面站著，跟著一起看拍攝的場景。

「好，可以了，這場結束。」過了一下，導演拿著對講機道：「先休息吧。」

眾人聽到這話放下手裡的工作，導演輕扭了下脖子，無意往後一看。

「哎？關總，你怎麼來了？」導演看到關元白站在後面很意外，趕忙站了起來，「什麼時候到的啊？」

關元白客氣地跟他握了個手：「剛剛到，來探個班。」

「你也不早跟我說呀，要不要一起吃個午飯？」

「知道您忙，您不用招呼我，我就是過來看看她。」

導演知道關元白和周梵梵的關係，了然地點點頭：「行，那我可不打擾了啊。」

「帶了一些吃的過來，您可以去嘗嘗。」

「好嘞好嘞。」

導演笑呵呵地走了，陸米米震驚地看了關元白一眼，這人怎麼和導演這麼熟……看導演的樣子，還很客氣啊。

也是，他們製片的男朋友，應該也不會是什麼普通人。

「哥！你是今天來啊。」就在這時，下了戲的關知意和陸明帆走了過來。

關元白看了陸明帆一眼，才點了點頭：「對。」

關知意說：「探班就空手來啊？」

關元白笑了下：「帶了，想吃東西去外面。」

「嘿嘿，好的好的。」

陸米米的眼睛瞪得更大了，這是……關知意的哥哥？？？啊對，剛才導演叫的是關總。

她剛入行，對業內很多事不太清楚，不過她知道他們這部劇的女主角家庭背景顯赫，原來製片的男朋友是那個關家的關總啊。

「關總。」陸明帆跟著打了個招呼。

關元白對他輕點了下頭：「你好。」

「您好……」

陸明帆招呼完看向周梵梵，原本想跟她說他讓助理新買的熱水袋到了，跟他同款的、很好用的那個。

但此時看到大家都在，便沒有說。

陸米米的眼神則在關元白和關知意之間來回轉著，忍不住拉了下周梵梵說：「梵梵姐，原來妳是知意姐的嫂子啊，之前完全沒聽妳們說過。」

「啊？還不算是嫂子……」

「不是嫂子是什麼？」關元白突然轉頭看著兩人。

周梵梵：「……」

關知意輕笑了聲：「就是說，哥哥你還要再努力的意思。」

「哦，是這樣。」關元白攬住周梵梵的肩，對關知意說：「行，那我繼續努力，爭取讓妳有這個嫂子。」

關知意比了個加油的手勢。

周梵梵微窘，輕拍了關元白一下，不好意思地道：「不說這個了……大家都還沒吃飯呢，你也沒吃吧，先一起吃個飯？」

關元白：「行，走吧。」

平日裡周梵梵都是跟演員們一起吃的，就在外面搭著的棚裡。

幾人落座後，周梵梵先嘗了嘗關元白帶來的食物，是她很喜歡的一家中式餐廳，但因為離他們這特別遠，平時外送都叫不到。

周梵梵吃得一臉陶醉，「這個糖醋排骨真的太太太好吃了，直接愛死。」

關元白笑道：「有這麼誇張？」

「有啊，太久沒吃到了嘛。」周梵梵看了眼他的碗筷，「你怎麼不吃啊……一直看我幹嘛？」

關元白拉住了她空閒著的左手：「沒什麼，我還不太餓，妳吃吧。」

「喔……」

關元白捏了兩下周梵梵的手，發現她的手特別冰：「衣服多穿點，手這麼涼。」

「這裡太冷了，我的手平時很容易這樣。」

「是手冷嗎？小陽。」陸明帆也是下意識的反應，朝身後喊了聲，「那個熱水袋拿過來。」

陸明帆的助理很快過來了，手上拿了個暖和的熱水袋，陸明帆遞給了周梵梵：「這個是新買的。」

周梵梵道：「新買的？這跟你那個巨暖還長時間的暖水袋不是長一樣嘛？」

「又多買了一個，平時可以……大家一起用。」

周梵梵了然：「行，那現在先給我用用，謝謝啊。」

「不客氣。」

大家的關係一直都很好，這事也不算什麼事，大家完全不在意。

這餐結束後休息了一下，重新開拍了。關元白也不打擾，就坐在周梵梵旁邊，等她下班。

晚上六點多，周梵梵預備和關元白一起去外面吃飯。

「你等我一下，我跟他們交代好再走。」

關元白點點頭：「去吧。」

周梵梵小跑著去找編劇了，關元白在原地等了下，正好看到了路過的陸明帆。

「陸先生。」關元白叫住了人。

陸明帆點點頭：「關總。」

「我跟梵梵今晚就不在這吃飯了，下次回帝都見吧。」

陸明帆道：「您明天不來了嗎？」

「還有些事，明早的飛機。」

「這樣……那好的，下次帝都見。」

「嗯。」關元白走了過去，站在他面前說：「哦對了，這個還給你。」

陸明帆垂眸，看到了他方才給周梵梵的暖水袋。

關元白淡淡一笑說：「陸先生，謝謝你在劇組對我女朋友的照顧了。」

陸明帆眸光微微一顫，抬眸看他。

那一刻，面上皆是平靜，可眼底的風起雲湧彼此都能感覺出來。

陸明帆喉嚨發乾，最後道：「不用，周小姐平時對我們這些演員也很照顧。」

「對，她是個貼心的人，很關心你們。她也常常跟我說起你，她說，你前途無量。」關元白帶著笑，目光卻是涼的，「希望陸先生，不要讓她失望。」

陸明帆心口一凜，在關元白的眼神中，這段時間以來的隱晦念頭瞬間被打破了。清醒只在一瞬間。

「……我會努力的。」

「嗯，期待。」

從片場離開後，周梵梵坐上了關元白的車。

「現在餓嗎？」他問道。

周梵梵說：「還不是很餓，不過你想吃什麼，我查查看，帶你去吃。」

「我現在也不是很餓。」

「那……」

「那先回飯店吧。」關元白說。

周梵梵滑動美食APP的手停住了，「這麼早回飯店啊……」

「反正也沒事，可以先看看妳平時生活的場所。」

「哦，那行吧，我帶你參觀參觀。」

「好。」

說是參觀參觀，但當飯店房間門在兩人身後關上時，他們就情不自禁地擁在一起，親得難捨難分。

其實從一開始說要回飯店的時候兩人就都心知肚明了。

畢竟思念難捱，不管是生理還是心理。

兩人一邊親一邊往裡面去。

房間很安靜，但空氣中都是躁動的因子。

周梵梵靠在貼著牆的桌子邊緣，後腰靠著木質的桌邊不得後退，前面的人也絲毫不離分毫。

她往後仰著，眼尾泛紅，耳朵附近的麻意牽連了全身。

也許是太久沒見，她覺得他異常不知酣足。

外面的天已經徹底暗下來了，也不知過了多久，嚶嚀低泣濕軟婉轉，才總算把人逼停。

「餓了嗎，要不要出去吃東西？」從浴室出來，他躺回來問她。

周梵梵軟軟地趴在枕頭上：「不想動了……」

關元白溫聲道：「那我們叫外送？」

「也行。」周梵梵睜開眼睛，「可是你難得來一次，我都還沒帶你好好逛逛呢。」

「沒關係，我本來也不是為了來逛逛的。」

「那你是來幹嘛？」周梵梵輕哼了聲，戳了戳他的腰，「為了做不正經的事啊。」

關元白握住她的手指，低聲道：「不完全是，準確來說，是為了……鞏固地位。」

因為公司那邊還有要緊事，關元白也只能在這待一天，第二天一大早，他就要坐回程的飛機。

周梵梵送他去機場，安檢前，依依不捨地拉著他的手。

「你到了之後再打電話給我。」

關元白：「妳在忙怎麼辦？」

「那你就傳訊息給我，我看到了回你～」

「嗯，行。」

分開這麼久才在一起一天，周梵梵很捨不得，但如果他真要留下來，她其實也沒有時間陪他。

兩個人都忙，就是這點不好。

「你說，我們下次什麼時候見啊？」

關元白本來就捨不得她，看到她軟乎乎地黏著，心都要化了，恨不得直接把人就這樣帶回去：「我一有空就過來看妳。」

「那還是不要了，你本來就忙，飛來飛去多辛苦。」周梵梵苦惱道：「而且我們常常有夜戲……算了，還是等我回學校的時候再找你吧。」

這學期課很少，周梵梵每次都是有課或者導師那邊有事才會飛回帝都，不過也只是匆匆去匆匆歸，這段時間她所有的心思都在《緋火》這部戲上。

關元白也知道即便她回到帝都也不一定有空找自己，便說：「妳忙妳的，不要想著我。這樣吧，下個月妳生日，我再來探班。」

周梵梵早就把自己的生日忙忘了，聽他說才想起來，兩週後是她的生日。

「你確定你那天有空嗎？」

「肯定有。」

「好吧！那我等你來。」

闞元白點點頭：「那有沒有想要什麼禮物？」

周梵梵一時片刻想不出自己想要什麼，「不知道。」

「妳好好想想，如果沒有特別想要的東西，我可要自由發揮了。」

周梵梵見識過他買很多鑽石首飾給自己的樣子，怕他這次又花很多錢，道：「我其實也不太需要什麼，你那天來的話就是我最好的禮物啦。」

「怎麼，妳不要東西，要我這個人？」

周梵梵笑嘻嘻地抱住他：「對呀，我的生日禮物，就是要你來我身邊。」

闞元白嘴角輕揚，把她深深地抱在懷裡：「好，一定來。」

拍戲的生活過得很累，但也充實，時間一點點過去，也還算快。

不知不覺她生日就到了。不過周梵梵也沒有告訴別人今天是她生日，只想正常地工作就好。

不過沒想到的是，今天剛來片場，就有人祝她生日快樂了。

「梵梵！」

周梵梵轉頭看去，只見不遠處關知意抬手對她招了招，而她旁邊還有幾個她非常眼熟的人。

周梵梵臉上一喜，小跑著就過去了。

「會長、副會長！阿愁！」

是關知意的粉絲，後援會的人，看樣子是代表粉絲們來探班的！之前也有粉絲代表來探過班，但她還是第一次見到熟人。

「梵梵！！！」阿愁上來就給了周梵梵一個擁抱，「我就知道能看到妳。」

周梵梵買了小說IP，最後還用關知意當女主角的事在粉絲圈早就傳開了，大家都說，這才是最高階的追星。

「咦，妳們都認識啊。」關知意笑著說。

會長道：「當然了，梵梵之前也是我們後援會的會員嘛。」

周梵梵道：「我現在也是啊！」

會長笑：「對對對，妳是妳是。」

阿愁道：「對了梵梵，我們買了吃的過來，還有飲料蛋糕，妳等等記得吃一些啊。」

「謝謝！」

「不謝。」阿愁拉住她的手，鄭重道：「知意就交給妳了！妳一定要好好照顧她！」

周梵梵立刻嚴肅起來：「我一定會的！」

關知意雖然偶爾會叫周梵梵嫂子，可這個時候，看她們就好像看一群妹妹，忍俊不禁道：「我會照顧好自己的，妳們也要注意身體啊。」

「會的會的～」

和阿愁她們分開後，周梵梵便和關知意一起往片場走去了。

「梵梵，妳等我一下啊。」

「嗯？」

關知意叫來了自己的助理，而後從助理手中拿了個禮品袋過來：「生日快樂。」

周梵梵驚訝道：「妳怎麼知道？」

「哥哥告訴我的。」

周梵梵感動死了，「謝謝！！好開心！！」

「哥哥來了妳要更開心了，他什麼時候來呀？」

周梵梵還真不知道他什麼時候會到，之前只是說，他今天一定會趕過來跟她一起過生日。

「他說直接開車過來，我也不知道幾點會到。」

「應該也不會太遲，妳生日他哪捨得讓妳失望。」

周梵梵不好意思地笑了笑。

「好啦我先去化妝了，妳忙。」

「嗯嗯，去吧。」

今天早上有一場比較重要的戲，周梵梵也沒心思一直關注關元白什麼時候來，全身心投入到工作中。

一直到中午，這場戲拍完結束，她才鬆了口氣，傳訊息給關元白，問他什麼時候到，他說大概還有一個小時。

這次關元白來前又叫了很多餐車，陣仗比上次還誇張。

其中有一個是本市很著名的一家甜點店，專門來運送蛋糕的，橫幅上還有祝周梵梵生日快樂的字眼。

這下全劇組都知道周梵梵過生日了，紛紛送祝福。

周梵梵讓大家好好吃，聊了下天後還沒見關元白，就進屋等了一下。

「我靠我靠我靠！！！！」沒多久，陸米米突然衝進來，「梵梵姐！妳男朋友來了！！」

「是嗎。」周梵梵起身要往外走，走了兩步好笑地看了陸米米一眼，「幹嘛這麼激動？」

陸米米指了指頭髮，又豎了個大大的拇指：「驚豔啊！！！太帥了！真的太帥了！跟之前是完全不一樣的感覺，梵梵姐，妳男人真的好適合那顏色！！！」

周梵梵沒聽明白，「什麼顏色？」

「頭髮呀！好好看啊，這次殺青我也想去染！」

染頭髮？關元白？沒聽他說過啊……

周梵梵滿肚子疑問，小跑著出去了，靠近門口時先看到了一群人，是工作人員和關知意，他們統一看著同個方向，在跟誰說著什麼。

周梵梵再出去兩步，就看到了被他們圍著的男人，很高，穿著一身黑大衣，身材完全不輸劇組裡任何一個男演員。

但此刻，身高長相什麼的都不是重點，重點是……他那頭粉色的頭髮！

周梵梵瞠目，怔在了原地，半天沒發出聲。

這時，遠處的那個人也看到她了，朝她走了過來。

真的是粉色……他瘋了嗎。

周梵梵從來沒想過，關元白會去染這麼鮮豔的髮色，畢竟按照他的性格和工作性質，這行為跟他搭不到邊。

可是如陸米米所說，他頂著一頭粉色的頭髮真的很好看。

跟黑頭髮的他不一樣，黑髮的他看起來沉穩溫潤，粉髮則是張揚放肆，冷峻中帶著特有的溫柔，像櫻花飄灑，乾淨而浪漫。

「滿意嗎？」他停在了她面前，目光微垂，帶著笑意。

周梵梵如夢初醒，終於問道：「你的頭髮怎麼回事……」

「妳喜歡的粉色。」

「你是因為我才染這個顏色？」

「我記得妳之前說妳很喜歡染頭髮的人，覺得好看。」關元白微微俯身，用只有她能聽到的聲音問她，「我現在好不好看？」

周梵梵傻傻地點了點頭。

關元白滿意地笑了，「那就好，我還怕妳不滿意。畢竟妳要是不滿意，我作為禮物就算是廢了。」

「禮物？」

關元白：「上次不是說了嗎，我今天是作為禮物過來的。」

因為是禮物，所以以她最喜歡的顏色出現。

周梵梵頓時百感交集，又好笑又感動。

而關知意已經在旁邊拍照片了，嘴裡念叨著一定要群發給家裡人，讓大家都看看。

關元白回頭看她：「妳不用群發，幫我們拍張照吧。」

關知意眼睛一瞇，立刻說：「你要發文對吧？！」

關元白把手機遞給她：「對。」

關知意難以置信地嘟囔：「我記得不久前某些人還在跟我說染頭髮非主流……」

關元白微微一笑：「關小五，快點拍。」

「……哦。」

這一頭粉髮在劇組受到了圍觀，離開劇組後，去到餐廳也一樣矚目。

關元白皮膚本就白，這種粉色襯得他膚色更剔透了，有點偶像藝人的樣子。

周梵梵看隔壁桌的人不停側眸看，自己也忍不住打量他。

關元白則是習慣了，頭髮染了幾天了，最近去公司已經被側目到麻木了。

「你家裡人知道的話，沒事吧？」周梵梵問道。

「妳說頭髮？」

「嗯……」

關元白笑了笑：「我染什麼頭髮關他們什麼事。」

周梵梵一臉羨慕：「我奶奶就不讓我染……不過你染這個顏色真的好好看啊，我好喜歡這個粉色。」

關元白看著周梵梵亮晶晶的眼神，覺得自己這個頭髮染得很值得。

「喜歡就好，對了，還有個生日禮物，不過不方便帶，放家裡了，等妳回去再看。」

「什麼東西啊？」

「也沒什麼特別的，妳回去就知道了。」

關元白沒說，周梵梵也沒有追問，反正他人都來了，不管是什麼禮物，她都會喜歡的。

菜還沒上來，關元白趁著這點空檔，低頭把剛才那張照片發到了個人頁面。

周梵梵看他搗鼓手機，問道：「你幹嘛？」

關元白把手機面向她，「炫耀。」

周梵梵湊前看了眼，只見關元白在照片上配文案道：『周小姐說，喜歡這個髮色。』

她才看了幾秒，就看見有幾個人點讚了。

周梵梵嘴角彎了彎，抬眸看他。

他微微揚了揚眉，陽光正濃烈，從窗外照進來，落在他的臉上、頭髮上，給那抹白皙和淡粉鍍上了一層金，他的得意顯得格外肆意。

周梵梵覺得自己簡直被他這個表情拿捏住了，心動得在震顫。

「怎麼了？」關元白見她目不轉睛地盯著他，問道。

周梵梵說：「沒什麼，就是想說……周小姐喜歡你這個髮色，但是，更喜歡你。」

關元白這次除了來幫周梵梵過生日，還在劇組陪了她幾天。她忙的時候他一般都在飯店裡用電腦工作，空閒時就會去片場走走，和周梵梵、關知意一起吃飯。

自那天發了他頂著一頭粉髮和周梵梵合影的照片後，這幾天好多人找他，甚至不怎麼聯絡的合作方都來驚訝幾句，誇他夠「叛逆」。

後來不只朋友，連網上的人都知道了。

事情起因是有一天晚上關元白和關知意在外吃飯。

那天收工早，周梵梵訂了一家當地比較有名的餐廳，想帶關元白和關知意一起去吃，臨去前，導演那邊正好有事商量，她便讓關知意和關元白先去。

誰知那天有狗仔偷拍關知意，拍到她和一個粉髮男子同進一家餐廳吃飯，還很熟稔的樣子，當天晚上就被爆了出來。

狗仔們拍的距離很遠，看不太清男方，於是一堆網友都在猜測是哪位偶像藝人。畢竟關知意已婚，這種單獨和偶像藝人吃飯的行為，肯定會對她的形象大打折扣。

但狗仔們沒想到的是，隔天一早這緋聞就被鏟了。

因為關知意直接發了個回應，十分無語地說，那是我親哥哥。

黑粉一瞬間都蔫了，但廣大粉絲卻激動了，那個粉頭男子竟然是關元白？！真的是她們認識的那個關元白嗎！

疑問太多，關知意淡定地在留言區回覆了一個粉絲：『對，不用懷疑，就是他。』

『啊啊啊好帥啊！哥哥喜歡粉色嘛！好反轉！』

關知意：『不，是他女朋友喜歡。』

只要是在關知意的粉圈混過的，都知道她們之前有一個粉絲跟愛豆的親哥哥在一起了。而且拿下親哥哥不說，還直接買了一個IP讓愛豆來演。

簡直是粉中霸王。

『我靠，我之前在很多應援場合見過周梵梵，她好像很喜歡粉色，連車都是粉的！』

『好甜啊，就因為女友喜歡粉色，就把自己的頭髮染粉了！』

『據知情人爆料，關元白染粉髮是為了幫周梵梵慶生，哄她開心的。』

『題外話：有人知道是什麼粉嗎，好好看，我想去染同款……』

『西柚粉金吧，之前有染過類似的。』

『霸道總裁為愛染髮，還是粉色，小說有素材了。』

『追星追到這分上，我輩楷模……』

再後來，也不知道是關元白朋友之中的哪位，把他那張合影發到了網路上。

關元白和粉色的匹配度極力被誇讚的同時，莫名還引起了一陣粉髮熱，那段時間，好多男生女生還真跑去染了粉頭髮……

又是一個多月後，《緋火》殺青。

周梵梵本想在殺青宴結束第二天回帝都，但沒想到這天突然下了大雪，天氣緣故，飛機一再延誤。

周梵梵只好就近去了一家飯店，跟關元白視訊通話。

「也不知道什麼時候能起飛，現在都還沒通知，我感覺晚上都不一定能飛。」

關元白在那邊安慰她：『沒關係，飛不了就明天回來。』

周梵梵嘆了口氣：「好吧，那我票退了，你今天就不要等我了，明天見啊。」

『嗯，那妳早點休息。』

「好……」

實際上，如果可以的話，她還是想要今天回去。也沒別的原因，就是太久沒回去了，想早點見到他。

於是嘴上說著退票，實際上猶豫再三，還是沒有退，而是一直等著。

好在等待並沒白費，飛機延誤到晚上九點多，通知可以起飛了。

周梵梵一陣欣喜，直接拎上行李前往機場。

不過想著到帝都也很晚了，她怕關元白知道她復飛後會來機場接她，就沒通知他。

幾個小時過去，落地帝都，她直接搭計程車往星禾灣去。

到他家的時候已經凌晨出頭了，沒有燈光，她猜想他已經睡了。

周梵梵輕手輕腳地進了門，行李放下後，把冰冷的外套脫在沙發上，往樓上走去。

房間門推開，燈果然已經熄了……

藉著外面的光線，她看到關元白側躺著，粉色的頭髮軟軟地搭在額前。

他的頭髮原本早該褪色了，因為她說喜歡，他愣是又去補了一遍。

周梵梵慢慢走了過去，坐在床邊，伸手很輕地戳了下他的臉。

睡夢中的人顯然還沒睡沉，他睜開了眼睛，看到人的那一刻先是一驚，等分辨出是誰後，伸手就把人拽了下來。

「啊——」

周梵梵直接被人捲進了被窩裡。

關元白在她的脖頸上深吸了一口氣，聲音帶著睡夢中的啞：「做夢呢？」

周梵梵抱住他，呢喃道：「你說呢，像不像做夢？」

他捏了捏她的軟肉，說：「不像。」

周梵梵被他拱得發熱，捧住了他的臉：「那就不是夢，我是剛剛到的。」

關元白慢慢反應過來了，眉頭輕皺：「怎麼不告訴我，不是說明天回嗎？」

「飛機又復飛了呀，我就想早一點回來。」

「妳告訴我，我可以去機場接妳。」

周梵梵把人拉下來，在唇上親了一口：「就是怕你大半夜開車來接我，所以才不告訴你。」

關元白有些不滿，可被她軟言軟語哄兩句，很快又陷入了甜膩的懷抱裡。

後續，兩人在被窩的溫存被肚子叫的聲音弄停了。

關元白停住動作，輕笑了聲：「餓了？」

周梵梵點點頭：「嗯……飛機上沒吃。」

關元白：「那去樓下，我去幫妳弄點吃的。」

「什麼吃的？」

「冰箱裡剛買了很多東西，等妳回來吃，什麼都有。」關元白說著就起了身，「等我一下，我去煮。」

「那，那我要簡單的一碗麵條就可以了。」

「行，有的。」

關元白是真怕她餓著，一身慾望還張揚著，卻下樓進了廚房。

周梵梵在床上坐了下，心口熱騰騰的，忍不住笑了。

過了一下，她也下了樓，站在廚房門口。

鍋裡正在煮排骨，關元白則背對她，正在切小青菜。

很尋常的一個畫面，她卻感覺到一種前所未有的歸屬感。

好像不管從哪裡回來，不管什麼時候，他都會在原地等著妳。

周梵梵走上前，一言不發地環住了他的腰。

關元白動作頓了頓，說：「怎麼進來了，在外面等一下，很快就煮好。」

「想抱抱。」

關元白轉過身，但因為手上有水漬，沒有碰她，只是低眸看著她說：「妳這麼撒嬌，還打不打算吃東西了。」

周梵梵才不管，直接靠在他的懷裡，想了一下後，突然叫他：「關元白。」

「嗯？」

「過段時間，你把頭髮染回來吧。」

關元白愣了下，問：「妳不喜歡了？」

「不是不喜歡，是……可能會不方便。」

「什麼不方便？」

周梵梵也不知道自己此刻心裡為什麼會想到這個，只是她突然覺得，她想要這麼做，想要跟關元白像現在這樣，一直在一起。

「拍證件照的話會不方便。」周梵梵抬頭看他，伸手摸了摸他的頭髮，「這個髮色，和紅底背景不和諧。」

關元白眸光微微一顫，「妳說什麼……」

周梵梵鼓足了勇氣，最終還是說出口：「我是說，我們去領證吧。」

她曾不相信的、曾恐懼的、曾漠視的，這一刻，因為眼前的這個人，選擇接納。

這世間的感情多變，易逝易散，但她願意相信，總有那麼一個人的真心，經得起時間的考驗。

她想，關元白就是那個人。

——《唯一選擇》正文完——

番外一・想早點合法

周梵梵回到帝都後，隔天才知道之前關元白說的送她的另外一個生日禮物是什麼。

一輛粉色的藍寶堅尼。

她以前就知道他是個收車狂魔，因為在他家的地下停車場看過很多限量的跑車，但她沒想到他竟然弄來了一輛粉色的給她。

那輛車粉得招搖，周梵梵見到之後有挺長一段時間沒有開，後來在關元白「妳是不是不喜歡我送的禮物」的控訴中，才開了幾次去工作。

這天，她從《緋火》後期製作處回來，因為晚上約好去關家吃飯，周梵梵便直接去南衡接關元白。

她到公司時，林昭跟她說關元白還在開會，就在同層的一個會議室。

閒著沒事，周梵梵便走到會議室外，偷偷摸摸往裡看了眼。

一屋子西裝革履的人，不管男人女人，都是一派嚴肅的模樣，然而在這片嚴肅中，卻有個頂著一頭粉髮的老闆……

突兀之中，莫名覺得有點可愛。

「什麼時候能結束？」周梵梵問旁邊的林昭。

林昭道：「半個小時了，大概再等個半個小時才能好。」

「行。」

林昭現在跟周梵梵很熟了，之前還應周梵梵的約去探過班，見了自家「寶貝兒子」一面。

「梵梵，想喝點什麼？」

「咖啡就好了。」

「OK，妳等等，我幫妳拿。」

「謝謝。」

「不謝不謝。」林昭意味深長地對周梵梵笑了下，「我們還想謝妳呢，感覺最近關總和顏悅色，心情特別好。」

周梵梵奇怪道：「這跟我有什麼關係？」

「當然有了！從《緋火》殺青，妳回來之後，關總心情就一直挺愉悅的。」

「是嗎……」

「可不是嗎。」林昭曖昧道：「全公司上下，還有誰不知道我們這位關總對他的女朋友情根深種啊～」

周梵梵被她說得不好意思，輕推了她一下：「別說了，咖啡咖啡。」

「知道啦～」

喝了杯咖啡的時間，關元白的會議也結束了。

「等很久了？」

周梵梵悠閒地坐在他的辦公椅上：「不久，你忙完了嗎？」

「嗯，走吧，我們回去吃飯。」

「好。」

他朝她伸手，周梵梵牽住他，和他一起去往停車場。

「今天大家都會來嗎？」一路上，周梵梵問道。

關元白道：「除了爺爺奶奶，只有我們這些小輩，沒有其他家長，妳不用緊張。」

周梵梵立刻說：「我才沒有緊張，又不是沒見過……」

關元白笑了下：「是，我家裡人妳哪裡還有沒見過的。」

「那今天你打算跟爺爺奶奶說，我們要去領證了嗎？」

關元白看了她一眼，「可以說嗎？」

「可以啊……我本來也打算跟我奶奶說了。」

「嗯，那我們晚上就通知他們。」

一個小時後，到了關家老宅。

院子裡正在澆花的家政阿姨看到關元白和周梵梵進來，恭敬地招呼了聲：「三少爺，周小姐，你們來了。」

「嗯。」

聽到聲響，剛好到門口的關兮和江隨洲回過頭。

關兮道：「梵梵，這麼巧啊，我們也剛到。喲，粉髮大帥哥還是這麼粉哈。」

周梵梵跟兩人打了個招呼。

關元白走上前：「妳這稱呼要叫到什麼時候？」

關兮：「怎麼了，不好聽嗎，我喊你帥哥欸。」

關元白看了她一眼，不理了，帶著周梵梵往裡走。

關兮攤攤手，對江隨洲道：「他有什麼不滿意的？」

江隨洲淡淡道：「大概是覺得妳目無尊長，沒有了作為哥哥的威嚴。」

關兮：「頂著一頭粉髮還要什麼威嚴。」

江隨洲看了關元白背影一眼：「嗯……也是。」

屋裡，大家都已經到了，除了老二關子裕還是一個人外，其他都是成雙成對的。

崔明珠見到周梵梵，連忙把她拉到一旁：「梵梵啊，好久沒見了，瞧瞧，還是這麼水靈。」

周梵梵道：「最近一直在忙，都沒能來看您，奶奶您身體還好嗎？」

「好著呢。」崔明珠道：「我聽小五說了，妳這幾個月都跟她一起在劇組，妳瞧瞧妳，小小年紀對事業這麼認真，可比子裕好多了。」

一旁莫名中箭的關子裕望了過來：「奶奶，妳誇人家就誇人家，損我幹什麼呀？」

「損的就是你，除了你，在場還有誰讓我操心！」

關子裕不服氣：「以前還有元白跟我一起挨罵，現在只剩我了。不就是他交女朋友了嗎，妳操不操心的標準就是看我們有沒有對象！」

「是又怎麼了，你有本事找個正經對象來家裡？」

關子裕不上套：「我是不婚主義好吧。」

老一輩的人永遠不能理解不婚主義，崔明珠都懶得跟他廢話了，又拉著周梵梵聊天。

聊著聊著，說到關元白的頭髮了。

崔明珠也是傳統的人，以前關兮染頭髮的時候她就說這樣傷髮質，而且奇奇怪怪的顏色一點都不好看。

但這次到了關元白這，全是誇。

「元白說妳喜歡粉色所以就去染了粉色，我想著，這樣好啊！他從小到大一直都是黑頭髮，挺沒意思！這次換了這個髮色我很滿意，梵梵妳覺得呢……」

關兮在一旁一臉迷惑，怎麼這麼雙標呢！

但後來聽著聽著也聽出味道來了，奶奶就是生怕到嘴的孫媳婦飛了，所以現在不管關元白怎麼樣，她都能給他誇出花來！

崔明珠：「梵梵妳不知道，我還把你們的合照給我一些朋友看了，大家都說你們很般配，說他這一頭粉髮特別好看。」

周梵梵道：「是挺好看的，不過……過段時間想把它染回來了。」

崔明珠一頓：「啊？怎麼了？為什麼呢？喔！是不是妳家裡人那邊覺得不正經？」

周梵梵連忙搖頭：「不是不是！我家裡人沒什麼意見，也沒覺得有什麼不好的，就是……

就是我們覺得吧，去拍結婚證件照的話，還是用深色系髮色比較好。」

「……」

瞬間，一屋子人的動作都停了下來，齊刷刷地看向周梵梵。

周梵梵被這麼多人盯著，還是因為結婚的事，臉有點紅了，一時片刻都不知道怎麼說。

「不用看了，我們就是準備去領結婚證。」關元白替她補充道。

「真、真的嗎？」崔明珠總算反應過來了，一臉狂喜。

周梵梵點點頭。

崔明珠立刻站了起來：「那、那我們挑個日子啊！我、我們要去梵梵家一趟呀！」

關元白說：「奶奶，妳不要太激動。」

「我怎麼能不激動啊，把你送出去我容易嗎我。」崔明珠拔腿往書房去，走得很快，腰不痠腿也不痛了，「老頭子，老頭子啊，梵梵說願意和元白結婚了——」

關元白：「…………」

客廳一陣靜默，猛地笑出了聲。

不久後，晚飯做好了。

大家聚在一起，邊吃邊聊，內容是：辦什麼樣的婚禮。

但其實周梵梵還沒有想好辦什麼樣的婚禮，所以一時片刻也沒能說出自己的喜好。

「沒關係梵梵，婚禮還不急，妳可以慢慢想，想怎麼辦就怎麼辦，奶奶一定全力支持！」

周梵梵：「謝謝奶奶……」

「不謝不謝，都是應該的。」崔明珠臉上的笑意完全收不住了，連連夾菜給她，「多吃點肉……這個蟹也好吃……」

最後，周梵梵吃了十成飽，才終於離開餐桌。

在花園走了一圈消食後，關元白又帶著周梵梵去參觀他在這的房間。

崔明珠在這個家都留了房間給五個孩子，方便他們過來的時候住，關元白小時候就經常住這，房間裡有很多東西都是以前留下來的。

比如書架上的書，還有一些年代很久遠的照片。

「啊！這是意意啊！好可愛啊！你們兩個嬰兒時期的照片超級像。」

書架上有一本相冊，裡面有很多關元白和關知意小時候的照片，很多都是網路上沒有的，作為粉絲，周梵梵不激動都不能了。

關元白靠在她旁邊看著：「既然這麼像，妳怎麼只誇她，不誇我？」

周梵梵睨了他一眼：「這你都要吃醋。」

「我是在說事實。」

周梵梵悶笑，說：「你可愛的，超級可愛。」

關元白哦了聲，勉強算是滿意了。

周梵梵繼續往後翻著，在小小一本相冊中，看到關元白漸漸長大了。

小學、國中、高中、大學……重要時期的照片，這裡都保存得很好。

周梵梵的目光最後停留在他高中時期的照片上，因為這時的關元白已經少年初長成，俊秀，卻也青澀。

白嫩嫩的皮膚，軟軟的瀏海，清瘦的身體，以現在的眼光看來，簡直是隻小奶狗。

「這張照片是什麼時候拍的？」周梵梵問。

關元白想了想：「可能是高二吧，運動會開幕式。」

周梵梵摸了摸照片上的人，長嘆了一口氣：「好可惜啊。」

「可惜什麼？」

「可惜你高二的時候，我還在上小學。」

關元白捏了捏她的臉：「不然妳想做點什麼？」

「來操場看帥哥呀，你看你這個時候長得這麼嫩，完全就是校草的樣子嘛。」周梵梵道：「我高中的時候學校裡就沒有這麼帥的。」

關元白笑了笑：「今天嘴巴吃蜜糖了，這麼會說話？」

周梵梵笑嘻嘻地點了點頭：「蜜糖倒是沒有，但是廚師做的那個甜湯很好喝，我現在嘴巴還是甜的呢。」

關元白視線下移，在她粉嫩柔軟的嘴唇上停住，「是嗎，嘗嘗。」

「嗯？」

關元白扶住她的臉，一言不發，側頭就吻住了她的唇。

周梵梵愣了幾秒，但很快就微仰著頭回應。

和他接吻這件事，她已經輕車熟路了。

不過，蜻蜓點水式的親法在這種熱戀的時候完全不盡興。

沒過多久，關元白便把她手上的相冊拿開，摟住她的腰，將人按在書架上。

周梵梵被親得有些腿軟，只好伸手環住他的脖頸支撐著自己。

於是，更深入地陷進他的懷抱中……

關元白親得更放肆了。

篤篤——突然，房間門被敲響。

周梵梵猛然驚醒，想起了他們此刻在哪，又慶幸還好進來的時候順手把房間門帶上了。

「快去開門。」

她趕緊推開她，整理了下衣服。

關元白眼中有了幾分不滿，不過還是去開了房門。

門外站著戚程衍和江隨洲。

江隨洲的目光在他唇上停了兩秒，了然地笑了下，說：「現在睡覺還早吧，關兮說樓下在打麻將，讓我們叫你。」

關元白哦了聲：「等等吧。」

江隨洲：「怎麼，還是想先睡覺？」

關元白道：「不是，我要先把她送回家。」

江隨洲有些詫異了：「不住在這？」

每次集體來老宅吃飯時，他們基本都會住在這。

「是因為未婚，不好在這裡住同個房間吧。」戚程衍看向江隨洲，「這你不是最清楚了嗎？」

江隨洲無所謂地笑了笑道：「我不清楚。」

戚程衍沉吟：「也是，你大半夜的總會從客房去關兮房裡，早上又裝模作樣地回到客房，你是不清楚在這單獨住的意思。」

江隨洲不笑了。

戚程衍得逞，說：「真可憐，你們這些不合法的。」

「……」

關元白冷漠地看了眼戚程衍，說：「你們先去吧，我等等回來。」

「哦，行。」

關元白關上門，又回來找周梵梵。

周梵梵走了過去：「我差不多該回去了，回去後也要跟奶奶說一聲我們的事。」

「嗯，我送妳。」關元白想了想，又說：「梵梵，我們選個時間，早點領證吧。」

「要多早，幾天都等不及呀？」

「等不及。」關元白忿忿道：「想早點合法。」

番外二・一顆眞心淚

他們最後選擇了海島上的婚禮。

沒有繁瑣的儀式，只邀請了至親好友，沿著一望無際的海，搭起了夢幻浪漫的儀式區。

年輕人前一天就到了，女人和女人住在一處，男人們則在另一座別墅裡。

兩地距離不過一百公尺，新郎新娘分開居住，大家約定好在婚禮之前不見面，今晚算是最後的「單身日」。

『在幹嘛呢？』

下午，周梵梵正和女孩子們一起吃點心，手機一震，收到了關元白的訊息。

周梵梵拍了一張下午茶的圖片給他，回覆道：『跟大家一起吃甜點呢，好好吃哦，你們呢？』

關元白直接拍了張正在發牌的宋黎給她：『這人召集大家玩牌。』

周梵梵：『以前我們玩的那種嗎？』

關元白：『對。』

周梵梵：『那你可別又像之前一樣，輸得慘烈。』

關元白：『那次輸是因為妳在我身邊我心不在焉，所以才沒玩好。』

周梵梵：『關總還會甩鍋呢！這次我可不在啊，輸了別怪我。』

關元白：『是不在，但我有點緊張，還是心不在焉。』

周梵梵：『因為結婚？你也會緊張嗎？』

周梵梵覺得，關元白見識過太多大場面了，底下又管了那麼多人，所以這種事應該不緊張才對。

可沒想到，他竟然說自己有點緊張。

關元白：『我會緊張，所以現在有點想見妳。』

周梵梵：『可是我們才說好今天不見面，大家都聽著呢，我現在反悔她們可要笑我了。』

關元白：『那就等晚上她們都去休息了，我們再見一面。』

周梵梵：『你是會鑽漏洞的！』

關元白：『還行。』

「梵梵，笑什麼呢，跟關先生傳訊息吧。」一旁的六六眼尖，一下子就看出了她的春心蕩漾。

周梵梵把手機收起來：「怎麼了，不能見面，傳訊息總行吧。」

「嘖，這可是妳作為未婚人士的最後一天，不要老想著妳老公了，請把心思放在我們這群朋友身上。」

「我這不是放著嗎，等等吃完東西，我們去外面逛逛吧，上次來踩點的時候就看到好多漂亮的地方，去拍個照唄。」

「可以呀可以呀。」

婚前的所有準備，策劃師都已經弄好了，周梵梵也不需要多做些什麼，只要按照流程做就行了，剩餘的時間，就跟朋友們在島上瘋玩。

在外面逛完後，回到別墅裡吃晚餐，本來想著吃完晚餐她就偷偷溜出去見關元白一面，結果大家喝了點酒都 high 了，直接在屋裡開啟了單身派對。

周梵梵只好跟關元白說了聲「自己走不開」，誰知關元白也是，他說他那屋子也已經在開派對了。

等大家鬧騰到累，已經十一點多，因為明天還要舉行婚禮，大家便說散了，放周梵梵回去休息。

但周梵梵其實一點都不睏，不僅僅因為婚禮前的亢奮，也因為自己一直想著跟關元白見面一事。

回房間躺了半個小時後，關元白傳了訊息給她，問她能不能出來。

周梵梵不確定是不是所有人都回房間裡，偷偷摸摸打開自己的房門，往外看了眼。

外面的燈還亮著，但是沒人聲，她輕手輕腳開了門下樓。

「欸，梵梵，去哪呢？」

正好，關兮倒了杯水從樓下上來，周梵梵抿了下唇：「我口渴，喝點水。」

「我也渴死了，剛才跳得太賣力。」

周梵梵笑道：「那妳多喝點，早點休息啊。」

周梵梵趕緊往樓下去了，裝模作樣地去餐廳倒了杯水，看樓上沒什麼動靜，直接跑出了門。

「嗯嗯，妳也是。」

別墅間有小道連接，猶如滿天星的小燈泡纏繞在路邊的樹上。

海風習習，似乎還能聞到海水的味道。

遠遠的，她看到對面也有人出來了，她朝他招了招手，小跑著過去。

周梵梵此時穿著白色吊帶睡裙，跑起來裙擺飄飄，髮絲往後舞動。

關元白的心亦跟著動了，走快了些，靠近後直接把人抱進了懷裡。

「剛才在幹嘛呢？」周梵梵貼著他的胸口問道。

關元白：「和他們聊了下天，後來費了很大的勁把宋黎趕回房間。」

周梵梵悶笑：「那他們知道你現在出來見我嗎？」

「不知道。」

周梵梵從他懷裡抬頭：「我屋裡的人也不知道，我偷偷摸摸出來的。」

關元白笑：「那我等等再偷偷摸摸把妳送回去。」

「好呀。」周梵梵問他，「那我們現在要幹嘛？」

「去海邊走走？」

「嗯！」

夜晚的海邊是靠路邊的路燈照明的，兩人牽著手，踩在軟軟的沙灘裡，在昏暗中漫無目的地走著。

「你說明天我在臺上要是說不出話來怎麼辦呀？」周梵梵擔憂道。

關元白安撫道：「就當底下沒有人，妳只面對我說話，這樣會放鬆些。」

「我盡力吧……那如果我哭了怎麼辦？」

周梵梵想起以前參加的一些婚禮，新郎新娘在臺上對對方說誓詞時，哭得那叫慘烈。

她怕自己太感動，也會像他們一樣，到時候更說不出話了。

關元白笑了笑，說：「底下都是熟人，妳什麼情緒都可以，不用擔心。不過如果妳實在怕哭的話……我修改一下誓詞，歡快一點的，不讓妳哭。」

「也不用這麼麻煩，說你最想說的吧，我覺得我能忍！」

周梵梵相信自己一定可以忍住，但她萬萬沒想到的是，婚禮當天，沒忍住的另有其人。

婚禮正式舉辦時間是下午三點鐘，因為沒有接親儀式，沒有遊戲，也沒有伴郎伴娘，他們的婚禮輕鬆而隨意。

周梵梵睡到自然醒，化妝師才來幫她上妝做造型。

妝面好了後時間也差不多了，她換上了婚紗，前往舉辦的草坪。

因為這次儀式之前，她和關元白沒有去拍過婚紗照，選婚紗當天她也刻意不讓他陪著去，所以這還是她第一次穿著婚紗出現在他面前。

音樂聲隨著周梵梵的進場變得浪漫而甜美，她挽著奶奶的手，心裡越發緊張。

關元白也同樣緊張，這種緊張程度，可能沒有任何一次工作上的緊張能夠比擬。

他背對著周梵梵來的方向，聽到主持人說她已經進場，深吸了一口氣，而後在主持人的倒數中，緩緩轉過了頭。

和她談戀愛之後，他就曾幻想過很多次，她穿著婚紗站在自己的面前時，他會是什麼樣的心情。

真當這一天到來，他才發現千百次的想像也無法緩解此時此刻內心的震動。

看著她蓋著頭紗朝自己走來，他終於有了眼前這個人要成為他妻子的實感，過去兩人相處的細節像電影一樣在腦子裡一幀幀閃過，他目不轉睛地看著她，眼眶克制不住地發熱。

「元白，梵梵就交給你了，希望你們能夠永遠幸福。」

奶奶把周梵梵的手交到了關元白手上，關元白朝奶奶鞠躬點頭，把她緊緊牽住了。

周梵梵隨著他一起往主臺走去，路上忍不住側眸看他，看了兩眼後，愣了愣，因為她覺得關元白的眼睛好像有點紅……

不過蓋著頭紗，又是側面，看不真切。

她想，昨天自己發誓一定不哭的時候，關元白還安撫她呢，他自己應該不會想哭吧？

周梵梵懷疑只是看錯了，但後來，掀開頭紗讀誓詞時，關元白紅著眼撇過頭的那一瞬間，她才發現她沒有感覺錯。

關元白真的哭了。

一顆眼淚，飽含真心。

儀式結束後，眾人轉場去晚宴的地方吃飯。

關元白的一滴眼淚為眾人津津樂道。

宋黎說：「我發誓，自我認識他以來，我沒見過元白哭，程衍，你呢？」

戚程衍跟關元白同穿一條褲子長大，他想了好半天才說：「那應該要追溯到小學以前吧。」

關知意道：「哥哥小時候把我訓到哭是常有的事，但自己哭……我也沒印象。」

關兮一臉豔羨，拉了拉江隨洲：「我們結婚的時候你也得給我哭。」

江隨洲：「……？」

關兮：「不哭說明你不愛我。」

江隨洲頓時麻木臉，關元白你真是開了個好頭。

賓客進場後，周梵梵隨著工作人員回內間換方便一些的禮服。

換好出來，看到了站在走廊的關元白。

周梵梵示意工作人員先走，獨自走到了關元白面前：「你怎麼沒在裡面陪大家？」

「等妳一起去。」

「噢。」周梵梵挽住他的手，「那走吧，老公！」

關元白頓了下，顯然是猝不及防。

周梵梵也是故意逗他一下，不過這稱呼真叫出來，真是格外彆扭……

周梵梵訕訕道：「怎麼樣？」

「什麼？」

「這聽起來是不是很奇怪？」

關元白才回過神，想了一下才道：「妳再叫一聲，我感覺一下。」

周梵梵輕哼了聲：「想得美。」

關元白將她攬到懷裡：「怎麼了，老婆害羞？」

周梵梵心臟一抖，耳根都紅了，現在明白剛才關元白聽到這種稱呼是什麼感覺了。

「啊啊啊肉麻死了，快走快走。」

關元白輕笑：「老婆。」

「別叫了……」

「我們現在是合理合法。」

「那也別叫。」

關元白嘆了口氣，說：「我剛才讀誓詞都哭了，現在連聲老婆都不能叫嗎？」

紅著眼睛流淚的關元白簡直犯規。

周梵梵想起來心就軟了。

「咳……那，回家再叫。」

關元白笑意又浮了上來：「行，那就回家叫。」

「好啦，快進去吧，別讓大家等我們了。」

「嗯，知道了。」

番外三・走腎不走心（上）

宋黎的姪女菲兒今年上高一，成績不好，尤其是英語一塌糊塗。

徐曉芊做了她的補習老師後，她高一下學期的期末考試有了明顯的提升。她父母很高興，決定繼續聘用徐曉芊，還幫她加了薪。

徐曉芊家境很一般，家裡人能承擔她的基本開支，但更多的都是她自己兼職賺來。

她很喜歡也很需要這份補習工作，於是應了下來，決定繼續幫她補課。

這天上午，她上完課後便打算出發去菲兒家幫她補習。

但沒想到在前往西大門的路上，遇到了楊城。

她跟楊城分手快一年，這一年裡她陸陸續續封鎖了他各種聯絡方式，避免他每次一喝酒就來噁心她……記得上一次他喝多了還是用支付軟體傳訊息給她，十分離譜。

「曉芊。」路過的那一刻，他叫住了她。

徐曉芊回頭看了他一眼，沒什麼表情。她沒辦法對楊城有好臉色，即便已經分手這麼久。

梵梵問過她，是不是還愛他，所以跨不過去。

她想，不是還愛，是因為愛過，所以沒辦法和顏悅色地當朋友。

「曉芊我就說幾句話……我要去英國當交換生了，過幾天就走，想告訴妳一聲。」

徐曉芊哦了聲：「那恭喜你了。」

說完，她轉身便想走。

楊城立刻拉住了她的手臂，「等等──」

徐曉芊皺眉：「你幹什麼？」

「就當最後一面，我們好好說話行嗎，不要這樣爭鋒相對了。」

「你想多了，我沒有故意不跟你好好說話，只是，我們之間還有什麼話可說嗎？」

楊城面上有一絲痛苦：「以前的事都是我的錯，我知道不論現在我怎麼改怎麼做妳都不會再原諒我，所以我不會乞求再跟妳在一起。只是，我還是希望妳能好好的。」

「我現在是好好的。不好意思，我趕時間，沒別的事我先走了。」

「那個叫宋黎的跟妳不合適，他不會給妳妳想要的結果！」楊城道：「我希望妳能好好的，所以即便不是跟我在一起也不應該跟他在一起！妳要知道妳不是周梵梵，她跟那些人是同一個階層，但妳不是啊，妳清醒點。」

徐曉芊目光一寒：「我是什麼樣的人我很清楚，沒錢沒勢，就是一個普通到不能再普通的人，所以你才會放棄我，去找有錢有勢的女生。怎麼，你可以我就不可以？」

楊城頹了：「曉芊，我跟她已經沒有什麼了，妳不要故意跟我作對……」

「你跟她還有沒有什麼我現在一點都不在乎，我跟宋黎在一起也不是為了跟你作對，我只是談戀愛而已，你未免管太寬。還有，你說他不會給我我想要的結果，我有說我需要什麼結果嗎？」

「妳——」

「好了不要再說了，祝你一路平安，我先走了。」

徐曉芊很快離開了，把楊城拋在了後面，走到了校門口，攔了一輛車。

車窗外的校園往後倒去，她看著外面不停切換的街景，塞上了耳機。

她是一個普通人，她背後沒有一個厲害的家庭，所以，她跟宋黎這種世家子弟根本不可能走到最後。

這點，不需要任何人來告訴她。

她其實很清醒，只是清醒地看著自己沉淪，又清醒地看著自己抽身。

反反覆覆，談著一個不算戀愛的戀愛。

幫菲兒補習完已經是下午五點，他們家裡人留她吃飯，她婉拒了，出來了。

門口停著輛騷包的跑車，車旁站著一個人，幫她拉開了車門。

「美女，去哪啊，捎妳一程。」

徐曉芊眼眉含了笑，走上前：「你怎麼來了？」

「傳訊息給妳，妳沒回我就直接過來了。」

徐曉芊解釋道：「我剛才幫菲兒講課呢，手機靜音了。」

「喔，沒關係，美女怎麼對我都行。」宋黎嬉皮笑臉地湊過來親了一口，「走吧，去吃飯。」

「吃什麼？」

「沒想好，路上想想。」

最後去了一家西餐廳，還是會員制，一頓飯頂她幾個月的生活費。

跟宋黎在一起的這段時間，她看到了很多她從前根本未曾接觸過的世界，才知道，好友周梵梵跟她一起玩的時候，有多低調。

這個階級的世界繁華迷人眼，她難以克制地沉迷了進去，可一邊沉迷卻又一邊矜持，不願意讓宋黎把更多的錢往她身上砸，也從未真正收過他那些貴重禮物。每次宋黎說她用不著去兼職時，她也表示自己一定要去。

她想，宋黎一定會覺得她特別做作，因為有時候她也覺得自己很做作，好像不收他的東西不用他的錢，就能跟他曾經那些「女友們」區別開一樣。

吃完飯後，宋黎帶她去換了身衣服，還做造型，因為她方才答應他陪他去一個商業酒會。

但她沒想到會在這裡遇到宋黎的老相好。

宋黎這個人的過去是挺多的，但跟他在一起這段時間，他倒沒有什麼前任來干擾，這次還是她第一次遇上。

彼時，宋黎正好跟一些公司的老闆聊天，她閒著沒事，站在一旁喝了點酒。

「妳就是宋黎的現任啊？」

迎面走來的是一個長相十分出眾的女人，徐曉芊認識，葛斯迎，一名演員，只是現在並不怎麼紅。

徐曉芊看她上下打量她，有些不適：「請問有什麼事嗎？」

葛斯迎笑了笑：「沒什麼事，就是好奇。聽說宋黎談了個女朋友，還相處很久了，我就想看看到底是什麼厲害角色，不過現在看來——」

葛斯迎後續的話沒說完，但徐曉芊也能知道她什麼意思，大概想說她很普通。

「欸，宋黎這人可不好拿捏，妳用什麼辦法哄得他跟妳在一起這麼長時間的？」葛斯迎嘆了口氣說：「在妳之前，我還算跟他在一起最久的呢。」

徐曉芊抿了口酒，淡聲道：「沒什麼哄他的方法，我也不知道他為什麼跟我在一起這麼長時間，可能比起葛小姐，我有什麼過人之處吧。」

葛斯迎臉上笑意減淡，直勾勾地看著她，片刻後又笑了聲：「看外表是沒看出什麼過人之處，難道是……那方便玩得很開？宋黎是挺會玩的，以前我都不太吃得消呢。」

葛斯迎跟宋黎分開挺久了，現在已經搭上了新的金主，可她對宋黎念念不忘，所以現在看到他的現任只是普通女人，難免心氣不順想噁心她幾句。

誰曾想，眼前的人並不為所動，甚至還對她笑了下，說：「嗯，我們那方便是挺和諧的。妳猜得有道理，難怪他離不開我呢。」

「……」

最後，葛斯迎黑著一張臉走了。

而她離開的那一刻，徐曉芊淡定的臉色也變了變。

半個小時後，酒會結束，徐曉芊和宋黎一起回了住處。

這段時間徐曉芊經常住在這邊，兩人算半同居的狀態。

「妳看起來不太高興，怎麼了？」到家後，宋黎問道。

徐曉芊：「沒怎麼，今天到處走有點累了，想休息。」

「行，那我們今天就早點休息。」宋黎黏黏糊糊地摟著她，「一起洗澡？」

徐曉芊把他的手拿開了，徑直往臥室去：「分開洗，我簡單沖個澡就好。」

宋黎聳聳肩：「好吧。」

徐曉芊洗完澡後躺在床上，沒過多久宋黎也從別的房間的浴室回來了。

他進了被窩，貼到了她身後，手開始不規矩，「寶貝。」

徐曉芊有些心氣不順，抓住了他的手腕：「睡覺了，別動。」

「等等睡嘛，這幾天妳一直在學校，都沒跟我一起睡……」

說著，他將人轉過來，吻在了她的脖頸處──

徐曉芊腦子裡出現了今天遇到的那個女人，撇過頭躲開了他：「我累了，想休息。」

「做完就休息。」

「我現在就要休息。」

「那不行啊，妳得可憐可憐妳男朋友我……」

也不知道為什麼，徐曉芊一口怒氣突然湧了上來。

「我都說了我很累想休息，你能不能不要隨時隨地像要發情一樣！跟我在一起除了做這件事你腦子裡就沒別的了嗎？」

宋黎的動作一下子停住了，他從她身上抬起頭，眉眼冷了下來。

靜靜地看了她一下，也沒說什麼，翻身下床出去了。

徐曉芊看著他的背影，也愣了一下，她沒想到自己會突然爆發，說出這些話。

是因為今天被楊城點了一通？還是因為遇到了葛斯迎，然後因為葛斯迎的幾句話，就計較起他的過去？

可他的花花世界她不是早就清楚了嗎，他們在一起本來就是荷爾蒙的作用，本來就是上床上得開心而已。

她怎麼能因此發脾氣？

不要這樣，徐曉芊，只是走腎不走心的戀愛，妳不要這樣……

可一邊勸著自己，一邊又覺得難過。

心裡空落落的，似乎走入了死胡同，明知道不該、不可以，卻還是一步步深陷了進去。

不知道過了多久，靜悄悄的房間又響起了腳步聲。

徐曉芊側躺著，根本沒睡著，她聽見聲響時，心口抖了抖。

很快，她感覺到被子被掀開，有人躺了進來，他靠近她，把她摟到了懷裡。

「抱歉啊寶貝，是我的問題，今天妳幫菲兒上課這麼忙我還拉著妳去酒會，很累了吧？」

宋黎氣過了，又來溫聲哄她。

徐曉芊鼻子一酸，想哭，但很快又把眼淚忍了回去。

「剛才是我不對，不該強迫妳，我們現在好好睡覺，我不吵妳了好嗎？」

徐曉芊深吸了一口氣，說：「今天酒會上遇到你的一個老情人。」

宋黎愣了下：「誰？」

徐曉芊：「葛斯迎。」

宋黎把她轉過來面對他：「所以妳是因為她才跟我鬧脾氣，她說什麼了？」

「也沒說什麼。」徐曉芊抬眼看他，盡量放鬆了語氣，不再去計較任何，「宋黎，你跟她怎麼分手的？她長得那麼漂亮。」

「她長得哪有很漂亮啊，跟妳比不了。」宋黎說：「我寶貝難道不是全世界最可愛的女孩子嗎？」

徐曉芊很淡地笑了下，心裡的鬱結已經壓下去了：「不夠漂亮的人才會被誇可愛。」

「誰告訴妳這歪理的，我說可愛是認真的。」

徐曉芊白了他一眼：「懶得理你……還沒說呢，你跟她怎麼分手的？」

宋黎想了想：「那是挺久之前的事了，我記得那時她欺負了小五吧，元白和程衍都在呢，她得罪了一票人，給我惹了不少麻煩，然後就分了。」

「欺負了小五？那是該分手……」徐曉芊又喃喃道：「不過你分個手也是夠簡單的，有沒有想好什麼時候跟我分手啊？」

宋黎愣了下，笑道：「無理取鬧了啊，妳這麼可愛，我幹嘛跟妳分手啊？」

徐曉芊捶了他一下：「我跟你說正經的呢！」

「我也說正經的啊。」宋黎看著她，一雙桃花眼像是要把人溺斃在裡面，「寶貝，我喜歡妳，我不會跟妳分手的。」

番外四．走腎不走心（下）

跟宋黎談戀愛是一件很快樂的事情，因為他太知道怎麼哄女孩子開心。

甜言蜜語是毒藥，這點，徐曉芊在他這裡深刻地體會到。

不過，只當它是慢性毒藥吧，不發作，她永遠只能體會到他的好。

學校沒什麼事，徐曉芊便在宋黎這住了好幾天，上午在家裡寫論文，下午就去幫菲兒補課，結束後宋黎來接她，兩人一起回家。

週五那天，宋黎說家裡有事不能來接她，徐曉芊讓他自己去忙不用管她，搭計程車回家。

這天宋黎很晚才回來，神色陰鬱，心情很不好的樣子。

徐曉芊走到他旁邊，問道：「你怎麼了？」

宋黎把人抱到了腿上：「家裡一點事，煩。」

「你爸媽訓你了？」

宋黎沉默半晌，說：「他們對我就這樣，永遠不夠滿意……沒事，就是公司裡的一點事，不用擔心。」

徐曉芊嗯了聲：「那你晚上吃了沒有？」

「光被罵了，沒怎麼吃。」

徐曉芊無奈地笑了下：「真是服了……你等等。」

說著就要從他腿上下來，宋黎把人摟緊了：「寶貝，妳去哪，抱抱。」

徐曉芊摸了摸他的腦袋：「幫你弄點吃的，等等抱。」

徐曉芊去了廚房，宋黎看著她的背影，笑了笑，起身跟了過去。

徐曉芊從冰箱裡拿出了冷凍餃子，想簡單地幫他做一份宵夜，見宋黎進來黏著她，把人推了推：「你去外面啊，別在這礙手礙腳。」

宋黎不聽，非得黏著：「曉芊，我太喜歡妳了。」

徐曉芊輕哼了聲：「幫你煮個東西你就太喜歡了啊。」

「嗯……就是喜歡。」

徐曉芊嘴角忍不住上揚，但還是趕他：「好了你走開，你這樣我煮不了東西啊。」

宋黎只好出了廚房。

吃了碗餃子後，宋黎胃裡的空虛得到了滿足，心情也跟著好了許多。

他發現，每次和徐曉芊在一起心情總能變好，所以他說很喜歡她的這類話，都不是假的。

食慾得到滿足後，兩人很快滾到了床上。

隔天是週末，於是他們放肆了許多，三更半夜都沒睡著。

第二天，徐曉芊很晚才從床上起來，宋黎睡得更沉，她都在外面寫了一陣子東西了，他還沒醒來。

十一點多，她肚子有些餓了，便進房間想叫宋黎起床。

走到床邊時，看到他手機亮了下，是兩則訊息。

在一起以來，徐曉芊只看過一次宋黎的手機。

那一次是宋黎主動給她看的，他說他現在只有她，不信她自己查。於是那天她看了他的通訊軟體，也知道了他的密碼。

不過後來她沒有再翻過他的手機，不是因為完全的信任，而是她覺得自己做這些事好像沒有什麼必要。

手機又閃了幾下，安安靜靜的空間裡，徐曉芊也不知怎麼的，鬼使神差地按了密碼。

看到是他母親傳來訊息的瞬間，她鬆了一口氣，但看到內容後，心又一寸寸涼了下來。

她覺得自己不該看的，可又如此慶幸，她今天點開了內容。

『後天晚上兩家人見面，你和清緣就算定下了，你別遲到了。』

『宋黎，我昨晚是認真跟你說的，你和清緣交往後，在外面那些花裡胡哨的人必須結束了。』

『如果你們在一起了卻讓陳家人發現你還在亂來，兩家人會很不好看。』

『兒子，你懂我的心思吧，你那個哥哥還虎視眈眈。』

徐曉芊從臥室出來了，她叫了外送，坐在餐桌上，一口一口地吃了進去。

「中午吃什麼，嗯？叫外送嗎。」宋黎送樓上下來了，睡眼朦朧。

徐曉芊抬眸看了他一眼：「我等等要走，不能等你一起了。」

宋黎奇怪道：「走？去哪，今天週六，不是說我們白天在家，晚上一起出去吃好吃的嗎，城南路的那家日料。」

宋黎：「妳老師那邊有事啊？」

「我想回學校。」

徐曉芊筷子停住了，一陣子都沒說話。

宋黎察覺到一點不對勁，坐到她旁邊：「怎麼了寶貝？」

徐曉芊轉頭看他：「對，老師那邊有事，週末我沒空，不然就週一吧，週一晚上，我們一起去吃那家日料，怎麼樣？」

宋黎頓了下：「週一嗎，週一可能不行，不然週二吧，我去接妳。」

「為什麼不行，週一你有什麼事？」徐曉芊直勾勾地看著他，她希冀著他能說出什麼。可是並沒有。

宋黎笑了下，說：「週一晚上約了幾個合作方，不好不去。」

徐曉芊深吸一口氣，失望瞬間湧了上來，伴隨著刀片，割得自己血肉模糊。

「合作方……不是新女友嗎？」

宋黎愣住，臉上的笑容頓時沒有了。

徐曉芊涼涼地笑了聲：「今天早上你媽傳訊息給你，我看了，你還沒看到吧，你媽媽跟你說，後天見面不要遲到，也讓你跟外面那些花裡胡哨的人，哦，就是我，結束乾淨。」

宋黎皺眉，拉住了她的手：「曉芊，我後天去只是想應付家裡人，我和妳還是——」

「都已經要和別人定下了，還叫應付？」

宋黎：「當然是應付。我喜歡的是妳，我和她有什麼名義上的聯絡只是為了兩家生意，她的心思也不在我身上，我們根本沒有一點關係。」

「然後呢，喜歡的是我，所以跟別人是男女朋友，再訂婚、結婚，是不是等你跟人家的孩子都生出來了，我還要聽你說你喜歡的是我啊。」徐曉芊的手微微發著顫，卻極力克制著，保留著她的體面，「宋黎，我跟你談戀愛就是圖個開心，我沒有要當你小三的意思。」

宋黎道：「我也沒有這個意思。」

「那你是什麼意思啊！」徐曉芊倏地起身，一旁放著的水杯被她的衣擺帶過，水灑了一桌，淅淅瀝瀝地往地上滴。

徐曉芊咬牙瞪著宋黎：「如果不是我今天發現，你還打算瞞著我？一邊有著新女友一邊跟我談情說愛，你把我當什麼呢？」

宋黎解釋道：「曉芊！我說了，那只是做做表面功夫。」

「這個表面功夫你得做一輩子的宋黎！其實不管怎麼樣你最後都會跟她結婚，因為這就是你的命運。」徐曉芊紅了眼眶，「而我們的命運……就是好聚好散。」

說完後，心口很涼，不過也有一種石頭落地的感覺。因為她知道這一天總會到來，即便不是今天，也可能是未來的某一天。

徐曉芊吸了吸鼻子，說：「行吧，我們就此分手，也不用讓你媽催了。」

宋黎心口一抽，猛地攥住了她的手：「我不同意！」

徐曉芊垂著眸：「分手不需要你同意。本來我就不想談這麼複雜的戀愛，你開始複雜了，我們就該結束了。」

宋黎難以置信地道：「我們在一起這麼久，妳就這麼輕易說分手？！」

「也不過一年而已，久嗎？」徐曉芊想了想，嘲諷道：「哦對，對你宋公子來說算久的了。」

宋黎：「曉芊——」

「分了吧，對我們都好。」

是早就知道的結局，是輕描淡寫地提了分手。

可回到一個人的時候，還是痛徹心扉的難受。

徐曉芊回了學校，在宿舍裡待了三天，手機關機，沒有和任何人聯絡。

她不好意思跟梵梵說，怕她過來後看到她的狼狽，那麼以前她信誓旦旦的言論也就成了笑話……

她愛上了宋黎，克制不住地愛上了，但這是錯的，她得糾正。

第四天，徐曉芊終於開了機。

她化了個妝，走出寢室，去往補習的家庭。

不能難過下去了……她這樣告訴自己。

「徐老師！我舅舅來接妳啦，妳看。」

書房的房間窗戶對著樓下大門口，菲兒眼尖，拉了拉她的衣服。

徐曉芊頓了頓，可眼睛都沒往下挪：「仔細做題，別分心。」

菲兒：「好，我做題，那妳下去跟舅舅打聲招呼吧，反正我還沒寫完呢。」

「不打招呼了，我在旁邊等妳。」

菲兒意識到了什麼，問道：「老師，妳跟我舅舅吵架啦？哎呀，情侶吵架很正常，你們得多多溝通的，不要誤會對方了。」

「不是吵架，是分手了。」徐曉芊說：「快寫妳的題，別操這些心。」

菲兒微微瞠目，可在徐曉芊嚴肅的視線中也不敢再說別的話了，低下頭，心不在焉地寫卷子。

補習在一個半小時後結束了。

徐曉芊收好東西走出菲兒家，她無視了宋黎，徑直往外走。

「曉芊。」

宋黎追趕了上來，拉著她：「妳去哪，我送妳。」

徐曉芊面色淡淡：「我們現在不是那種關係，我不用你送。」

宋黎道：「昨天晚上我沒有去，沒跟他們見面！」

徐曉芊的眸光微微一顫。

宋黎說：「所以曉芊，不管那些了，我們就跟以前一樣在一起，好嗎？」

「跟以前一樣在一起……」徐曉芊笑了笑，說：「我是覺得之前在一起的時候挺開心的，但現在你家裡讓你交女朋友，預備讓你結婚了，那我們怎麼樣都沒辦法跟以前一樣了。」

「怎麼不能？」宋黎說：「那個女生我雖然不熟，但我們這兩天已經達成協議，空頂個名頭而已，互不干涉對方。」

「所以呢？」徐曉芊有些心累，因為他，也因為她發現自己想要的根本不止於此。

宋黎：「所以，我們之間沒有第三個人。」

「那你可以跟我結婚嗎？」徐曉芊突然問道。

宋黎停住了，眉頭皺了下：「妳現在想結婚？」

徐曉芊道：「我就問你能不能跟我結婚，能不能現在就去告訴你家裡人，你不會去跟其他人相親，就因為你要跟我結婚。」

宋黎整個人都靜了下來，看著她，帶著一種難以言說的痛色和……冷漠。

是專屬於商人的冷漠，處處需要判斷，需要利益。

「我們這樣不好嗎，妳想要什麼我都可以給妳。」他說。

「除了婚姻對吧？」

宋黎抿著唇，良久後開了口，說得很慢：「我們之前在一起的時候明明都很開心，這種開心也可以持續下去。」

對，明明在一起是因為開心而已，談什麼結婚。

她這是在惡意犯規，也是故意出局。

「好吧，是我不想繼續了，也不想捲入你們這種……豪門當中。當然，更不想玩了。」徐曉芊攤攤手，「我是個普通人，你知道的，不能玩太久，我也需要認真談戀愛，以結婚為前提的那種。所以宋黎，還是好聚好散吧。」

那天之後，徐曉芊沒有再見過宋黎。

她開始兩點一線，在學校和補習家庭之間遊走，原以為他們就此不會有任何聯絡。

但沒想到三個月後，接到了宋黎母親的電話。

養尊處優、久居高位的女人，開口便帶著冷冰冰的腔調，她說：『小女生，如果我兒子身上一分錢都沒有，妳還會這麼費心費力地纏住他嗎。他非要退婚非要抗議，我知道是為了妳，他現在願意淨身出戶去妳身邊當個沒錢沒勢的廢物，妳呢，願意收嗎？』

徐曉芊好久沒反應過來，聽筒裡的女人繼續說：『妳要什麼我知道，這種結局不是我們所想的。這樣吧，我給妳錢，妳讓他乖乖回來。不然，妳什麼都沒有。』

徐曉芊回到學校，在寢室樓下見到了宋黎。

時隔三個月，他好像瘦了許多。

徐曉芊走到他面前，說：「跟我來。」

宋黎沒說話，乖乖地跟在她身後，兩人走到無人的湖邊，她直接打開手機，把不久前銀行的收款紀錄放到他面前。

好多好多的零，是她這輩子帳戶餘額最好看的時候。

宋黎抬眸看她，問她什麼意思。

徐曉芊說：「你媽媽轉給我的，希望我不纏著你讓你乖乖回去結婚，但是你知道的，我們早就分手了，我根本沒有纏著你。宋黎，你在做什麼？」

宋黎沒說話，抱住了她，那一刻，所有的失落和空虛感都得到了填充。

這段時間下來，他覺得自己好像瘋了。

腦子裡利益來回拉扯，最後只變成，他不想失去徐曉芊。

「既然她打電話給妳了，那妳就知道我在做什麼了。妳不是說想跟我結婚嗎，我想好了，我同意。」宋黎說：「我們可以馬上去領證。」

闊別已久的擁抱，讓人熟悉到想哭。

可她眼睛卻是乾澀的，她輕輕推開他，問道：「身無分文的跟我領證嗎？」

宋黎頓住。

徐曉芊抬眸看他：「你有沒有問過我，我願不願意？」

「……」

「宋黎，我之前跟你提結婚的時候你是宋家的宋黎。那你現在跟我提結婚，你是誰？」

宋黎心跳空了一拍，眼眶有些紅了。

徐曉芊嘴角卻勾了勾，頗無奈的樣子：「而且我跟什麼都沒有的你結婚，連你媽媽轉給我的這些錢也要要回去了。那我跟你結婚到底得到什麼了，以後日子又怎麼過，你想過沒有？」

「所以……妳不願意？」

「我為什麼要願意，你真覺得我已經愛你愛到那種程度了，你在拍偶像劇嗎？」徐曉芊好笑道：「回去吧宋黎，當你的宋少爺，沒錢的日子你過不下去，過不了多久你就會後悔。我們都現實點，好嗎？」

徐曉芊從湖邊回到寢室的時候，發現自己的手在抖，抖著抖著，她就哭了。

寢室裡沒有人，三個月刻意的麻木，這一刻終於崩盤，哭到發顫。

這算什麼呢。

她寧願故事就終結在宋黎的權衡中，終結在他放棄她的那一刻。

而不是像現在這樣，像最惡俗的電影結局。

後來，畢業的第一年，徐曉芊去了南方。

這座城市很陌生，但跟帝都一樣花團錦簇。

她漸漸穩定下來，開始著手扎根。

次年春天，周梵梵因為籌備新劇的緣故來了這座城市。

她們見了一面，就在她新租的房子裡。

房子不算大，但地段很不錯，花了她二分之一的薪水。但因為她還做一些兼職，總體收入挺不錯，足以支撐在這的生活。

「梵梵，宋黎上週結婚了吧。」聊到末尾，徐曉芊才狀似不經意地提了一嘴。

周梵梵愣了愣，點頭。

他們的事，她已經全部知道，但作為旁觀者，她知曉自己沒有插手的權利。

徐曉芊道：「挺好，我就是想起那天看到一個女生的貼文，祝賀宋黎結婚……那女生是我之前跟宋黎一起出去玩的時候認識的，是他朋友，我也一直忘了刪。」

說完看周梵梵的表情有些擔憂的樣子，她笑了笑說：「哎呀都這麼久了，沒事的，我就隨便問。」

周梵梵悶悶地點了下頭，又說：「曉芊，妳早把他媽給妳的那些錢還回去了，這事妳應該告訴宋黎的……不然，都讓別人誤會妳了。」

「誤會我又不會少塊肉，無所謂。」徐曉芊拿起杯子抿了口酒，嘆息道：「不過啊，轉回去後我其實挺後悔的，那些錢都能在這買間房了，哎，我那時逞強什麼啊，真是。」

周梵梵知道徐曉芊的性子，只是嘴上這麼說罷了。

她看著她這樣，有些難過：「那妳對宋黎呢，有後悔過嗎？」

徐曉芊搖頭：「從來沒有。」

「他那時候跟家裡反抗都是認真的……」

「我知道，但我不後悔拒絕。」徐曉芊說：「因為如果那時我們繼續走下去，未來的路會很難很難，我們之間的愛和甜蜜也會在極度的平凡中消磨乾淨。梵梵，宋黎那種人，怎麼能忍受柴米油鹽的平凡呢。」

就算他真的能，她也不想。

她沒有把一個富家公子哥拉下來然後好好相愛的把握。

她怕愧疚、怕後悔，也怕最後互相埋怨的狼狽。

所以，到此結束吧。
他們的人生，各有各的路要走。

番外五．母女一起追星

燦燦剛出生時身體不好，在醫院看護了許久，兩家人那時膽戰心驚，生怕孩子一不小心就沒了氣息。

好在後來在醫生的精心照顧下，燦燦漸漸恢復了，跟平常小孩一樣。

但因為一開始的心慌，覺得她小小年紀就受了苦，大家對她寵愛非常，尤其是家裡的老人，對她簡直溺愛。

寵著她的人太多了，關元白只能狠著心扮演紅臉的角色，讀書學習方面，常常訓得女兒眼淚汪汪。

不過也有他訓不下去的時候。她學著周梵梵的樣子撒嬌，說愛爸爸、說自己不敢了，他心不軟都不行。

燦燦跟周梵梵長得太像了，如果拿出兩人嬰兒時期的照片對比，能有百分之七十的相似度。

不只長得像，脾氣、愛好都很像，比如……小小年紀，看到電視上出現什麼偶像藝人時，會指著哥哥哥哥叫個沒完。

關元白在這種時候會吃一些醋，冷不丁地說電視裡那些染著黃毛的非主流有什麼好看的。

燦燦兩條小腿搭在沙發旁邊，一晃一晃，「那爸爸染粉頭髮也算不算非主流？」

關元白一噎，都不知道她從哪裡看到他那些粉髮的照片。

燦燦道：「媽媽給我看的，爸爸染粉頭髮很帥呢，比電視上的哥哥還要帥！」

適當的誇獎讓關元白心裡又舒坦了，「喔，是嗎。」

燦燦點頭如搗蒜，「當然了，你肯定是最帥的！」

後來，關元白允許她多看了半個小時的小哥哥。

二年級那年，燦燦期末考考了全年級第一名，回來時一蹦一跳，跑到周梵梵面前邀功。

周梵梵之前就答應她，如果她能考得讓她滿意，她就帶她去一次ＳＫ少年團的粉絲見面會。

這個少年團體是去年剛興起的，平均年齡十八歲，在小女生中很受歡迎。

周梵梵也沒想到燦燦這次能考得這麼好，於是履行承諾，找人拿了見面會的票。

沒想到的是，見面會當天，周梵梵因為劇組發生了緊急的事，需要趕著去處理，沒辦法，只能讓關元白先陪著燦燦去，她處理完了再趕過來。

燦燦對於要跟爸爸去粉絲見面會這件事表示有點失望，畢竟媽媽會陪著她一起瘋，爸爸可不會。但此刻也由不得她嫌棄了，能去就已經很好了！

關元白也並不想去那種場合，但老婆交代，他哪敢不從，只好領著家裡的小粉絲前往現場。

粉絲見面會晚上七點準時開始，六點半，關元白帶著燦燦進了場，這個場地不大，他們的位子在最前排，能看得很清楚。

表演開始前，燦燦笑呵呵地在關元白臉上貼了卡通應援貼紙，關元白看著女兒折騰，想起了許久之前，自己陪著周梵梵去看演唱會的樣子，那時候她也是這樣往他臉上貼東西。

關元白輕笑了下，神色溫柔：「一張就夠了，妳還打算在我臉上貼幾張？」

「一邊臉一個！爸爸！貼兩張好不好！」

關元白無奈：「好，貼吧。」

七點，少年團體出現在了舞臺上，底下都是小女生，一陣哄叫。

燦燦晃著小燈牌，跟著上面的人一起唱歌，開心到完全把旁邊的老父親忘了。

幾首歌後，是互動環節，現場抽取了幾個粉絲上去玩遊戲。而後又是抽獎環節，大螢幕轉到的人可以上臺對自己的愛豆表白，獲得合影的機會和簽名照片。

這活動進行時，關元白正低頭傳訊息給周梵梵，問她事情好不好處理。

周梵梵說已經處理完畢，正在趕來的路上，不過看時間，她趕到這的時候見面會應該已經結束了。

關元白剛想傳給她沒關係，突然，旁邊的小女生激動地扯他的衣袖。

關元白望過去，問她怎麼了。

燦燦說：「爸爸！鏡頭裡的是你啊！快上去快上去！我要簽名照片，謝謝爸爸！」

關元白有些疑惑，等抬眸看向臺上的大螢幕時，明白過來了，鏡頭轉到了他。

臺上的主持人這時也笑著請他上去，關元白看了眼燦燦，後者激情推搡。

關元白無奈，只好起身往上走。

臺上的青春偶像們個個都長得不錯，但關元白站到旁邊時，他們無形之中被股氣勢碾壓。

關元白不像是作為粉絲來要簽名的，倒像是作為幕後老闆來慰問。

主持人：「看來我們ＳＫ真受歡迎啊，粉絲受眾群體很廣呢！那麼這位先生，您有什麼想對我們ＳＫ說的呢？」

關元白不緊不慢地接過了麥克風：「我是帶著我女兒過來的，我女兒很喜歡他們。」

「哇！是您座位旁邊那個小女生嗎？看不出來啊！您的女兒都這麼大了啊！」主持人道：「那可以問一下，您為什麼同意帶女兒來追星呢？」

「追星不一定不好。」關元白看向幾個偶像藝人說：「相信各位都有各自的長處值得大家學習，我認為，能互相促進就是好事。希望你們能繼續努力，更上一層樓。」

冥冥之中好像被高層點到，藝人們紛紛點頭表示感謝。

主持人也被關元白的氣勢震了幾秒才反應過來，cue 接下來的環節，合影。

關元白問道：「方便讓我女兒上來合影嗎？」

藝人們連忙道：「可以啊可以啊！」

小女生蹦蹦跳跳地上來了，拍了合影拿了簽名後，激動得不行。

「開心了吧？」回座後，關元白問道。

「開心了！爸爸你真厲害！」

關元白摸摸她腦袋，笑道：「我哪厲害了？」

燦燦說：「運氣很厲害！如果不是你被轉到，我們可不能上臺合影呢！」

關元白想了想，說：「哦，那確實。」

粉絲見面會結束後，大家開始退場，關元白牽著燦燦的手往外走。

走到門口後，燦燦眼尖，看到不遠處的階梯那有個熟悉的人在等著，她立刻朝她揮了揮手：「媽媽！」

關元白望了過去，周梵梵也朝他揮揮手，走了過來。

「怎麼樣，精不精彩？」周梵梵問道。

燦燦開心地手舞足蹈：「精彩精彩！爸爸還上臺了呢！」

「啊？」周梵梵疑惑道：「怎麼回事？」

「隨機抽粉絲上臺合影。」

「那你運氣也太好了吧。」

關元白牽起周梵梵的手：「現場好像只有我一個男的，顯眼。」

「那你就上去了啊？」

「妳寶貝女兒非推著我上去。」

周梵梵忍不住笑，伸手摸摸他的臉，「貼著這個上去嗎，你也太可愛了吧。」

關元白才想起臉上還有東西，撕了下來，「忘記了。」

把貼紙隨手放到口袋裡，關元白又問周梵梵：「晚上吃了嗎？」

「沒呢，那邊弄完就趕過來了，忙得沒時間吃。」

關元白就料到會這樣，皺眉道：「以後讓妳助理注意一下妳的吃飯時間，不要有一頓沒一頓的。」

「不怪她不怪她，真的是太忙了沒空。」

關元白：「我打個電話給阿姨，讓她煮點東西，妳回家後馬上吃。」

「行，知道啦。」

「爸爸爸爸，我也要吃！」

關元白勾了下她的鼻子：「妳晚上吃那麼多，又餓了？」

「餓了！剛才在裡面應援，運動量太大啦。」

關元白和周梵梵相視一笑，說：「好，讓阿姨多做一份，走吧，回家了。」

「好～」

一家三口開開心心回了家。

隔天中午午餐時，戚程衍正好打電話過來跟關元白說一些工作的事，說完後本來要掛了，突然補了一句，『昨晚帶燦燦去追星？』

關元白：「你怎麼知道？」

『宋黎傳給我看的。』戚程衍笑了下，『他說你以前帶老婆追星，現在帶女兒追星，對這方面很熟了吧。』

「……」

關元白掛了電話後跟周梵梵提了這事，周梵梵想著肯定是因為昨晚他上臺了的緣故，登上社群看了眼，果然，社群上已經有很高的討論度了。

『昨晚ＳＫ少年團粉絲見面會上臺的粉絲好絕！身材可比這群偶像還好啊哈哈哈是我愛的成熟款了！』

『真的好帥啊，小年輕們瞬間被秒殺。』

『陳祕書，給你三分鐘，我要知道這人所有的資料。』

『我怎麼覺得不像粉絲，像贊助商啊，這真的是抽中的粉絲？』

『不是粉絲！！我就在現場，他女兒是粉絲，他只是帶女兒去追星的！』

『我靠……當他女兒也太幸福了吧，還能被家長陪著追星。』

『陳祕書！不用調查了！老闆我不能沾染有婦之夫。』

『這是關元白啊！！！！哈哈哈笑死以前帶女友現在帶女兒。』

『啊？是名人嗎？有沒有人科普一下？』

『直接去搜尋，關元白的資訊不要太全。』

『關知意老粉在這！關元白是和自家妹妹的熱衷粉在一起的，以前還帶著她去看自己妹妹演出！具體可以去搜搜看，網路有記憶！當年他們可太甜了！』

『我還有當年他們一起看演唱會的照片！（圖片.jpg）。』

周梵梵看得咯咯笑，靠到關元白身上，和他一起窩在沙發裡。

「呀，有些人真是厲害呢，現在還能把小女生迷得團團轉。」

關元白摟住她：「說什麼呢。」

周梵梵把手機遞給他：「自己看啊，你又出名了一次。」

關元白刷了一下留言，最後在看到某網友發的那張合照上停了下來。

照片中，她看著前方燦爛地笑著，而他側目看她，十分專注。

「這張照片你看我的樣子真是深情啊，抓拍得真好，你那個時候很愛我吧！」周梵梵評價道。

關元白垂眸看她，奇怪道：「我現在沒有很愛妳嗎？」

周梵梵啊了聲：「現在……那得問你自己了！」

關元白皺眉：「我當然還是很愛妳，難道我表現出來的樣子是沒有很愛妳的樣子？」

見他還認真起來，真的是在問她，周梵梵忍俊不禁，「哎呀，我開玩笑的嘛，愛，很愛啊，我感覺得到！」

「那妳剛才那樣說？」

「都說了開玩笑了。」

關元白捏住她的臉，說：「哦，我還以為是我哪裡表現得不好了。」

「沒有沒有，你對我最好啦，你最愛我了。」

「那妳呢？」

「我？我什麼啊。」周梵梵故意道。

關元白瞇了瞇眼睛，威脅：「周、梵、梵。」

周梵梵皮完後退縮也快，趕忙道：「愛愛愛，我當然也最愛你了！」

關元白輕呵了聲，但神色上明顯是滿意了。

兩人繼續擠在一處，看著手機上關於他們自己的八卦。

而不遠處，八歲的燦燦同學默默站定，又默默飄過，吐出兩個字：「好膩……」

番外六・永遠開心

趙德珍身體最不好的那段日子，是在醫院裡度過的，周梵梵放下了大部分的工作，幾乎每天晚上都待在她身邊。

燦燦也經常來醫院，下了課背著書包，在病房裡寫作業。

小小年紀挺敏感，她知道她媽媽最近心情不好，因為奶奶的狀態。所以她想來陪陪這些大人們。

這天放學，她照例讓司機把她送來醫院。

「太奶奶，妳看這是什麼！」拎著張試卷，她跑到了床邊，炫耀地展示給趙德珍，「我這次週考又是滿分哦，全班第一呢。」

趙德珍眉眼舒展著：「燦燦真厲害，妳的成績啊，比妳媽媽小時候好多了。」

燦燦在床邊坐下來：「真的嗎？」

「真的……妳媽媽小時候貪玩又粗心，從來沒有考過第一名呢。」

「那她考第幾名呀！」

趙德珍慈愛地看著她，又像透過她看小時候的周梵梵，「班級裡排二十多名吧……但是後來高中努力了，成績趕了上來，考了不錯的大學。妳媽媽是聰明的，就是貪玩。」

燦燦：「那媽媽小時候會認真寫作業嗎，如果沒寫的話會不會被罵呀？」

「不寫作業可不對，所以她要是不聽話也會被我罵的。」

「為什麼是被太奶奶妳罵，不是媽媽的爸爸媽媽罵呢，我現在不寫作業，我爸爸會教訓我。」

趙德珍抿了抿唇，渾濁的眼中有些水光：「梵梵沒有燦燦這麼幸福，小時候她的爸爸媽媽都離她很遠，所以只有太奶奶能罵罵她。」

燦燦有些難過，她不能想像爸爸媽媽不在自己身邊的樣子，她一定會哭得非常非常大聲。

「那為什麼他們要走那麼遠，不陪著媽媽……」

「大人的世界總有那麼多無可奈何。」趙德珍摸了摸燦燦的腦袋，「所以燦燦，以後要是太奶奶不在，妳要好好陪著妳媽媽，一定要對她好，要關心她愛護她，知道嗎？」

十歲的小孩已經能知道關於死亡的事，也知道這段時間太奶奶的身體狀況很不好，所以她說的不在，可能就是死亡。

燦燦垂著腦袋，沒有說話。

趙德珍看著她，聲音有些嚴肅了：「周燦，太奶奶說的話妳聽到了沒有，以後我們周家靠妳了，妳得替太奶奶照顧好她。」

燦燦抬眸，下定決心似地點了點頭：「嗯！太奶奶妳放心吧，我一定會的，我和爸爸一定會照顧媽媽的！」

趙德珍笑了笑，「是……元白也在呢，那我就放心了，放心了。」

病房裡的一老一少小聲地說著話，一下嚴肅一下又笑笑鬧鬧。

周梵梵拎著手裡的點心靠在牆上，淚如雨下。

然而，一直害怕的事情，終究還是來了。

趙德珍在這年的冬夜去世了，醫生說，她臨終前沒有痛苦，是在睡夢中離開，快九十的老人能這樣離開，是善終，是喜事，讓她節哀。

周梵梵也努力讓自己接受這件事，她拒絕了關元白的幫忙，一手操辦了這場喪禮。客人前來弔唁那天，她也得體地接收了大家的好意，全程看起來沒有任何問題。

可是在趙德珍的遺體轉運至火葬場，要前往火化爐時，她攔在了工作人員前面，跪在地上緊緊地拉著推床，哭到發抖。

「為什麼還是要離開我……」

「奶奶，我以後再也看不見妳了怎麼辦……」

這幾天的鎮定在清晰地知道奶奶要被燒成灰的那一刻，全數瓦解。

她完全崩潰了。

關元白蹲下來抱著她，紅著眼睛將她拉開：「梵梵，讓奶奶安息。」

周梵梵的指尖用力到泛白，在關元白的安撫下，許久後才緩緩鬆開。

工作人員將之推走了，周梵梵靠在關元白懷裡，失魂落魄更是痛徹心扉。

這一天，奶奶終究徹底離開了。

後來有很長一段時間，周梵梵沒有緩過神，偶爾看到一些跟趙德珍相關的東西或者事，她的眼淚就能輕易流出來。

關元白看在眼裡，很心疼，但他也知道這種事旁人無法開解，他能做的，就是在她需要的時候陪伴著她，不讓她有一秒鐘感覺自己是孤獨的。

第二年四月十號，是關元白生日。

燦燦一放學就鑽進了廚房，拉著甜點師，讓她教自己做個小蛋糕。

周梵梵在這時也來到了廚房，她說不要做小蛋糕了，做個大點的，我跟妳一起。

燦燦已經好久沒有看周梵梵親自下廚做東西，很高興，連忙拉著她的手，碎碎念著要做什麼樣的。最後，兩人決定做個藍莓味的。

關元白今天公司有事沒那麼早回來，這讓她們有更多的時間準備，做完蛋糕後，周梵梵又自己做了幾道關元白喜歡的菜，還跟燦燦一起，在餐廳裡弄了些有生日氣氛的氣球。

關元白回來時就被昏暗環境中的蠟燭吸引了目光，燦燦突然從旁邊冒出來，唱起生日歌。

周梵梵端著蛋糕走到他面前，說：「生日快樂。」

關元白在燭光後看著她，目光溫柔：「妳們這是給我準備驚喜呢？」

周梵梵：「對呀，開心嗎？」

關元白：「嗯，開心。」

「那你現在就許個願吧。」

燦燦說：「對對對，爸爸快點許願，吹蠟燭！」

關元白點了點頭，在妻兒的視線中，閉上眼睛許了個願，吹了蠟燭。

燈在這個時候打開了，燦燦吵著問關元白許了什麼願。

關元白眉梢輕挑：「不告訴妳。」

「啊啊啊小氣啊，告訴我嘛，告訴我一下！」

周梵梵笑了：「好啦，別鬧妳爸爸，快點讓他吃飯。」

燦燦：「喔……」

三人坐到餐桌邊，關元白吃了一口就知道菜是周梵梵做的。

「今天的禮物也太好了吧。」關元白說。

周梵梵被他逗樂：「這哪是禮物，我禮物還沒給你呢。」

關元白也跟著笑：「準備什麼給我？」

「晚點再拿給你，你先吃。」

燦燦道：「爸爸爸爸，我也準備禮物給你了，我等等拿給你。」

「這樣啊，那我現在開始期待了。」

吃完飯兩人在客廳裡把禮物給了關元白，周梵梵買了塊限量的手錶給他，是關元白很喜歡的款式。燦燦看周梵梵展示完禮物後也神祕兮兮拿出自己的，是一疊小卡片，展開後發現上面寫著「按摩券」、「跑腿券」、「立刻不哭券」等等字樣。

很有心思，每張都畫了小插圖，滿滿的設計感。

周梵梵在一旁笑看著，看著看著，眼睛有些紅了，她不想讓另外兩人察覺，藉口去廚房弄點果汁喝，起身離開。

小時候，她也曾做過這樣的禮物送給奶奶。

四月的夜晚還有些冷意，周梵梵睡不著，便坐在書房裡工作，讓自己不去回想過去的一些事。

叮叮。

手機在這個時候響了起來，周梵梵接起，「我在書房呢，怎麼打電話給我？」

『妳來陽臺。』

「嗯？怎麼了？」

關元白在手機那頭道：『妳來了就知道了。』

周梵梵放下工作，從書房繞到了陽臺，也沒看到什麼，但聽到了下方隱隱的交流聲，她便走到了欄杆旁邊往下看。

「爸爸！點火！」

「嗯。」

地面上有一圈由蠟燭擺成的愛心。

關元白蹲下身點了火之後，愛心中間的煙火便往上衝，星光四射，在夜色中絢爛璀璨……

周梵梵驚訝地看著眼前的場景，又望向底下站著的人，一大一小，臉上映著燦爛的光芒。

「媽媽！好看嗎？！」煙火秀結束，燦燦拿著仙女棒，朝她揮手。

周梵梵：「好看！」

「這是爸爸幫妳準備的哦，這個愛心都是他擺的，媽媽妳快下來！」

周梵梵點點頭，轉頭跑下了樓。

她走到關元白面前，說：「你幹什麼呢……今天是你生日，又不是我生日。」

關元白道：「我生日就不能給妳看這個了？」

周梵梵輕笑了下：「那倒也可以……」

「現在有開心一點嗎？」關元白問她。

周梵梵愣了愣，小聲說：「我挺開心的呀……」

關元白示意燦燦去收拾蠟燭，燦燦屁顛屁顛地去了，他則攬著周梵梵輕聲說：「我今天吹蠟燭的時候許了一個願。」

「什麼？」

關元白：「我希望妳能永遠開心。」

周梵梵心口一抽，說：「這是你的生日願望……」

「我的願望就是希望妳能開心。」

周梵梵沉默了。

關元白說：「我知道，這段時間以來妳一直都很想奶奶，但是梵梵，逝者已矣，奶奶如果知道妳一直是以這種沉重的心情去紀念她，她不會放心。」

周梵梵沒想到他察覺到她今天的情緒了，低聲道：「抱歉，是不是影響到你們了……」

「沒有，妳不用跟我說抱歉。我只是希望妳能夠開心地想著奶奶，而不是難過地想著她。梵梵，妳還有我，還有燦燦，我們都是妳的家人，我們會永遠在妳身邊的，知道嗎？」

「對！媽媽！我會永遠在妳身邊的！」燦燦跑回來就聽到最後一句話，連忙開始表白，「媽媽我跟爸爸一樣哈。」

她摟住了女兒：「真的呀。」

「真的呀！」燦燦抬眸道：「而且我以前答應過太奶奶，要照顧妳愛護妳，絕對不能食言的！」

周梵梵鼻子一酸，「謝謝燦燦。」

「不謝不謝！應該的，你說是吧，爸爸。」

關元白點點頭：「是，我們一起陪著。」

周梵梵抬眸看著關元白，眼睛有了淚，是近段時間以來的歉意，也是感動。

關元白伸手在她臉上輕抹了下：「不哭了，我們回去吧，好嗎？」

周梵梵握住了他的手，「嗯。」

「媽媽，妳也牽我呀。」

周梵梵忍不住笑了笑，「好。」

三人並肩往屋裡走，周梵梵一隻手牽著一個人，心裡沉甸而滿足。

比起失去，她擁有的其實很多了……

她想，她會開始好好地生活，但也會永遠地記住。
如關元白所說，開心地記住。

——《唯一選擇》番外完——
——《唯一選擇》全文完——

高寶書版集團
gobooks.com.tw

YH 174
唯一選擇（下）
作　　者　六盲星
封面繪圖　夏　青
封面設計　夏　青
責任編輯　楊宜臻
內頁排版　賴姵均
企　　劃　何嘉雯

發 行 人　朱凱蕾
出　　版　英屬維京群島商高寶國際有限公司台灣分公司
　　　　　Global Group Holdings, Ltd.
地　　址　台北市內湖區洲子街88號3樓
網　　址　gobooks.com.tw
電　　話　(02) 27992788
電　　郵　readers@gobooks.com.tw（讀者服務部）
傳　　真　出版部(02) 27990909　行銷部 (02) 27993088
郵政劃撥　19394552
戶　　名　英屬維京群島商高寶國際有限公司台灣分公司
發　　行　英屬維京群島商高寶國際有限公司台灣分公司
法律顧問　永然聯合法律事務所
初　　版　2024年09月

原著書名：《唯一選擇》由北京晉江原創網絡科技有限公司授權出版。

國家圖書館出版品預行編目(CIP)資料

唯一選擇/六盲星著. -- 初版. -- 臺北市：英屬維京群島商高寶國際有限公司臺灣分公司, 2024.09
冊； 公分. --

ISBN 978-626-402-066-4(上冊：平裝). --
ISBN 978-626-402-067-1(下冊：平裝). --
ISBN 978-626-402-068-8(全套：平裝)

857.7　　113012440